中公文庫

翻弄

盛親と秀忠

上田秀人

中央公論新社

目次

翻弄

盛親と秀忠

第一章　蚊帳の外

盛親編

人は運命から置き去りにされるときがある。

それを長宗我部宮内少輔盛親《ちょうそかべくないしょうゆうもりちか》は、目の当たりにしていた。いや、過ぎていく運命の背中を盛親は呆然《ぼうぜん》と見送るはめになった。

「なにが起こったのだ」

慶長《けいちょう》五年（一六〇〇）九月十五日朝、震えるほどの寒さのなか、盛親は己の立つ瀬がなくなる感覚に動けなくなった。

「お味方勢崩壊、敗走中」

荒い息を吐きながら駆けてきた伝令が、盛親に報告した。

「馬鹿な……まだ始まったばかりではないか」

盛親は信じられなかった。

今朝、山間の谷地《やち》である関《せき》ヶ原《はら》には、夜明け前から霧が出ていた。それこそ、伸ばした己の手さえ見えないほどの濃いもので関ヶ原は隠されていた。

「動くな。霧が晴れるまで待機じゃ」

視界があきらかでないときに、軍勢を動かすのはよくなかった。崖や川に落ちるなどの事故から、同士討ちなどの失態をしかねない。

どこの陣地も、兵たちに厳重な警戒を命じるだけで、動きを止めていた。

霧が晴れるまで、一刻（約二時間）ほどかかり、石田三成《いしだみつなり》率いる大坂方《おおさかかた》と徳川家康《とくがわいえやす》を大将とする遠征軍、合わせて十数万の兵が集まっているとは思えぬほどの静寂が続いた。

「晴れた」

五つ（午前八時ごろ）、ようやく霧が薄れ、一丁（約百十メートル）ほど見通せるようになった。

「左馬進《さまのしん》、いつ終わるかの」

盛親が他人事《ひとごと》のように言った。

「今日中には終わりますまい」

近くに控えていた五百蔵《いおろい》左馬進が答えた。

これだけの大軍となると、多少の損害が出てもどうということはない。通常三割の兵が死傷した軍は、ほぼ壊滅扱いとなり、敗北になる。しかし、十数万が半分になったところで、大軍には違いない。敵味方とも多すぎて、戦いの有利不利がわかりにくく、判断が遅れがちになった。

「面倒じゃの」

　盛親がため息を吐《つ》いた。

「殿。兵どもへの示しもございまする」

　五百蔵左馬進が盛親をたしなめた。五百蔵左馬進は、土佐香美《とさかみ》郡五百蔵城主である。先代が長宗我部信親《のぶちか》とともに九州征伐に進発、戸次川《へつぎがわ》で戦死したことを受けて、桑名《くわな》家から婿養子に入った。長宗我部で一城を預かるだけあって、槍働きだけでなく、戦場の動きなどをよく見た。

「毛利《もうり》どのはなぜ動かぬ」

　山陰《やまかげ》に陣を布《し》いている長宗我部が戦《いくさ》の動向にうといのは、戦場である関ヶ原への遠望を遮る南宮山《なんぐうさん》があり、そこに主将たる毛利の本陣が置かれており、盛親はその後詰《ごづ》めを命じられた関係上、前を窺《うかが》えなかったからであった。

　土佐の一領具足《いちりょうぐそく》は強兵として知られていた。畑仕事にも具足櫃《びつ》と槍を提《さ》げていき、いざ浦戸《うらど》城で惣触《そうぶ》れ太鼓が打ち鳴らされるや、その場から出陣する。屋敷まで着替えに帰る手間をかけず、迅速に対応できる。まさに、土佐の一領具足は、常在戦場を体現していた。

　それだけに盛親は、先陣を任されるものだと信じていた。

先陣は戦場の華である。敵と真っ先に当たるだけに、被害も大きくなりやすいが、手柄も立てやすい。

一番槍、一番乗り、一番首。戦場での三大手柄のどれもが、先陣でなければなし得ないものである。また、先陣が相手の先鋒を崩せば、戦いの帰趨《きすう》はほぼ決したに等しい。となれば、戦後の褒賞も思うがままであった。

当然、誰もが先陣を望む。手柄を立てなければ、領地は増えないからだ。

しかし、誰に任せてもよいというものでもないのが、先陣であった。先ほどの逆で、もし相手に先陣を破られれば、味方総崩れの原因にもなる。他にも、もっとも敵方と近くなる関係上、万一の負け戦では殿《しんがり》を引き受けることになり、味方を逃がすための犠牲にならなければならなかった。

勇猛果敢《ゆうもうかかん》で戦慣れしている大名が任される。戦場最強、それが先陣であった。

だが、天下に知られた武名を誇る長宗我部は先陣になれなかった。戦前におこなわれた軍議で盛親の若さを危惧した石田治部少輔《じぶしょうゆう》三成らによって、長宗我部軍は後詰めに配された。

「なんとか戦にかかわりたいが」

後詰めといえども、戦う機会はある。徳川家康とは言わないが、池田輝政《いけだてるまさ》、浅野幸長《あさのよしなが》、山内一豊《やまうちかっとよ》ら名のある武将を討ち取れば、かなりの恩賞を狙えた。だが、それも本陣の毛利が前へ出てくれたらの話である。どれだけの手柄を立てようが、後詰めが前の陣を押しのけて出ていけば、軍法違反である。それこそ、手柄と引き替えに咎《とが》めを免《まぬか》れればよし、下手をすれば領国半減、遠隔地への移封《いふう》を喰らいかねなかった。

日が昇り、霧の影響がなくなった。と同時に盛親の耳にも、遠くで響く鉄炮《てっぽう》の音、鬨《とき》の声が届き出した。

「始まったようじゃな」

盛親は一人戦から外されたとわかっている。砲声にも驚かなかった。

「暇なものだな、後詰めは。決められたこととはいえ、退屈なことだ」

盛親は軍議の様子を思い出した。

「土佐勢は、引き続き栗原《くりはら》村へ陣を布いていただく」

前夜の軍議で長宗我部の軍勢は、徳川家康率いる軍勢の左手後方と定められた。

「本陣の後詰めをなされ。動きは民部少輔《みんぶしょうゆう》どのの指示に従われよ」

「承った」

無念ではあったが、毛利や島津《しまづ》などの大大名が参加する軍議を乱すわけにはいかない。盛親が首肯した。

「民部少輔どの、よしなに」

吉川広家《きっかわひろいえ》へ、盛親があいさつをした。

「こちらこそ、よろしくお願いいたす」

吉川広家も頭を下げた。

「出るときは、こちらから狼煙《のろし》をあげてお報《しら》せをいたしまする」

「あいわかり申した」

二人の打ち合わせはこれで終わった。

簡潔だが、後詰めは基本待機である。勝手に動くことはできない。なにせ、戦場に出るには、前の陣が邪魔になる。前が出て、それに続くのが後詰めの仕事である。あるいは、敵に押されて敗走した味方を吸収し、陣形を整えさせ、再戦できる状況に戻す、敵の追撃を抑えこむ、手薄となったところへ援軍として向かうなどが役割であり、戦場の裏方に近い役目であった。

しかも徳川家康を討つというのは、豊臣《とよとみ》家すなわち、公儀から出された命である。その軍議での決定は、主君豊臣秀頼《ひでより》の言葉に等しい。盛親は引いた。

「よいかの、治部少輔どの」

そのとき島津兵庫頭義弘《ひょうごのかみよしひろ》が発言を求めた。

「兵庫頭どの、なにか」

場を仕切っていた石田治部少輔三成が許した。

「敵方は、日夜を通じてここまで駆けてきておる。きっと疲れ果てて眠りこんでおろう。夜襲をかけるべきだと存ずる」

島津義弘が奇襲を提案した。

「妙案じゃ」

盛親は膝を打った。夜襲の条件は整っていた。敵軍は、江戸から歩き続けて本日の夕刻に到着したばかりで、疲れている。さらに陣を築くのに手一杯で、周囲の地理を確認していない。

多くの将が明るいうちに陣を整え、周囲を見ているこちらに地の利はあった。うまくいけば、この夜襲で家康方を敗走させることもできる。

「さすがは、今楠木《くすのき》と呼ばれる島津どのじゃ」

褒め称えながらも、盛親には複雑な思いがあった。盛親は、長兄信親を島津との戦いで失っている。恨みがないかと言えば、ある。

しかし、そのお陰で、四男として配下の有力武将のもとへ養子に出されるか、兄の家臣として東奔西走《とうほんせいそう》するか、のどちらかの運命だった盛親が、土佐一国の太守《たいしゅ》になれた。

「夜襲はならぬ」

一言で石田三成が切って捨てた。

「…………」

一顧だにされなかった島津義弘の顔が真っ赤になった。

「なぜでござる。勝ちを見逃す理由をお答えいただきたい」

その場の雰囲気が悪くなるのを防ごうとしたのか、大坂方の一角を担う備前《びぜん》の太守宇喜多《うきた》備前宰相《さいしょう》秀家《ひでいえ》が島津義弘に代わって問うた。

「夜襲などは、小者のいたすことである。この戦いは、秀頼さまの御名においておこなわれるものである。公儀の戦に、卑怯未練《ひきょうみれん》な夜襲は似合わぬ。正々堂々と徳川内《ない》府《ふ》とそれに与《くみ》する謀叛人《むほんにん》どもを蹴散らし、秀頼さまのご威光を天下に示さなければならぬ」

堂々と石田三成が宣言した。内府とは内大臣の略称である。徳川家康は内大臣という官職を朝廷から賜っていた。

「馬鹿な……戦に正々堂々も卑怯未練もあるか。勝者か敗者しかないのだ」

盛親は石田三成の当然のことと言わぬばかりの顔に、あきれかえった。

「しかし、公儀の戦いと言われては逆らえぬ」

公儀が出された段階で、戦いの義と理はこちらにある。徳川家康にどれだけの力があろうとも、賊となる。

「ご一同、この場にはお出でになられませぬが、秀頼さまのおんためを思って奮励努《ふんれいど》力《りょく》なさるように」

もう一度秀頼の名前を前面に出して、石田三成が軍議を終わらせた。

「公儀の戦いか……」

自陣へ戻りながら、盛親は警固役として付いてきている五百蔵左馬進に語りかけた。

「……………」

主の求めることがわからないときは、無言でいるのが最善である。五百蔵左馬進は、無言で半歩後に続いた。

「徳川内府どのが、上杉《うえすぎ》を征伐なさると言われたときも、公儀の命だとの話であった。だからこそ、余は参戦したいと使者を出したのだ」

戦は金を喰う。とくに土佐からはるかに遠い奥州《おうしゅう》まで遠征するとなれば、行軍の日数だけで二十日はかかる。三千の兵を出したとして、一日五合の米を一人あたりに支給したら、それだけで三百石になる。これに戦場での滞陣、帰りのぶんまで入れると、五百石でも心許ない。他に武器、弾薬、船の費用なども要《い》る。上杉征伐に行くとなれば、かなりの出費を覚悟しなければならなかった。だが、豊臣家の命とあれば、家臣となった長宗我部に否やはない。どころか進んで従軍を申し出て、手柄を立て領地をもらうようにしたほうがましであった。

「だが、使者が大坂に着いたときには、すでに徳川内府どのは出立なされた後だった」

「でございました」

五百蔵左馬進がうなずいた。

盛親と五百蔵左馬進は歳が近い。さらに九州戸次川の戦いの結果、思わぬ地位に就いたという共通点もあり、盛親は五百蔵左馬進を側近として重用していた。

「すぐに内府さまの後を追おうといたしたのでございましたが……」

使者として出たのは五百蔵左馬進であった。

「待たれよ」

五百蔵左馬進が家康を追って大坂を離れる前に、城中から制止の使いが来た。

「お奉行衆がお会いになる。ついて参られい」

使いの案内で、大坂城小広間に通された五百蔵左馬進は、他にも呼ばれた者たちがいることに気づいた。

「各々主君より、徳川内府の後を追い、上杉征伐への参陣許可を求めてくるように命じられたのであろう」

待つことしばし、小広間に石田三成を筆頭として、増田《ました》長盛《ながもり》、長束《なつか》正家《まさいえ》、前田《まえだ》玄以《げんい》の奉行衆が入ってきた。

「太閤殿下がお亡くなりになられてより、徳川内府のいたしよう尋常ならず。御遺言を守らぬばかりか、徒党を組んで秀頼さまに立ち向かおうといたしおる。今も豊臣家に忠節を尽くす上杉弾正少弼《だんじょうしょうひつ》にあらぬ罪を被せ、その領土へ侵攻しようといたすなど、言語道断である」

滔々《とうとう》と石田三成が、徳川家康の罪を述べた。

「よって、公儀として内府を咎めることにあいなった」

一度、石田三成が言葉を切った。

「えっ……」

「なんだと」

小座敷は一気に喧噪《けんそう》に包まれた。

この場にいる者のほとんどは、在国している大名に命じられ、徳川家康の配下として、上杉征伐に参加する手配をおこなうために大坂まで来た。

その大坂で、徳川家康の援軍が、いきなり討伐軍に変わってしまった。

一堂に会した者たちが混乱したのも当然であった。

「各々はただちに国元へ帰り、主に伝えよ。軍勢を率いて大坂へ集合せよと」

ざわつきが少し収まるのを待って、石田三成が告げた。

「もし、期日までに、大坂へ来なかった者には、公儀より厳しいお咎めが下る」

石田三成が、一同を見回した。

「以上である。去れ」

手にしていた扇を石田三成が大きく振った。

「……あのとき、そなたの報告を聞いて目を剝《む》いた。ほんの少し前、公儀は上杉弾正少弼どのを謀叛人と認め、徳川内府どのに討伐の許可を出したばかりであった。その舌の根も乾かぬうちに、今度は徳川内府どのが謀叛だという。報せてきたのが、そなたでなくば、疑っていたところだ」

盛親は天を仰いだ。

「危ういところであった。土佐に在国していてよかったとしか言いようがない」

ほっと盛親が安堵のため息を吐いた。

石田三成の口調から、盛親は徳川家康の上杉征討軍に加わった諸大名も敵として討つつもりだと見抜いていた。

「黒田《くろだ》どのも、藤堂《とうどう》どのも、福島《ふくしま》どのも、合わせて……」

多かれ少なかれ、上杉征討軍に参加している大名のほとんどは、豊臣秀吉《ひでよし》によって引き立てられた経緯があった。やはり近江《おうみ》の寺の小僧から佐和山《さわやま》十九万石に取り立ててもらった石田三成の同僚とも言える者たちばかりである。それをまとめて片づけてしまおうという石田三成の考えを盛親は認められなかった。

「奉行衆にとって、石高の多い大名は面倒なのだろうがの。しかし、豊臣家の天下の基盤を作った功績ある者たちを……」

盛親はあきれていた。

一代の英傑豊臣秀吉は、己の死が逃れ難いと知ったとき、天下の政《まつりごと》を誰がどうするかについて定めた。

五人の宿老、三人の中老、五人の奉行であった。

このうち五人の宿老は、領土の広い、すなわち多くの戦力を持つ大大名から選ばれた。

筆頭として徳川家康、次席前田利家《まえだとしいえ》、そして上杉景勝《かげかつ》、毛利輝元《てるもと》、宇喜多秀家である。この五人は、天下人として豊臣家が出す令に名前を書き入れることから、加判衆《かはんしゅう》とも呼ばれていた。

次が生駒親正《いこまちかまさ》、中村一氏《なかむらかずうじ》、堀尾吉晴《ほりおよしはる》の三人が任じられている中老職である。中老は、五人の加判衆と五人の奉行を取り持つ役目で、意見が同数に割れたとき、三人がどちらに与するかで結果を決める。加判衆あるいは奉行たちの独走を防ぐための役割を持つ。

最後の奉行たちが、政の実務を担当した。年貢を徴収し、金山を監督するなどの収入面から、新田の開発、朝鮮や阿蘭陀《おらんだ》などの諸外国との交渉、豊臣家の家政まで、この五人で差配していた。

「小役人どもが」

加判衆が奉行たちを軽視し、

「実務もできぬお飾り」

奉行たちは加判衆を嘲笑する。

秀吉が生きている間は、まだ抑えられていた対立だったが、頭上の重石《おもし》がなくなるなり、表面に出てきた。

豊臣の家政もつかさどるだけに、奉行衆は秀頼やその生母淀殿《よどどの》に近くなる。幼子とその母親だけでは、なにもできはしないのだ。それを補佐するという大義名分で、奉行衆は権威に近づいた。

今では家康を除く加判衆は、決定されたことへの追認しか仕事がないありさまとなっている。養子として秀吉にかわいがられた宇喜多秀家でさえ、政に口出しはできない。

「小身者どもが、天下を恣《ほしいまま》にしておる」

加判衆だけでなく、加藤清正《きよまさ》、福島正則《まさのり》ら、秀吉子飼いの武将が、不満を声高に言い出すまでときはかからなかった。

「己の力を確たるものにしたいと見える」

盛親の目から見ても石田三成らのやり方には無理があった。

豊臣の天下を支えるべき二つの柱、大軍を擁し天下の平穏を維持できる実力を持つ加判衆と、算勘《さんかん》の術に優れ天下の経済を回せる能吏の奉行衆の仲が悪い。どちらも巨大な権と力を持つだけに、中老三人の仲介もならず、ふたたび天下に騒乱の気配が濃くなった。

やがて石田三成と徳川家康の対立は激化、間に入った中老たちの判断で石田三成は奉行職を辞任し、領地へ戻り謹慎となった。

その石田三成が、徳川家康の留守を見て復帰し、今回の事態になった。

「徳川内府どのと治部少輔の権力争いに巻きこまれ、美濃《みの》まで兵を率いて来たわけだが……」

盛親が自嘲した。

「愉快な話ではございませぬな」

五百蔵左馬進も憮然とした。

「そのうえ、後詰めとはの」

なんともやりきれない気持ちに、盛親はなった。

後詰めに手柄は回ってこない。いや、まったく回ってこないわけではないが、先陣や大将のお気に入りたちがおいしいところを持っていった後に残ったものを形だけ与えられるのが常であった。

「土佐は嫌われている」

帰り着いた陣で、盛親は愚痴を漏らした。

盛親の父、長宗我部元親《もとちか》は秀吉の指示に従わず、四国全土を制圧しようと軍勢を動かし続けた。結果、秀吉は四国征伐軍を組織、長宗我部の二倍をこえる兵を動員した。力の違いに、あっさりと元親は敗退し、膝を屈した。

幸い、本国土佐一国は残ったが、秀吉に逆らった事実は残り、以降長宗我部は冷遇され続けた。さらに九州征伐で嫡男信親を失い、朝鮮侵攻で兵と金を浪費させられた結果、元親は酒に溺れ、体調を崩して六十一歳で死去した。

その跡を四男だった盛親が継いだ。だが、長宗我部の境遇は変わらなかった。

そして、秀吉の天下が終わり、息子秀頼の時代になった。朝鮮からの撤収も終わり、天下に豊臣に刃向かう者はない。もう、天下は泰平になった。

だが、そう思う者はいなかった。誰もが乱世の再来を予感していた。血で血を洗う戦国を生き延びてきた武将たちをその膝下《しっか》に従えるには、秀頼は幼すぎた。

予感は、今、的中している。

慶長五年九月、上杉景勝征討を理由に東下した徳川家康に弾劾状を突きつけた石田三成らが十万と号する大軍を興し、関ヶ原に進んだ。

「放っておけば、いずれ死ぬものを。秀頼さまは若く、家康どのは老いている。十年先には、脅威でもなんでもなくなっているというに」

他の大名の目がなくなったことで、盛親は緊張を解いた。

「待つことさえもできぬとはな」

盛親は、石田三成だけでなく、徳川家康も辛抱が足りないと思っていた。

長宗我部の領国は土佐である。政争の起こっている上方からは遠く海をこえなければならない。また土佐は周辺の国との間に峻険《しゅんけん》な山脈や渓谷があり、隣国からの侵略の心配もない。さらに土佐の兵は、精強揃いであった。上方の揺らぎを利用して、土佐に侵攻しようなどと馬鹿なことを隣国の主が考えたところで、手痛い反撃を喰らうだけである。

居城浦戸で、のんびりとした日を過ごそうと思えばできた。

しかし、盛親は波乱を望んだ。

「上杉に謀叛の兆しあり」

家康が、己に敵対している上杉景勝を糾弾した。

どのような思惑があったのか、家康の同格潰しを奉行衆も認めた。

「手柄を立て、亡父元親の夢見た四国制覇の足がかりに。なによりご公儀のお決めになられたことだ」

公儀とは、豊臣家のことを指す。盛親は上杉遠征に参加するつもりであった。公儀の戦だ、負けはない。そして勝ち戦には褒賞が付く。

盛親の父元親は、長宗我部を土佐の一《いち》国人領主から、一気に四国全土を狙える大名にまでのしあげた勇将であった。勇ましさだけではなく、天下の状況を見抜く能力も持っていた。

早くから織田信長《おだのぶなが》の手腕に注目して手を組み、伊予《いよ》の河野《こうの》、阿波《あわ》の三好《みよし》らを排して、四国統一を果たしかけた。

それに信長が待ったをかけた。信長は元親に四国全土を支配させては強くなりすぎると考え、土佐一国と阿波半国で矛を収めるように命じた。

「領国は吾《わ》が手で切り取るもの」

元親は信長と決別した。

「懲らしめてくれよう」

信長は三男神戸信孝《かんべのぶたか》に重臣丹羽長秀《にわながひで》を付け、三万の大軍を四国へ渡そうとした。まだ四国を完全に制覇していない元親にとって、大きな痛手になるはずであった。

しかし、元親は強運であった。四国遠征の軍勢が出立する寸前、信長は京都において、家臣明智日向守光秀《あけちひゅうがのかみみつひで》の裏切りに遭い、討ち死にした。

元親にとって信長の死は、大きな好機であった。

「中央が混乱している今こそ、四国を切り取り、そのまま京へ向け兵を挙げる」

戦国大名ならば、誰もが願う天下統一の夢を元親も見た。

信長の軍勢をあてにしていた讃岐《さぬき》の十河存保《そごうまさやす》は、本能寺《ほんのうじ》の変の衝撃でまともな対応ができず、攻め立てられて、敗走した。

妻が明智光秀の有力な与力武将斎藤内蔵助利三《さいとうくらのすけとしみつ》の異父妹であったこともあり、光秀が山崎《やまざき》の合戦で滅んでからも元親は羽柴筑前守《はしばちくぜんのかみ》秀吉と対峙《たいじ》し続けた。

元親にとって信長の後を継いで天下を統一しようと狙う人物は、己の野望にとって邪魔だったのだ。

元親は秀吉と対峙した柴田勝家《しばたかついえ》、徳川家康らと手を組み、秀吉の後背を脅《おびや》かし続けた。お陰で秀吉は貴重な軍勢の一部を、淡路《あわじ》や摂津《せっつ》に残しておかざるを得ず、賤ヶ岳《しずたけ》の合戦、小牧長久手《こまきながくて》の戦いと苦戦を強いられた。その隙を利用して、元親は讃岐、伊予まで平定した。

一応、秀吉も配下の武将仙石秀久《せんごくひでひさ》を援軍として出し、十河存保を支援させたが、元親の勢いに敵わず、敗走した。

秀吉は柴田勝家を滅ぼし、徳川家康と和議を結んだ後、紀州雑賀衆《きしゅうさいかしゅう》を平定、後顧の憂いをなくしてから四国へと目を向けた。

天正《てんしょう》十三年（一五八五）春、秀吉は元親に対し、伊予と讃岐の返還を命じた。

「戦って得たものを返すわけにはいかぬ」

四国を吾がものにした元親は、秀吉の言葉を一蹴、戦いは始まった。

「不遜なり」

信長の跡継ぎとして天下取りに名乗りをあげた秀吉にしてみれば、東の北条《ほうじょう》、南の島津とまだまだ巨大な敵は多い。四国で手こずれば、それら大名たちはもちろん、途上にある国人領主たちにも侮られる。いや、今は協力関係にある毛利や、やっと臣従させた徳川家康が離れるかも知れない。

また一からやり直しをするわけにはいかない。秀吉は、毛利と組んで十万と号する大軍を讃岐と伊予から四国へ上陸させた。

十分な迎撃態勢を取っていた元親だったが、兵力が違いすぎた。一万石で百人というのが通常である。四国全土でおよそ七十万石、長宗我部が用意できる軍勢は、七千人にしかない。とはいえ、四国は長宗我部の地元、地の利があるうえに、あちこちの要害に砦《とりで》や支城を設けている。十分戦いになるはずであった。

しかし、四国を平定して、まだ一年にもならない。阿波の三好、伊予の河野らに与していた国人領主たちのほとんどは、元親の威勢を怖れて従っているだけで、命をかけての忠誠心などない。そこへ、秀吉が大軍をもって攻めてきたのだ。真剣に戦うどころか、逃亡する、酷い輩《やから》になると裏切って、秀吉のもとへ走るなど、陣形はあっさりと崩壊してしまった。

「あと一年あれば、四国を完全に支配できたものを」

元親は歯がみをしたが、手の打ちようはなく、秀吉の前に膝を屈した。

「最初から従っておけば、土佐と阿波の二国を認めてやったものを。逆らった罰じゃ。土佐一国へ引っこんでおれ」

秀吉は、長宗我部を本国に封じこめた。

「九州征伐には出よ」

四国を制覇した秀吉は、続いて九州へと手を伸ばした。縋ってきた豊前《ぶぜん》の太守大友《おおとも》家を救い、勢力を大いに張っている島津を従わせるため、ふたたび秀吉は大軍を興した。しかし、大軍の派遣には手間がかかる。

「島津の北上を抑えるだけでいい。決して攻めかかるな」

厳命して秀吉は、四国勢を先発させた。

「まさか、あやつの下で戦うことになろうとはな」

三千の兵を率いて九州へ上陸した元親は、四国勢を見張る軍監に仙石秀久が就任したことに苦笑していた。

「十河とも手を組まねばなりませぬ」

同行している嫡男信親もため息を吐いた。

領地を取り返した十河存保も秀吉の命で参陣していた。

「島津は上様のご威光に怖れをなしておる」

秀吉が軍勢を派遣すると知った島津は、豊前まで進出していた軍勢を日向まで退かせて、守りを固めていた。それを見た仙石秀久が進軍を命じた。

「あれは罠でござる。戸次川を渡るところを狙い撃ちにされれば、身を隠すもののない我らはやられるだけでござる」

信親が反対した。

「長宗我部は四国を奪うほどの強兵であったはずだが、上様に負けて弱気になったと見える」

仙石秀久に嘲笑された信親が、憤怒した。

「ここで、吾は死ぬ。戦を知らぬ仙石ばらの言うことを聞けば、島津の罠にはまり、進軍を拒めば卑怯未練と嘲られる。武士としてその汚名は受け難し。進めば討ち死に、退《ひ》かば名を汚す。となれば、進んで死ぬわ」

信親が吐き捨てた。

「仙石は焦っているのだ。上様より我らを討つように命じられながら、みっともなくも逃げ出した。そのことで上様より厳しい叱責を受けたという。仙石は、我らをすり潰してでも、上様が来られるまでに勝利し、汚名を返上したいのよ」

元親もあきれていた。

「仙石の手柄のために死なねばなりませぬか」

「それが敗者というものだ。勝った者になにも言えぬ」

憤る息子に、元親は首を左右に振った。

長宗我部親子の危惧は、翌日しっかりと現実になった。

「突っこめええ」

最初に戸次川をこえたのは仙石秀久であった。鉄炮を斉射した後槍足軽が渡河、そのまま待ち受ける島津勢に駆け寄った。

槍は突くのではなく、叩く。織田信長の発案になる長柄槍は、普通の槍よりも一間半（約二・七メートル）ほど長い。つまり、仙石秀久の足軽が振るう槍は届いても、島津の槍は届かない。一方的に島津の足軽が叩かれた。

「退けっ」

たちまち島津勢が背を向けた。

「島津、弱し。このまま追え。手柄は立て放題じゃ」

仙石秀久が調子に乗った。

島津には釣り野伏《つりのぶ》せという伝統の策略があった。敵と当たったのち、適当に戦って、負けた振りをして退却する。島津弱しと勢いこんで追ってきた敵をあらかじめ伏せておいた味方のところまで誘いこんで、一気に包囲殲滅《せんめつ》するというものである。もちろん、相手が大軍で伏せ勢を残す余裕のないときなどは、地の利のよいところに誘いこんでの逆襲になる。また、もし相手が策に乗らず、追撃してこなければ、味方の損害なく陣形を整え再戦に挑める。敵がどう出ようとも、島津に損はないという妙策であった。

これに仙石秀久ははまった。

背中を向けて逃げる敵ほど弱いものはない。鎧兜《よろいかぶと》も背中は薄い。逃げる島津勢の背中しか見えなくなっていた九州遠征先遣軍が気づいたときには、すでに罠のなかであった。

「放て」

前から鉄炮の雨、横腹から攻めてくる島津の伏せ勢、たちまち九州遠征先遣軍は大混乱に陥った。

「固まれ、慌てるな。落ち着いて対処せよ。数ではこちらが優《まさ》っている」

そのなかで長宗我部軍は落ち着いていた。攻めてくる島津軍をあしらい、なんとか持ちこたえていた。

「だめだあ」

最初に逃げ出したのは、仙石秀久の軍勢であった。

「わあああ」

味方が逃げ出すと、取り残されるという恐怖で足軽たちが浮き足立つ。たちまち九州遠征先遣軍は崩壊した。

「十河民部大輔《みんぶたいふ》、討ち取ったあ」

戦場に大声が響き渡った。

「十河どのがやられたか、ええい、当主が討ち取られる恥を晒《さら》すわけにはいかぬ。なんとしても父を逃がせ」

信親が配下に命じた。

「さあ、ここが死に場所ぞ。長宗我部の名前、九州の地に刻んでくれる」

総崩れのなか、信親は七百ほどの手勢をまとめ、味方が逃げ出すための殿《しんがり》を引き受けた。

「天晴《あっぱ》れなる戦い振り。吾こそは島津家にその名を知られた新納忠元《にいろただもと》が軍《いくさ》奉行、鈴《すず》木大膳《きたいぜん》」

己に倍する敵を倒した信親を目指して、島津の猛将が躍りかかった。

「陪臣づれには、吾が首もったいないわ」

抵抗した信親だったが、すでに味方は全滅、己も疲れ果てており、とうとう首を討たれた。

「息子に救われるなど」

家臣に担がれて逃げた元親は、信親の死を知って崩れ落ちた。

九州遠征先遣軍を崩壊させた責任を問われた仙石秀久は追放され、嫡男を失った長宗我部は次の跡継ぎを巡って御家騒動を始めた。

土佐一国は元親という一代の出来物《できぶつ》によってまとまっていた。また、跡継ぎ信親も、父親に優るとも劣らない有能な人物であったお陰で、今まで国内は波風一つ立たず落ち着いていた。その信親が討ち死にしたことで状況が変わった。

元親には五人の男子がいた。

嫡男信親、次男親和《ちかかず》、三男親忠《ちかただ》、四男盛親、五男右近大夫《うこんたいふ》である。このうち五男の右近大夫は、まだ五歳と幼いので、家督争いからは除外された。いかに天下は秀吉のもとで落ち着きかけているとはいえ、まだ九州の島津、関東の北条、奥羽の伊達《おうう》《だて》とまつろわぬ者は多い。乱世はまだ終わっていないのだ。いつまた土佐が戦乱の巷《ちまた》になるかも知れないときに、槍も握れぬ子供が主では、長宗我部は生き残れない。

「信親のこと残念である。家督は次男親和にさせよ」

そして秀吉が長宗我部の家督へ介入してきた。

親和と親忠の二人は、長宗我部の降伏のとき、人質として出されていた経緯もあり、秀吉に近かった。

「親和は、香川《かがわ》の名跡でござる。親忠は津野《つの》の後継。ともに四国の名門でござれば、今さら、長宗我部の跡を継がすわけには参りませぬ」

元親は秀吉の命を拒んだ。

もともと元親が四国を制覇する都合で、子供を無理矢理有力な国人領主の家へ養子に押しつけたのだが、これを名分として元親は溺愛していた盛親を嫡子とした。

「上様が仙石ごときに軍令を任せたことで信親を失ったのだ。家督への口出しなどさせぬ。儂《わし》の思うようにする」

元親の恨みが、土佐に遺恨を残した。

結果、秀吉の推挽《すいばん》を形にできなかった親和は岡豊《おこう》城下の屋敷で憤死、御家騒動を懸念した元親によって親忠は幽閉された。

命令を蹴飛ばした元親を秀吉は不満に思ったが、嫡男討ち死にのことや、まだ九州、関東、奥羽の征伐も残っている。ここで元親を咎め立てるわけにもいかなかった。

とはいえ、天下人に逆らった形になる。盛親は嫡子になれたが、その家督相続は秀吉が死ぬまでお預けになった。

秀吉が死ぬのを見届けるかのように没した元親の後を受けて、盛親は長宗我部の家督を継いだが、豊臣の風当たりは強かった。とくに秀吉に見いだされて、人がましい身分になった奉行衆の態度は冷たかった。

それが今回露骨に出ていた。

「戦に参加しただけだな。これでは」

盛親は自陣だけが、味方陣営から大きく離れていることを嘆いた。

「それだけですみましょうや」

五百蔵左馬進が難しい顔をした。

「どういうことだ」

意味を盛親は量りかねた。

「我らが陣している栗原村は、徳川内府さまの左斜め後ろ。もっとも近いお味方は長束正家さま。とは申せ、長束さまの兵は少数。あまりあてにはできませせぬ」

「それはわかる」

長束正家は奉行衆の一人である。能吏だが武功はまったくない。家中の者にも名の知れた武将はいなかった。

「もし、今、我が陣が夜襲を受けたら、援軍は間に合いませせぬ」

五百蔵左馬進が告げた。

「…………」

盛親が絶句した。

「それならばまだよろしゅうござる。我ら五千の兵を囮《おとり》に……」

さすがに最後までは五百蔵左馬進も口にしなかった。

長宗我部の陣は、中仙道《なかせんどう》から垂井《たるい》で分かれた脇街道に沿っている。行軍を遮るものはどこにもない。もし、徳川内府に付いた軍勢が方向を変えて襲い来れば、対応するだけの間もなく蹂躙されかねなかった。

「そこへ……」

ちらと五百蔵左馬進が、左に見える南宮山を見た。南宮山には、徳川追討軍の主将たる毛利の陣がある。長宗我部を襲っている徳川内府方の脇腹へ、毛利勢は山を下る勢いのまま突っこめる。

軍は正面に強いが、横槍を付けられると弱い。

「我らを犠牲に勝ちを取る気か。島津どのの夜襲を卑怯だと採らなかったくせに、三成め。姑息なり」

盛親が吐き捨てた。

「島津さまが、夜襲を進言なされたのでございまするか」

側近とはいえ、大名たちが出席する軍議には参加できない。初めて聞いたと五百蔵左馬進が身を乗り出した。

「ああ。もっとも石田治部少輔どのによって、公儀の戦いに卑怯はならぬと拒まれたわ」

そのときの様子を盛親が語って聞かせた。

「夜襲は妙策。戦は勝ってこそ。勝ち続けたことで、豊臣家は天下を手にしたのでございましょうに」

五百蔵左馬進も三成の言いぶんにあきれた。

「言い出されたのが島津どのでなく、宇喜多どのや、大谷《おおたに》どのならば、話は違ったろうがな。島津どのも我ら同様豊臣からは嫌われておるゆえ」

大谷とは越前敦賀《えちぜんつるが》城主刑部少輔吉継《ぎょうぶしょうゆうよしつぐ》のことである。三成とは、古くからのつきあいで、朋友でもあった。

「島津さまも」

「ああ。九州征伐の対象であったからの。我が長宗我部が四国征伐の目的であったようにに」

「なるほど」

秀吉に逆らい続けた経歴をともに持つと言った盛親に、五百蔵左馬進が納得した。

「もう一つ、島津家には、大きな傷がある」

「傷……」

「うむ。九州征伐を始める前に、秀吉さまが出した降伏を勧める使者へ当主の義久《よしひさ》どのが返した答えがな」

「どのようなご返答をなさったのでございましょうや」

九州征伐に五百蔵左馬進は従軍していない。どころか、まだ五百蔵とも名乗っていなかった。

「吾も父から聞いた話だがな。義久どのは、口を極めて秀吉さまを罵ったらしい。生まれも定かでない成りあがりの下人《げにん》風情に、鎌倉《かまくら》以来薩摩《さつま》の守護をしてきた島津が頭《こうべ》を垂れられるか、とな」

「それはまた……」

天下人を下人扱いした島津義久に、五百蔵左馬進も驚いた。

「父によると、そのお陰で、島津は九州全土を手に入れる寸前であったにもかかわらず、本国の薩摩と大隅《おおすみ》の二国へ押しこめられた。義久どのの言葉がなければ、日向国も安堵されたはずだと」

「国一つの損を出した雑言《ぞうごん》でございますか」

壮大な悪口に五百蔵左馬進が感心した。

「ゆえに島津どのもご公儀には冷遇されている」

盛親は同病相憐《あいあわ》れむの気持ちであった。

「好き嫌いで策を左右されては、戦に勝てませぬ」

「だが、我らではどうしようもあるまい。今回は美濃まで遊山に来たと思うしかあるまい」

　盛親は、栗原村へ配されて以来、手柄をあきらめていた。

「さて、明日に備えて休む」

　小さく息を吐いて、盛親は鎧の胴だけを外して、横になった。


　長束正家、吉川広家、毛利本陣も動かない。関ヶ原を目視できない奥にいる長宗我部軍は、濃い霧もあって兵を出さずにいた。

「あまりになにもわからぬの。これでは、戦況が摑《つか》めぬわ。物見を出せ」

　いくら戦にかかわらせないよう遠くに配されたとはいえ、なにもしていませんでは、外聞が悪すぎる。盛親は家老の一人吉田孫左衛門《よしだまござえもん》に二百の兵を付けて、脇街道を進ませた。吉田孫左衛門は、元親の腹心として転戦を重ねた歴戦の猛者《もさ》であった。戦場の機微を見るにも長けており、盛親の軍指南役も兼ねていた。

「本陣を進ませたいところだが……」

　自らの目で戦場を見たいと思うのは、戦国武将として当然のことであった。しかし、長宗我部は、長束正家の後と決められている。それを勝手に動けば、抜け駆けと同じである。それこそ、長宗我部をどうかしようと考えている豊臣奉行衆に口実を与えることになる。盛親は、一人蚊帳《かや》の外でときが過ぎていくのを待っていた。

「殿、一大事にございまする」

じりじりしていた盛親のところへ、伝令が駆け寄ってきた。

「なにごとだ。騒がしい」

苛《いら》ついていた盛親が伝令を怒鳴った。

「長束正家さまより、ご使者でございまする」

「……長束どのから。通せ」

伝令の報告に、盛親が命じた。

「宮内少輔さま。主よりお伝えするように、とのことでございまする」

陣幕のなかに案内されて入ってきた長束家の使者が荒く息を吐きながら片膝をついた。

「うむ。伺おう」

盛親は床几《しょうぎ》に腰を落ち着けて、聞く姿勢を取った。

「お味方勢総崩れ、宮内少輔さまには、ただちに陣を退いて大坂へお戻りくださいませとのことでございまする」

「な、なにを……」

内容に、盛親は床几から転げ落ちそうになった。

「どういうことだ。詳細を教えよ」

盛親は他家の使者に食ってかかった。

「金吾中納言《きんごちゅうなごん》さま、ご背信《はいしん》。夜明けと同時《とも》に、松尾山《まつおやま》を駆け下りられ、大谷刑部少輔さまの陣へ襲いかかられましてございまする」

使者が答えた。

金吾中納言とは、小早川秀秋《こばやかわひであき》のことである。

「馬鹿な。中納言どのは、豊臣の一族ぞ」

盛親は驚愕した。

中国の雄毛利の一門小早川家の当主秀秋は、秀吉の妻ねねの兄木下家定《きのしたいえさだ》の五男であった。当初、毛利の跡継ぎとして秀吉が押しつけようとしたのを、小早川隆景《たかかげ》の奔走によって、小早川家の養子になった。

「豊臣の一族が公儀の戦で寝返るなど……」

「お伝えしました。では」

呆然としている盛親の前から、長束家の使者は帰っていった。

「殿、殿」

池内《いけうち》内蔵助が、盛親に声をかけた。

「いかがなさいますか」

主君の指示なしに、家臣は動けない。

「……孫左衛門は」

「まだ戻りませぬ」

信頼する老将の名前を出した盛親に、池内内蔵助が首を左右に振った。

「……内蔵助、どうすればいい」

こうなると若い五百蔵左馬進よりも老将のほうが頼りになる。

「長束さまをお疑いに」

池内内蔵助が声を潜めた。

「奉行衆だ。偽りで我らを退却させ、後日戦場離脱の咎で土佐を潰すつもりかもしれぬ」

盛親は疑心暗鬼に陥っていた。いかに家康が野戦の名人であろうとも、十万と号する大軍を、わずか一刻（約二時間）で壊滅できるとは思えなかった。

「確かめて参りましょうや」

「そうしてくれ。少し離れているが、南宮山の毛利どのの陣へ使いに行ってくれ」

「承知」

「急げよ。もし、まことなれば、急ぎ退却せねばならぬ。我らは長束どのの退路をふさぐ形で陣している。奉行衆の撤退を邪魔しては、後々の災いになりかねぬ」

「お任せを」

一礼した池内内蔵助が駆けていった。

「陣払いの用意をいたせ。ただし、外から撤退の様子を窺われぬよう、陣幕はそのままにしておけ」

盛親が偽装を指示した。

「まだか」

物見に出した吉田孫左衛門と使者に出した池内内蔵助の帰還を盛親は待った。待つしかできなかった。

「火縄を用意せい。出るぞ」

ついに盛親はしびれを切らした。待つよりは、陣を前進させて、この目で状況を確認しようと考えた。五千の一領具足があれば、一万やそこらの他国兵を怖れることはない。

「遅くなり申した」

寸前、吉田孫左衛門が戻ってきた。

「その傷は……戦ったのか」

磨きあげられていた吉田孫左衛門の鎧にいくつもの傷があった。

「池田の勢とやりあいました。殿、我が方負け戦でございまする」

「…………」

吉田孫左衛門の言葉に、盛親は黙った。

「池内内蔵助さま、お戻り」

本陣を警固する兵の声が響いた。

「……内蔵助」

盛親は力のない目で池内内蔵助を見た。

「毛利の本陣動かずでございまする」

池内内蔵助が小さく首を振った。

「二万からの兵が戦わなかっただと……」

盛親は嘆息した。

主将である毛利輝元は大坂に残り、関ヶ原には代理として一門の秀元《ひでもと》を出したとはいえ、その兵力は大きい。

「毛利前面の吉川さまが動かれなかったとのこと」

「小早川と吉川が揃って、内府に通じていた……あり得ぬ。これは公儀の戦いだったはずだ。内府を討つ。秀頼さまがお決めになられたことだろう。それに天下の大名は従わねばならぬ。違うか」

盛親は大声を出した。

「公儀の戦だと思えばこそ、皆に無理を命じて美濃まで来たのだ」

行軍は過酷であった。重い武器防具を身に付けての疲労から病に倒れる者、足を滑らせて崖から落ちる者、辛《つら》さから逃げ出す者など、相当数の落伍《らくご》者が出る。

「手柄を立てられぬ端に配されても辛抱した」

将兵たちに命をかけさせる代償は、手柄に応じた褒賞であった。その褒賞を望めない不利な場所へ行かされても、文句一つ言えないのは、この戦が天下人たる豊臣家からの軍役だからであった。軍役はすべての大名の義務であり、これを拒めば咎めを受けた。

兵たちに負担をかけても、それに報いてやれない。恩と奉公が武士の観念である。その恩が出せないのだ。変わらぬ奉公を求めるほうがまちがっている。それこそ、国元へ戻ってから国人一揆をおこされても文句は言えない。

「なのに総大将の一門が揃って公儀に背を向けるだと……」

盛親は憤怒していた。

「殿、島津どのの使者でございまする」

「通せ」

吾を失っている盛親に代わって、吉田孫左衛門が許した。

「御免。主豊久《とよひさ》より、長宗我部さまへ言付けでございまする。我ら利なし、ただちに引きあげられたしとのことでございまする。では」

言うだけ言って島津の使者は帰った。

兄信親の仇《あだ》でありながら、島津と長宗我部の仲は悪くなかった。そもそも信親討ち死にの責は、仙石秀久の無謀にある。また、領地へ侵入してきた敵を討つのは武家のならいで当たり前のことであり、それを恨みに思うのは心得がないと非難されるものであった。さらに、戦後信親の遺骸返還を求めた長宗我部に対し、島津が採った対応がすばらしいものだった。

島津は信親の遺骸を清め、遺品を添えててていねいに返還した。そのとき立ち会った島津の重臣新納忠元が、信親の武勇を褒め、涙を流してその死を惜しんだことも、一刻な土佐人の心を打った。豊臣の天下で嫌われている者同士というのもあり、長宗我部と島津は親しく往来していた。

「殿、兵たちを死なせるおつもりか」

まだ自失している盛親を吉田孫左衛門が叱咤《しった》した。

「あ、ああ」

盛親が、気づいた。

「撤退じゃ。陣幕は捨てよ。身一つでよい。土佐へ逃げる」

慌てて盛親が指示を出した。

「殿、このままただ背を向けては、総崩れになりましょう」

戦慣れしている吉田孫左衛門が、盛親を止めた。

「しかし、島津どののお報せでは、すでに味方は逃げ出しているというではないか。いつまでも戦場に残っていては、敵の目標となるだけぞ」

「いえ。退《の》き戦ほど難しいものはございませぬ。もし、このまま逃げ出せば、無事土佐に帰り着く者は半分もおりますまい」

「どういたせばよい」

盛親が軍指南役の吉田孫左衛門に意見を求めた。

「陣形を整えて、逃げてくる長束さまの勢を助けつつ、押し寄せる者どもへ一当てして出鼻をくじき、相手がひるんだ隙に、軍勢を退かせるのが常道でございまする」

吉田孫左衛門が述べた。

「わかった。五百蔵、先陣を任せる」

首肯して、盛親が五百蔵左馬進に命じた。

「土佐の長宗我部なら、相手にとって不足はない」

池田輝政、浅野幸長らの軍勢が、勝ちに乗って襲いかかってきた。が、すでに長宗我部軍の準備はできている。しかも、戦いに参加せず、疲れてもいない。攻めてきた連中を一蹴、武力を見せつけて悠々と退いた。

「内府どのに敵対した形になってしまった。内府どのは苛烈だ。どうやれば、こののち生き残れる」

戦わずして敗軍の将となった盛親は、見えなくなった未来《さき》に震えた。

秀忠編

人は運命から置き去りにされるときがある。

それを徳川権《ごん》中納言秀忠《ひでただ》は、目の当たりにした。いや、過ぎていく運命の背中を秀忠は呆然と見送った。

「な、なんだと。もう一度申せ」

秀忠は目の前に膝をついている伝令に命じた。

「美濃関ヶ原において、我が方大勝利。お館《やかた》さまを始め、皆さま御無事でございまする」

伝令が二度目の報告をした。

「お、終わった。大坂と江戸の戦いが一日で……」

秀忠が床几にくずおれた。

「お世継ぎさま」

「お気を確かに」

榊原式部大輔康政《さかきばらしきぶたいふやすまさ》、大久保治部少輔忠隣《おおくぼじぶしょうゆうただちか》が、秀忠に駆け寄った。

「詳細を語れ」

一人冷静な本多《ほんだ》佐渡守《さどのかみ》正信《まさのぶ》が、伝令に命じた。

「はっ。九月十五日、美濃関ヶ原にて合戦が始まり、一刻（約二時間）で敵軍陣形を保てず、敗走いたしました。お味方で討ち死にしたる将なく、敵方大谷刑部どの、島《しま》左近《さこん》どの、舞兵庫《まいひょうご》どの、島津中務大輔《なかつかさたいふ》どのらを討ち取りましてございまする」

「敵方はどれほどであった」

さらに本多正信が問うた。

「毛利、石田、宇喜多、小西《こにし》、長宗我部らを始めとする十万」

「十万が一刻で敗走……」

本多正信が思案に入った。

「小早川だな」

「はい。開戦と同時に小早川中納言さま、返り忠をなされ、大谷刑部隊へ突撃」

確認した本多正信に、伝令がうなずいた。

「殿の策が功を奏した………」

本多正信が難しい顔をした。

「……で戦いは終わり、逃げた謀叛人どもの追撃へと移りましてございまする」

すべてを伝令が語った。

「……で、殿はどちらに」

なにかを振り払うように小さく頭を振って、本多正信が尋ねた。

「お館さまは、佐和山城へと向かわれましてございまする」

伝令が告げた。

「ご苦労であった。下がって休め」

うなずいた本多正信は、伝令をねぎらった。

「佐渡、どういうことだ」

ようやく落ち着いた秀忠が、本多正信に事情説明を求めた。

「おめでとうございまする」

秀忠に向き直った本多正信が、大仰に祝いを述べた。

「合戦に勝ったのはめでたいことだが……我らが着く前に片が付くなどあり得ぬぞ」

秀忠の軍指南役を兼ねている副将の榊原康政が、口を出した。

徳川は軍勢を二分していた。江戸から東海道をまっすぐ進んだ家康率いる七万と中仙道をのぼる秀忠率いる四万である。

「我らこそ、徳川の軍。殿が率いられた諸大名たちとは心構えからして違う」

榊原康政の自負は正しかった。秀忠に付けられた四万の軍勢は、そのほとんどが徳川の旗本で構成されていた。

三河《みかわ》武士は、土佐の一領具足と並び称される精強な兵である。徳川に与しているだけの大名たちが連れている兵とは違って、不利になっても逃げ出すことはない。

「殿の策が当たったのだ」

本多正信が述べた。

「策……」

榊原康政が怪訝《けげん》な顔をした。

本多正信は、武勇ではなく知で家康に重用されていた。他家との交渉、罠などを得意としていた。

「小早川中納言どのを殿はお味方にと誘っておられたのだ」

「馬鹿を言うな。小早川は、豊臣の一族。石田治部少輔三成とも近い」

榊原康政が否定した。

「だからこそ、策なのだ。小早川どのが寝返るなどと思わぬから、陣の配置でも重要なところに置かれる。疑われて、後ろに配されたり、もっとも先陣に置かれては、寝返りの策など死ぬではないか」

諭すように本多正信が言った。

「父のご手配だとはわかるが、なぜ、余が参るまでお待ちくださらなかったのだ。我らがおれば、小早川づれの裏切りなどなくとも勝てたではないか」

策を知っていた本多正信への不満を、秀忠は口にした。

「当初の予定ではそうでございました」

「うっ……」

氷のような目で本多正信に睨《にら》まれた秀忠が言葉に詰まった。

「たかが真田《さなだ》ごときに手間を取られ、間に合わなかったのはこちらでござる。殿を非難するなど、論外でございましょう」

口調はていねいだが、本多正信の言葉は、秀忠の心をえぐった。

石田三成が檄《げき》を飛ばし、毛利輝元を主将にして、徳川討伐の命が公儀から出されたのは、七月十七日のことであった。

その一カ月前、六月十八日に上杉征伐の軍勢を率いて徳川家康が大坂を離れた隙におこなわれた暴挙であった。

「上杉征伐は、秀頼さまより直接命を受けたものである」

江戸で石田三成らの挙兵を知った家康は、同行している諸大名を前に、己の行動こそ正当であると宣言した。

「事実でござる。その証《あかし》として、秀頼さまは内府どのに二万両の軍資金と、二万石の兵糧をお下げ渡しになられました」

家康の主張を豊臣家とは近い親族にあたる浅野左京大夫《さきょうだいぶ》幸長が補強した。

「石田治部少輔こそ、ご公儀を自儘《じまま》にする謀叛人である」

家康が大声で断じた。

「されど、大坂には思いのある御仁もおられよう。秀頼さまを奸臣《かんしん》の手から取り返すためとはいえ、ご公儀に刃向かうという形を取らねばならぬことに、承伏《しょうぶく》できぬお方もおられよう」

ゆっくりと家康が集まっていた諸大名の顔を見た。

「ここから立ち去られても、決して徳川家は、恨みませぬ。戦いに参加されず、傍観してくだされば、この家康、感謝いたしまするぞ」

家康が去る者は去れと告げた。

「ご公儀の決定がまことであれば、我らは従わねばなりませぬ。一度、城へ戻り、あきらかになるまで控えておりまする」

との口実で、信州上田城主《しんしゅううえだ》真田安房守昌幸《あわのかみまさゆき》のようにすでに立ち去った者もいた。

「やむを得ぬ。どなたも随意になさるがよい」

家康は離脱を認めていた。

「なにを言われるか。我らは内府どののお下知に従って、ここまで参った。大坂へ帰り、秀頼さまに、ごあいさつを申しあげるまで、与力つかまつる」

石田三成と不仲で知られた福島侍従《じじゅう》正則が、最初に声をあげた。

「秀頼さまに害意はお持ちでござらぬな」

黒田甲斐守長政《かいのかみながまさ》が家康に確認した。

「もちろんじゃ。吾も秀頼さまの家臣。吾がおこないは、すべて秀頼さまのおためである」

家康が宣言した。

「ならば、問題ございませぬ。お供いたそう」

黒田長政も家康に付くと明言したことで、その場の空気が固まりかけた。

「吾が掛川《かけがわ》の城を明け渡しまする。弾薬、兵糧など、ご随意にお使いいただきたい」

遠州《えんしゅう》掛川城主山内対馬守《つしまのかみ》一豊が方向を決定づけた。

「おおっ。そう言ってくださるか。ありがたし」

家康が喜んだ。

「吾も内府どのに」

「治部少輔づれに、義などございませぬ」

山内一豊の発言を機に、座は一気にざわついた。

「かたじけなし。この家康、皆様方のご厚恩を決して忘れませぬぞ」

感極まった家康が涙を流し、そのまま軍議へと移行した。

「では、まず、上杉と去就の怪しい佐竹《さたけ》を抑えねばならぬ。これを北関東の御一同にお願いしたい。主将として秀康《ひでやす》、そなたが差配いたせ」

家康は背後の守りを次男結城参議《ゆうきさんぎ》秀康に託した。

「徳川家の命運をかけた戦に、お連れいただけぬのか」

勇将として鳴らした結城秀康が、決戦に参加したいと願った。

「背後を危うくしては、全力で戦えまい。上杉どもを押さえこむことこそ、戦の肝《きも》である。なにより、そなたの所領は佐竹と境を接しておる。自領を守らずして、なんの大名か」

家康は次男の願いを退けた。

「次に、江戸城の留守居は信吉《のぶよし》、そなたがいたせ。弾正少弼《だんじょうしょうひつ》どの、助けてやっていただきたい」

「お待ちあれ。吾が領は甲斐。中仙道を進む軍勢のお手伝いをいたしたく」

浅野弾正少弼長政《ながまさ》が決戦への同行を願った。

「よろしかろう」

家康が認めた。

「さて、肝心な先陣でござるが、諸侯にお任せする。東海道から大坂を目指していただく。侍従、中務大輔《なかつかさ》、そなたたちがお世話をせい」

家康が軍勢を分けた。

主力となる東海道侵攻軍に豊臣恩顧の大名のほとんどを配し、そこに軍監として井《い》伊《い》直政《なおまさ》、本多中務大輔忠勝《ただかつ》を付けた。

「その後を、この家康が参りまする」

「承った」

「お任せあれ」

黒田甲斐守長政、福島正則らが応諾した。

「続いて、中仙道を制しながら上方へと進む軍勢は、秀忠、そなたが率いよ。家臣ども、秀忠を支えていけ」

「はっ」

秀忠が手を突いた。

「式部大輔、佐渡守、治部少輔、任せる」

家康が腹心の榊原式部大輔康政、本多佐渡守正信、大久保治部少輔忠隣らに秀忠の補佐を命じた。

石田三成挙兵との報によって七月二十五日に、下野《しもつけ》小山《おやま》でおこなわれた軍評定《いくさひょうじょう》は終了、東海道を進むと決められた黒田や蜂須賀《はちすか》、寺沢《てらざわ》などの豊臣恩顧の大名たちは、とりあえずの集結場所として選ばれた福島正則の居城清洲《きよす》を目指し、七月二十六日から順次陣を払った。

「秀忠、参れ」

八月三日、秀忠はもう一度小山の家康に呼び出された。

「いろいろと送られてくる報告から見て、決戦は美濃か尾張《おわり》になるであろう」

「そこまで出張って参りまするか。治部少輔は」

石田三成の戦略に秀忠は驚いた。

「近江あたりで迎え撃つべきでしょうに」

豊臣の本拠は大坂である。近江までならば、二日もかからない。兵、兵糧、武器弾薬の追加も容易《たやす》い。

「そなたの意見こそ正しい。近江で待たれたならば、負けはせぬが勝てまい」

秀忠の意見を家康も認めた。

「天下人の戦がわかっていないのだ、治部少輔は。天下人の戦いは、負けねばよい。地力《じりき》があるからな。対して、挑む者は、勝たねば滅ぶ。そのあたりを、あやつは気づいておらぬ。まあ、小身者ゆえ、無理はないがの」

家康が石田三成を嘲笑した。

「どうやら治部少輔は思い切って進軍、できるだけ東国で我らを足止めするつもりだ」

「足止めでございますか。我らを討つというならば、決戦すべきでございましょう」

秀忠は首をかしげた。

「治部少輔は才子を気取っておるが、あやつは一人で儂に挑むだけの度胸も力もない。いや、儂の恐ろしさをよく知っていると申すべきだな。あやつは、大坂から率いてきた軍勢だけでは不安なのだ」

「さらに西国からの合流を待つと。たしかにこちらに与している西国大名たちは、大坂が邪魔をして、これ以上の兵を集められませぬ。ときが経てば経つほど、治部少輔方が強くなる」

秀忠はそう理解した。

「それもたしかに嫌な手だ」

家康も認めた。

「だが、それ以上に面倒で、向こうにとっては大きな手がある」

「そのようなものが……」

思いも付かないと秀忠が、家康へ問いかけるような目を向けた。

「上杉、佐竹をのぼらせ、我らの背後を突くことだ」

「……………」

聞いた秀忠は絶句した。

「十万の敵と対峙している最中に、たとえ一万ほどの少勢であったとしても、敵軍に背中を突かれてみよ。どれほどの戦巧者《いくさこうしゃ》でも、勝ちはない。そして、儂が率いているのは、いつ転ぶかわからぬ豊臣家に恩を持つ者どもだ」

「くっ……」

その状況を理解した秀忠は呻《うめ》いた。

「そうなってはまずい」

「はい」

家康が難しい顔で言い、秀忠も強く首肯した。

「そなたに譜代の家臣どもを付けて中仙道を進ませるのは、そのためだ。……わからぬか。佐竹は動けぬ。秀康を当てたのだ。秀康は策を立てるのは苦手だが、戦はうまい。少なくとも佐竹を通すことはすまい。万一、秀康が抜かれたとしても、江戸城がある。江戸城を落とさぬ限り、佐竹は我らの背中を襲えぬ。しかし、上杉は別じゃ。それに伊達は信用できぬ。その去就次第では上杉は後顧の憂いなく間道を使って南下して、中仙道へ軍勢を出してくる」

「その上杉を防ぐために、わたくしが」

秀忠は確認した。

「そなたの考えているのとは違うぞ。上杉への備えとして使うならば、中仙道を進めとは言わぬ。そなたに預けたのは、徳川がもっとも信頼する譜代の家臣。強者《つわもの》どもの集まりじゃ。その加勢なくして天下を取るのは難しい。本来ならば、儂の周りに二万ほど欲しいところだ」

「お連れになられてはいかがでございますか。もしも、黒田や福島が敵に回ったとき、譜代の者どもがおれば、父上さまをお守りできましょう。こちらは二万もあればよろしいかと」

家康の言葉に、秀忠は提案した。

「二万で、上杉の騎馬一万を防げるものではない」

はっきりと家康が首を左右に振った。

「それは……」

実際に戦ったことはないが、上杉の兵は強い。徳川がさんざんな目に遭わされた甲《こう》州《しゅう》武田《たけだ》信玄《しんげん》の兵と互角に戦ったことでも、それはわかっていた。

「四万要るのはわかるであろう」

「はい」

秀忠も戦国武将である。偉大な父の側で軍議にも参加してきた。今回の役目が上杉の足止めだけではないとわかっていた。

「万一、上杉が来たならば、独力でこれを押し返さなければなりませぬ」

「そうよ。儂は決戦に勝ったなら、その勢いをかって大坂へと進まねばならぬ。そなたが上杉と対峙し、押しこまれていても助けてはやれぬ。もし、儂がそなたを救うために軍勢を翻せば、決戦での勝ちが消える。負けて逃げた連中に、秀頼さまへ縋るときを与えるだけでなく、再戦の機会を与えることにもなりかねぬ。なにせ、上方は治部少輔どもの本拠だ」

家康は冷たく見捨てると言った。

「わかりまする。大坂を手にし、今回、父上に刃向かった連中の処断をなさねばなりませぬ」

「うむ」

満足そうに家康がうなずいた。

「そなたの役割こそ、徳川の命《めい》になる。初陣のそなたにこれほど重い役目を担わせるのは哀れであるが、これも惣領《そうりょう》の任じゃ。よいな。かならずや上杉の侵攻を防ぎ、軍勢を決戦地まで連れて参れ」

「承りましてございまする」

秀忠は一礼した。

「今までに初陣をすませていなかったのは残念である。だが、不安に思うことはない。そのために戦慣れした式部大輔と治部少輔を付けた。この二人の指示に従えば、大事ない」

榊原式部大輔康政、大久保治部少輔忠隣ともに、家康と幾多の戦場を生き抜いてきた歴戦の武将である。とくに榊原康政は、武でこそ本多忠勝に劣るが、軍勢を指揮させたら、徳川随一と言われる名将であった。

「……はい」

家臣の言うとおりにせよとの指図に、秀忠は忸怩《じくじ》たる思いを一瞬持った。しかし、父家康の命は絶対である。家康の指示に従わなければ、跡継ぎの座から放り出されることもある。豊臣秀吉と違い、家康には、武将としても名高い結城秀康から、九歳の末子辰千代《たつちよ》まで五人の男子がいる。今秀忠は跡継ぎとして遇されているが、このまま家督を継げるという保証はなかった。

準備を終えた秀忠は四万と号する大軍を率いて、宇都宮《うつのみや》を発《た》った。

四万もの軍勢となると、その維持だけでとてつもない兵糧が要る。一人あたり一日五合の支給として、二万升、二百石もの米が消費される。あるていどは現地で調達するにしても、かなりの量を持参しなければならない。これら物資の輸送をしながら、進軍する。どうしてもその速度は遅くなった。

「上杉が兵を進めてきたときの利になっては困りますゆえ」

さらに榊原康政の進言で、途中にある村々から米を徴発し、川にあった橋を壊しながら進んだことで、いっそうの遅滞を招いていた。

「ようやく小諸《こもろ》か」

宇都宮を出て七日経った九月二日、秀忠は小諸に陣を布いた。

「伊豆守《いずのかみ》をこれへ」

秀忠は、真田伊豆守信幸《のぶゆき》を呼んだ。

「御前に」

すぐに上州《じょうしゅう》沼田《ぬまた》城主真田伊豆守信幸が参じた。真田信幸は本多忠勝の娘を家康の養女として娶《めと》っている。形だけとはいえ、秀忠の義理の弟になる。天正十七年（一五八九）以降、徳川の家臣として仕え、今回も秀忠の軍に配されていた。

「父を説得して参れ。今ならば咎めぬ」

「ご厚情、かたじけのうございまする」

真田信幸が平伏した。

すでに小山評定の前に離れた真田昌幸が、石田三成に与したことはわかっていた。秀忠も八日前に真田信幸へ宛てて、上田城を攻めるとの書状を出し、加勢を命じている。その状況下での降伏勧告は、真田信幸への情であった。

「城を明け渡しまする。お世継ぎさまをお迎えする体裁を整えたく存じますゆえ、いささかの猶予を願いたい」

我が子の説得に、真田昌幸はあっさりと応じた。

「ほう」

かつて真田昌幸の籠もる上田城を攻め、無残な敗北を喫した経験を忘れられない徳川の陣営に、この報せは朗報であった。真田昌幸相手に戦うのは厄介《やっかい》だと、誰もがわかっていた。

「まだか」

「いささか、城のなかが汚れておりまする」

「障子や襖《ふすま》の破れなどを補修いたしたく」

しかし、一向に城は明け渡されず、のらりくらりと真田昌幸の言いわけだけが増えていった。

「今までの猶予で籠城の用意ができ申した。ありがたし」

三日後、人を馬鹿にしたような使者を真田昌幸が寄こした。

「おのれ……命を助けてやろうという恩情を仇《あだ》にするか」

秀忠は憤怒した。

「真田許すまじ。たかが二千の兵が籠もる小城など、鎧袖一触《がいしゅういっしょく》でござる」

かつて上田城攻めで苦汁を飲まされた配下の将たちも憤った。

「上田城ごとき、相手にせず、五千ほどの兵で周りを囲み、動けぬようにして、我らは殿との合流を目指すべきでござる」

　本多正信が進言した。

「いや、ここまでされておきながら、真田を捨て置けば、お世継ぎさまのお名前にもかかわる」

　大久保忠隣が、真田は潰すべきだと主張した。

「式部大輔、そなたの意見は」

　秀忠は軍指南の榊原康政に問うた。

「佐渡守の意見こそ至当でございますが……」

「が、なんじゃ」

　先を秀忠が促した。

「もし、上杉が中仙道を進んで参りましたら、五千ていどの兵では、一蹴されましょう。機を合わせて真田が上田城より討って出れば、それこそあっという間にお味方は潰走、そのまま上杉と真田の連合軍が、我らの背後に襲いかかって参ることになりかねませぬ」

　榊原康政が苦悩の表情を見せた。

「放置するは危険だと申すか」

「さようでござる」

確かめる秀忠に、榊原康政がうなずいた。

「後ろの不安は除くべきでござる」

大久保忠隣が強く言った。

「抑えよ、治部少輔。そなたの父が天正十三年の真田攻めで、手痛い敗北を喫したことへの恨みをここで持ち出すな」

本多正信が、大久保忠隣をたしなめた。

天正十三年、上杉と結んだ真田を徳川家康は七千の兵を出して攻めた。そのときの将として従軍した大久保忠隣の父忠世《ただよ》は、真田昌幸の采配に翻弄され、倍以上の軍勢でありながら敗退するという大恥を掻《か》いていた。

「なんだと、きさま。戦のこともわからぬくせに」

大久保忠隣が本多正信に食ってかかった。

「よさぬか、お世継ぎさまの前ぞ」

榊原康政が割って入った。

「むうう」

「…………」

不満そうなうなり声をあげた大久保忠隣が、黙った本多正信を睨みつけた。

「いかがいたしましょう」

埒《らち》が明かないと、榊原康政が、秀忠の判断を仰いだ。

「…………」

上杉征伐に出たとはいえ、今のところ戦いはなく、秀忠にとってこれが初陣となる。初陣の勝ち負けは、将来にわたって影響する。初陣で負けた武将は、運がないとされ、配下の忠誠を得にくくなる。

「二千ならば、勝てるか」

五千近い小荷駄《こにだ》隊を連れているとはいえ、こちらは四万の大軍である。このまま見過ごして進めば、寡勢を怖れた臆病者という誹《そし》りを受けるのはまちがいなかった。

「上田を攻める」

秀忠は決断した。

「先陣はお任せあれ」

勇んで大久保忠隣が名乗り出た。

「わたくしはいかがいたしましょう」

真田信幸が問うた。

「そなたは上田の支城戸石《といし》を落とせ」

攻めている最中に寝返られてはおおごとになる。秀忠は真田信幸を主戦場から遠ざけた。

「かたじけなき仰せ」

感謝して真田信幸が本陣を後にした。

「一同、励め」

秀忠が軍配を振った。


小諸から上田城の東、染谷台《そめやだい》に本陣を移した秀忠の緒戦は、真田信幸による戸石城攻めであった。

「真田同士で相争うのは、本意に非《あら》ず。城を開け」

「承知した」

戦う前に使者を出した兄真田信幸の勧めに、戸石城を預かっていた弟真田左衛門佐《さえもんのすけ》信繁《のぶしげ》はすんなりとうなずいた。

信繁は戸石城を明け渡し、上田城へと兵を戻した。

「そのまま戸石城を守っていよ」

秀忠は、真田信幸を留め置いた。

「戸石城は落とした。この勢いをかって行け」

上田城へと秀忠は軍勢を向かせた。

「ふん。愚か者めが。こちらは日数を稼ぎ、軍勢を足止めするだけでいい。四万からの兵が決戦に参加しなければ、戦下手の治部少輔でも負けはすまい。上杉が来るまで保《も》てば、勝負はこちらのもの」

櫓《やぐら》から迫りくる徳川勢を見下ろしながら、真田昌幸が笑った。

「策どおりにするぞ。徳川の跡継ぎに、戦の恐ろしさを教えてやれ」

真田昌幸が、息子信繁に五百の兵を預けた。

「お任せあれ」

勇んで真田信繁が物見櫓から降りていった。

徳川勢は、ゆっくりと上田城の包囲を狭めていった。

真田昌幸が縄張りをした上田城は、南側を千曲《ちくま》川、西と北を矢出沢《やでさわ》川の水を引きこんで堀とし、城門のある東には湿地帯を置いた堅城であった。

「突っこめ、突っこめ」

徳川方は、東側の城門を打ち破るべく、湿地帯に踏みこんだ。

「このていどの小城、城門に着けば一撃じゃ。一番乗りには、望みのものを褒美として出すぞ」

大久保忠隣が、兵たちを鼓舞した。

「おう」

兵はげんきんなものだ。褒美が目の前にぶら下がると一気に士気があがる。歩きにくい湿地帯だったが、足を大きく動かして前に進んだ。

「そろそろよかろうぞ。行け」

物見櫓の上から、真田昌幸が合図をし、鉦《かね》を鳴らさせた。

「突撃」

大手門が開き、真田信繁が五百の兵を率いて、湿地帯に苦労している徳川勢の先鋒に襲いかかった。

真田の兵は日頃から湿地帯を通っている。どうすれば足がぬかるみにはまりにくいか、どこなら歩きやすいかをよく知っていた。

「わっ」

「くそっ」

足下に苦労しているところへ、攻め立てられてはたまったものではない。たちまち徳川の先鋒は崩れた。

「落ち着け。足下の悪いのは真田も同じじゃ」

三方《みかた》ヶ原《はら》の戦い、小牧長久手の戦いと生き残ってきた大久保忠隣である。すぐに味方を落ち着かせた。

「思いのほかやるの。ちと昔教えすぎたか」

その様子を見ていた真田昌幸が苦笑した。

「こちらは負けねばよいだけじゃ。そろそろよかろう」

味方の勢いが止まる前に、真田昌幸は退き鉦《ひがね》を鳴らさせ、兵を退いた。

上田城での戦いは真田昌幸にまず軍配があがった。

「おのれ」

被害を受けた先鋒を下げると秀忠は激した。

「数で押し切れ」

翌日、秀忠は一斉攻撃を命じた。

「迎え撃て」

ふたたび大手門を開けて、今度は真田昌幸が兵を率いて出てきた。

「ここは真田の土地だ。よそ者は出ていくがいい」

謀将昌幸の指揮で真田の兵が徳川の兵を討ち取っていく。

「囲め、相手は少数じゃ」

大久保忠隣、榊原康政の二人は、崩れかけた陣形を維持し、さらに反撃に出た。

衆寡敵せず、やがて真田の勢いは止まり、徳川によって数を減らし始めた。

「いかぬ。退け」

小半刻（約三十分）ほどで真田昌幸は、利あらずと背を向けた。

「逃がすな。追え。このまま門の奥へなだれこめ」

大久保忠隣が手にした槍を突きあげて、兵たちを進軍させた。

「逃げろ、逃げろ」

真田の兵が算を乱して、城へと駆けていく。

「追え、追え」

味方の勝ち戦に、少し離れた本陣から見ていた秀忠も興奮した。

戦というのは命を奪い合う行為である。己が殺されるかもしれないという恐怖を忘れられない限り、戦場には一時もいられない。

兵たちは頭に血をのぼらせることで、この恐怖を打ち払い、敵に向かっていけるのだ。

だが、頭に血がのぼれば、敵を討つことしか考えられなくなる。それ以外のことはまったく目に入らなくなった。

ましてや、相手は逃げている。勝ったというおごりが、一層兵たちの油断を誘った。

「今ぞ」

背を向けたまま、真田昌幸が手にしていた槍を高々と振りあげた。とたんに、城への道の両側から真田の兵が湧いた。

「伏せ勢か」

榊原康政が唇を噛《か》んだ。

大軍といえども、走り出すと一人一人の速さの違いで乱れが出る。兵を揃えての行進ができなくなった状態で、横っ腹を突かれては、多少の数の差など吹き飛ぶ。

「なんだ……ぎゃああ」

驚いて足を止めた徳川の兵が、たちまちにして討ち取られた。

「よし、こちらも突撃じゃ」

逃げていた真田昌幸が、軍勢を反転、乱れた徳川へと槍を付けた。と同時に、大手門が開き、なかから鉄炮が放たれた。

「ぎゃああ」

「押すな」

前と左右から攻撃された徳川の軍勢は大いに崩れた。

「なにが……」

「お世継ぎさま、引きあげの合図を」

あまりの状況変化に呆然としている秀忠へ、本多正信が冷静な声をかけた。

「あ、ああ」

秀忠はうなずくしかなかった。

こうして二日目も敗戦のうちに終わった。

さすがに二日続けての負けは、陣営を暗くした。

「…………」

秀忠も無口になった。

「ご満足されたか」

敗戦を受けての軍議で最初に口を開いたのは、本多正信であった。

「どういう意味だ」

神経を逆撫でするような言い方に、秀忠は腹を立てた。

「お世継ぎさまの初陣の結果にでござる」

「佐渡、口が過ぎる」

本多佐渡守正信を大久保治部少輔忠隣が怒鳴りつけた。

「きさまもだ、治部少輔。どれだけの兵が死に、何人が怪我をし、使いものにならなくなったか、考えろ。殿が天下に手をかけられるという重要なときに、どれほどの無駄か」

本多正信が、大久保忠隣をあげつらった。

「きさま……」

「抑えろ、治部少輔。佐渡も言いすぎだ」

榊原康政が二人を制した。

「……むう」

「ふん……」

家康の信頼厚い榊原式部大輔康政には、二人も逆らえない。それぞれ不満そうな顔を見せながら、黙った。

「式部大輔、どうする」

「残念ながら……」

秀忠に問われた榊原康政が、苦い顔をした。

「このまま上田城を放置することはできなくなりましてござる」

榊原康政が述べた。

「なにをっ」

本多佐渡守が絶句した。

「佐渡、このまま上田城を落とさずに、軍勢を美濃へ向かわせれば、お世継ぎさまは天下の笑いものになるぞ。このていどの小城に手こずるようでは、徳川の跡継ぎにふさわしくないとな」

「……くっ」

跡継ぎにふさわしくないと言われた秀忠も絶句した。

「上田城を落とせば、二度の敗戦は消える。緒戦で負けたくらいはどうということはない。要は最後に勝てばいい」

「式部大輔、そうは言うが、殿との合流をせねばならぬ。何日もときをかけることはできぬ」

本多正信が首を左右に振った。

「なにを。お世継ぎさまの名誉こそ守らねばならぬのだぞ」

大久保忠隣が本多正信に迫った。

「殿の天下取りの前には、些細なことだ」

「佐渡」

「きさまっ」

思わず漏らした本多正信に、榊原康政と大久保忠隣が声を荒らげた。

「徳川なくして、お世継ぎもなにもない。もし、決戦に負ければ、徳川は逆賊になるのだぞ」

「…………」

本多正信の指摘に、二人は黙った。

「徳川の命運……か」

秀忠は一気に背中が冷たくなった。徳川がなくなるという恐怖よりも、己が要らなくなるという喪失感に、秀忠は震えた。

「もう一度、もう一度だけ、攻めさせよ」

秀忠は叫ぶように命じた。

「そうじゃ。この二日の戦いで、こちらも傷を受けたが、真田の損害も大きい。なにより、もう同じ手は使わせぬ。門が開いてやつらが出てきたならば、鉄炮で迎えてくれる」

大久保忠隣が、強い口調で宣言した。

「よろしいのでございますか」

榊原康政が確認をした。

「吾が名よりも、徳川の家が大事である。ただ、吾が矜持《きょうじ》を見せるために、もう一度だけ戦をしたい。これに勝とうが負けようが、吾は軍を率いて中仙道を進む」

強く秀忠は宣言した。

「お見事なるお覚悟でございまする。では、明日夜明けとともに兵を出しまする」

秀忠の決意を称賛した榊原康政の発言で軍議は終わった。

翌朝、千曲川の朝靄《あさもや》が薄れるのを待って、秀忠は軍配を掲げた。

「ものども……」

軍配を振り下ろそうとしたところへ、陣幕のなかに小姓が入ってきた。

「殿よりのお使者がお目通りを願っておりまする」

「……父上よりの使者だと。お通しせよ」

軍配を振り下ろすよりも、家康の使者は大事であった。秀忠は、即座に使者を招き入れた。

「お世継ぎさまに殿よりのご指示を……」

秀忠の前に片膝をついた使者が用件を話し始めた。

「中仙道の制圧を止《や》め、ただちに本隊との合流を目指せとのご諚《じょう》でございまする」

「まことか」

秀忠は確かめずにはいられなかった。父家康から、中仙道の確保を秀忠は任された。そのために上田城を攻めている。上田城攻めの名分は、家康の指図にあった。

「はい。決戦の時期が早まりそうだとのことでございまする」

「…………」

使者が運んできた家康の指示に秀忠は言葉を失った。総大将家康の指図とあれば、秀忠の名誉など無視される。これで秀忠は死ぬまで初陣で勝てなかった武将という評判を甘受せざるを得なくなったのだ。

「早まるだと。それはいかぬ。殿の周りには二万しか譜代の兵がおらぬ」

黙った秀忠に代わって榊原康政が応じた。

今回徳川家は、譜代の家臣を大きく四つに割っていた。一つが結城秀康率いる佐竹、上杉牽制軍、次が江戸城の留守を任された家康の五男武田信吉に預けられた江戸城警固軍、三つ目に秀忠が率いている中仙道侵攻軍、そして最後が家康を守る本隊である。

譜代大名を含め二百万石をこえる所領を持つ徳川家の動員力は、二十万近い。とはいえ、そのすべてを石田治部少輔三成との戦いに使えるわけではなかった。

江戸城以外の支城にも兵を詰めさせなければならない。領地の治安を維持するために、巡回させる兵も要る。その苦しいなかで家康は嫡男秀忠のために、四万もの兵を与えてくれた。その結果、大将である家康の周りを固める兵が少なくなってしまった。

「一つお詫《こうべ》びをせねばならぬことが」

使者が首《こうべ》を垂れた。

「なんじゃ」

秀忠が発言を許した。

「殿が江戸を出られる前、それがしを使者に任じられましたが……」

使者がうつむいた。

「さっさと言え」

心情を斟酌《しんしゃく》せず、秀忠が急《せ》かした。

「長雨に遭い、利根川《とね》を三日も渡れず……」

「遅れたと申すのだな」

「申しわけもございませぬ」

「ええい、ふがいない者よ。その役目の重さを見れば、川くらい命をかけて……」

「お世継ぎさま。天には勝てませぬ。それ以上は」

平伏した使者を罵っていた秀忠を、榊原康政が宥《なだ》めた。

「くうう」

秀忠は榊原康政を睨みつけた。

三日前に使者が着いていたら、秀忠は上田城攻めをしなかった。初陣で負けを喫しなくてもすんだ。その恨みが、秀忠を追いこんでいた。

「我らが間に合わず、福島や黒田が決戦で寝返ったら……殿が危ない」

忠義に厚い榊原康政が、秀忠を見た。

「た、ただちに陣を払う。父のもとへ向かう」

家康になにかあれば、徳川は吹き飛んでしまう。慌てて秀忠が指示した。

とはいえ、戦いの用意をしていた陣が、そうそう簡単に撤収できるものではなかった。秀忠の焦燥感をよそ目に、軍勢の用意は遅々として進まなかった。

「出立」

軍勢は昼を過ぎて、やっと動き出した。

「割に見切りが早かったな」

去っていく徳川勢を櫓から見下ろしていた真田昌幸が苦笑した。

「かなり痛手を与えましたが」

真田信繁が戦果を誇った。

昨日の策は、見事にはまった。三方から攻められた徳川勢の被害は、真田の数倍をこえていた。

「数だけ見れば、焼け石に水だがな。四万の兵から三千削ったところで大勢に影響はないわ」

相手に与えた損害が、たいしたものではないと真田昌幸が嘆息した。

「まあ、もともと勝てるわけのない戦いだ。それにしてはよくやったと思う。後は石田治部少輔どのに任す」

「はい」

真田信繁も父の意見に同意した。

「ということで、徳川のお世継ぎ殿に、贈り物をしようではないか。去っていく背中に、我らの勝ちどきをくれてやれ」

小さく口の端をつりあげた真田昌幸が槍を振りあげた。

「えい、えい、おうう」

上田城にいた真田兵が大声で勝ちどきをあげた。

「くっっ」

背後から聞こえる勝ちどきが、秀忠を打ちのめした。

「駆けろ」

秀忠は、少しでも上田城から離れるべく足を速めさせた。


上田城を後にした秀忠は、家康の本隊との合流を急いだが、不運は続いた。

「ええい、いつまで降り続くのだ。いい加減にせんか」

秀忠が天を罵るほど、激しい雨が続いた。

中仙道は、長雨の影響でぬかるみ、騎馬の足を取り、兵たちの体力を奪う。さらにやわらかくなった道が小荷駄の車輪を食いこませ、行軍の速度は落ちる一方であった。

「このままでは、間に合いませぬな」

上田城攻め以来、冷たい対応が目立つ本多正信が独り言のように呟いた。

「むうう」

秀忠の焦りは増した。

「小荷駄は後から来させよ」

足手まといになっている小荷駄の切り離しを秀忠は決断した。

「兵たちに二日分の腰兵糧を」

空腹で戦場に行っても、まともに戦えるはずもない。秀忠の決断の欠けたところを、老練な榊原康政が補った。

「用意できるまで、休止」

大久保忠隣が止めさせた。

「兵糧は進みながらじゃ」

「残していく小荷駄を外しても三万からの兵でございまする。これだけの兵に配るとなれば、相当な混雑となりまする。さらに、終わるまで小荷駄を同行させねばなりませぬ。それでは、意味がございますまい。それに急いで行軍し続けて参りましたゆえ、兵たちの疲れも酷くなっておりまする。疲れはかえって足を遅くしますゆえ」

小休止することが、後々のためになる。そう、大久保忠隣が秀忠を諭した。

「……わかった。だが、手早くいたせよ」

老臣二人に言われては、秀忠も反論できなかった。

「御免」

大久保忠隣が、休息と兵糧支給の差配をするために離れていった。

小休止とはいえ、大将ともなるとそのへんに腰を下ろしてというわけにはいかなかった。すぐに陣幕が張られ、秀忠のための座が用意された。

「……………」

大将としての格と見栄のため、こういったものが要るとわかってはいるが、無駄な手間だと感じた秀忠は、不服そうな表情をしていた。

「お世継ぎさま」

榊原康政が首を小さく左右に振って、秀忠をたしなめた。

「わかっておるわ」

秀忠は榊原康政から目をそらした。

「申しあげます。騎馬が街道をこちらに向かって参りまする」

前方を警戒していた馬廻りが報告した。

「数は」

榊原康政が問うた。

「確かとはわかりませぬが、数騎ていどかと」

馬廻りが答えた。

「お世継ぎさま、本多中務大輔殿よりの使者でございまする」

「中務大輔だと。中務大輔は……」

「本隊の軍監を務めておりまする」

首をかしげた秀忠に榊原康政が答えた。本多中務大輔忠勝は、初陣以来一度も背中に傷を負ったことがないと自慢する勇将であり、今回は家康の側に付いていた。

「なにかあったのか、本隊に」

「合流を急かす使いではございませぬか」

本多正信と、使者と聞いて慌てて本陣に戻ってきた大久保忠隣が口々に述べた。

「通せ。話を聞かねばわからぬ」

秀忠が使者を呼べと命じた。

「お目通りをいただき、かたじけのうございまする」

使者が一礼した。

「よい。で、なんじゃ。合流のことならば、ここで小荷駄を切り離し、駆けに駆けるつもりである」

前置きなしに、用件を言えと秀忠は促した。

「はっ」

顔をあげた使者が、秀忠を見上げた。

「十五日、美濃関ヶ原におきまして、我が軍、敵方と決戦をおこない、大勝利いたしましてございまする」

使者が誇らしげに宣した。

「な、なんだと。もう一度申せ」

秀忠は、信じられなかった。

「……我が方大勝利」

使者が繰り返した。

「吾を待たずに……」

秀忠が力をなくした。

「詳細を語れ」

呆然とする秀忠に代わって、本多正信が促した。

「十四日の夜、美濃関ヶ原桃配山《ももくばりやま》に陣を布かれた……」

使者が戦闘の詳細を話し始めた。

「……十四日、小早川中納言さま、伊藤長門守《いとうながとのかみ》さまを押しのけ松尾山へ陣を移動なさり……」

伊藤長門守盛正《もりまさ》は大垣《おおがき》城主であった。大垣城を本陣として石田三成に明け渡し、数百ほどの兵を率いて関ヶ原を見下ろせる松尾山に移動していた。

「焦ったな小早川め。目立つとは愚かな」

本多正信が苦く頬をゆがめた。

「翌十五日、井伊侍従さま、松平忠吉《まつだいらただよし》さまを擁して抜け駆け、宇喜多備前宰相の陣へと鉄炮撃ちかけ、戦いが……」

「抜け駆けしただと。福松《ふくまつ》がか」

福松とは秀忠の弟松平忠吉の幼名である。呆然としていた秀忠は、抜け駆けという言葉に反応した。

「はい。そこで戦端が開かれました。その直後、小早川さまが返り忠をなさり、一気に大谷刑部少輔の軍勢へ襲いかかられましてございまする」

使者が述べた。

「松尾山は、要地。上から駆け下りる勢いで襲いかかったならば、兵数の少ない大谷では支えられませぬ。戦いは一瞬で終わったかと」

榊原康政が言った。

大谷吉継の所領は五万石である。動員できる兵は五百ほどしかない。家臣たちが独自に用意した兵や足軽を合わせても二千がよいところである。万をこえる兵を出した小早川に脇から攻められてはひとたまりもない。

「小早川め、怖れたな。胆力のない小僧だ」

本多正信が吐き捨てた。

「どういう意味だ、佐渡」

大久保忠隣が問うた。

「小早川は早くから、殿に通じていたのだ。殿の策で、石田治部少輔に与する振りをし、いざ戦いとなったとき、寝返る約束ができていた」

家康の懐刀と言われているだけある。本多正信は、小早川の内応を知っていた。

「ただ、それは殿の合図でおこなうはずだった。しかし、内応が周囲にばれれば元も子もなくなる。どころか下手すると手痛い反撃を受けかねない。その不安に小早川は耐えられなかったのだ」

大きく本多正信が嘆息した。

「殿は、お世継ぎさまの合流がなるまで戦わぬと決めておられたのに……それを侍従と小早川中納言が無にしてくれた」

「吾が行くまで待って……」

本多正信の説明に、秀忠は驚いた。

「当たり前でございましょう。お世継ぎさまは、徳川の跡取りでございますぞ。そのお方が、天下分け目の戦にいなくてどうすると。殿は、お世継ぎさまに一定の手柄を立てさせ、それをもって名実ともに跡取りとしてお披露目するおつもりでございました。それを侍従は邪魔いたしました。忠吉さまの室は井伊侍従の娘、娘婿を跡継ぎにしたいと企んだのでございましょう。お世継ぎさまがおられないところで、忠吉さまに手柄を立てさせる。間に合わなかった三男と武功をあげた四男……どちらが徳川という大大名の、いえ、天下人の跡継ぎにふさわしいか。世間はどう見ましょうぞ」

「そ、そんな」

　秀忠は腰から落ちた。

「だから上田城などにかかわるなと申しあげておりましたものを」

　冷たい眼差しで本多正信が秀忠を見た。

「あれは父上の命……変更の報せが遅れたせいじゃ」

「殿のせいになさるな」

　言いわけする秀忠を本多正信が叱りつけた。

「なにがあろうとも、殿は正しい。そうでなくば家は保ちませぬ。すべては、戦に遅参した権中納言さまの失態」

　とうとう世継ぎと本多正信が呼ばなくなった。

「ああああ」

　目の前に開かれていた将来が、閉じていく音を秀忠は聞いた。

第二章　焦燥の急

盛親編

取り返そうとするほど失敗の傷は深くなる。

負け戦とはいえ、長宗我部の軍勢はさしたる被害を受けていなかった。

寝返った小早川中納言秀秋の攻撃を横腹に喰らった大谷刑部少輔吉継隊はほぼ壊滅、奮戦した豊臣大老の一人宇喜多備前宰相秀家隊が陣形さえ取れない状況で敗走したのに比べれば、はるかにましであった。

長宗我部宮内少輔盛親は、馬上で揺られながら関ヶ原から逃げ出していた。

「殿」

併走する五百蔵左馬進が、呆然としたままの盛親に声をかけた。

「…………」

盛親は反応しなかった。

「いかがなされました」

気づいていないと悟った五百蔵左馬進が、少し大きな声を出した。

「……なんだ」

ようやく盛親は振り向いた。

「この後どういたしましょうや」

五百蔵左馬進が問うた。

長宗我部軍は関ヶ原から大坂を目指して撤退していた。徳川家康と対峙した諸大名軍のなかで、もっとも東側と言える位置に陣取っていただけに、逃走は困難だと考えられた。

「すんなり大坂へ帰るわけにはいくまいな」

盛親は難しい顔をした。

戦で負けたとき、もっとも怖ろしいのが追撃であった。背中を見せて逃げ出しているだけに、攻撃を防ぐことができずあっという間に崩壊してしまう。

そうでなくとも負けて意気消沈しているのだ。

勝っている、あるいは負けていないとき、敵に相対しているからこそ、気持ちを高揚させ、武器を振るえる。そもそも刀や槍、弓矢、鉄炮も前に向かって力を発揮するようにできている。鎧兜も正面からの攻撃を防ぐためにあり、背後からの防御は薄い。

これらすべてが重なる。撤退戦が難しいと言われる所以《ゆえん》であった。

「孫左衛門」

盛親は傅育《ふいく》役を務めてくれた老将を呼んだ。

「お呼びで」

行軍の殿《しんがり》を務めていた吉田孫左衛門が、馬を駆けさせてきた。

「どこを通るべきか」

盛親は吉田孫左衛門へ尋ねた。

「関ヶ原を南へ迂回《うかい》、中仙道を避けて近江へ入り、多羅尾《たらお》山で伊賀《いが》へと進むのがよろしいかと」

吉田孫左衛門が告げた。

「かなり遠回りになるぞ」

盛親が悩んだ。

「逃げ出す者も出ましょうが、やむを得ますまい」

決断をためらう盛親に、吉田孫左衛門が述べた。

長宗我部は、故国土佐をはるかに離れた美濃の地で敗走していた。将はまだしも兵は、国に帰れるかどうかの不安に押し潰されそうになっている。

そんななか安全のためとはいえ、最短ではなく遠回りの道を行くことに納得できる者は少ない。

「少しでも早く土佐へ帰りたい」

いつ背中から敵が襲いかかってくるかわからない恐怖に耐え切れなくなり、軍勢から離れまっすぐに逃げようとする者が出て当然であった。

「戦ではままあること。離れた者は見捨てるだけでござる。一人を気にして百を失うわけにはいきませぬ」

感情のこもらない声で吉田孫左衛門が言った。

「……いたしかたない」

盛親はうなずいた。

結果、多羅尾山から伊勢路《いせじ》に回るとき、百近い足軽たちが脱落していったが、誰も引き戻そうとはしなかった。


伊勢路から伊賀路へと移った盛親は、ふたたび吉田孫左衛門に尋ねた。

「大坂まで何日かかる」

「さようでござるな。このまま進んでいけば、なにもなければ四日から五日というところでございましょう」

「兵糧が保たぬ」

盛親は苦い顔をした。

敗走するときに兵糧や予備の槍、矢などは荷物になるため放置してくる。

天下において豊臣に次ぐ勢力を誇る徳川家との争いのため、土佐から美濃へと進軍した長宗我部は、戦が長引くと考え、相当な量の兵糧を小荷駄として持ちこんでいた。

だが、それらはすべて関ヶ原に捨ててきた。

残っているのは、戦の心得として配られる腰兵糧だけであった。

腰兵糧とは、三日分の干し米と味噌《みそ》を丸めて乾燥させた味噌玉、梅干しを一つの袋に入れ、兵士たちの腰にくくりつけたもので、水かお湯に浸《つ》けるだけで喰えたが、走りながら摂れるものではなかった。

「足りぬぶんを調達せねばなるまい」

小休止のとき、盛親は嫌な表情で告げた。

「内蔵助」

「これに」

重臣の一人池内内蔵助が片膝をついた。

「食糧を……任せる」

近くの城下や村での略奪を盛親は命じた。

「承知」

池内内蔵助が二十人ほどを率いて別行動を取った。

敵対していない大名領での略奪は、大いなる問題であった。のちほどていねいな詫びと、与えた損害を上回る補償をおこなわなければ、戦も覚悟しなければならない。

「このあたりは、どなたの領だ」

「大蔵大輔《おおくらたいふ》さまでは」

吉田孫左衛門が答えた。

「長束どのか。ならば、ともに戦った仲じゃ。後でしっかりと詫びればすもう」

近江水口《みなくち》五万石を領する長束大蔵大輔正家は、豊臣家の内政を預かる重臣であった。関ヶ原では長宗我部の前に陣取っていたが敗戦で崩壊、その撤退を盛親が援助した。いわば、先に恩を着せている。多少の略奪ならば、どうとでもできた。

盛親は安堵した。

「左馬進、物見をいたせ」

かといって油断はできなかった。

戦場での勝ち負けの報は、驚くほどの早さで拡《ひろ》がるのが常、すでに関ヶ原の戦の結果はこのあたりにも知られていると考えなければならなかった。

となれば出てくるのが落ち武者狩りであった。

落ち武者狩りは、逃げようとしている将兵を襲い、その身につけている武具や金を奪うだけでなく、名のある将の首を獲《と》って勝ったほうへ売りつけることもする。勝ったほうも、敵将を追いかけて山狩りなどをしなくてすむので、落ち武者狩りを推奨とまではいかないが、その行為を目こぼしし、手柄には十分報いる。

織田信長を本能寺の変で討った明智光秀が、山崎の合戦で負けて落ち延びる最中に落ち武者狩りにあった話は有名である。このとき光秀の首を差し出した落ち武者狩りの村人へ、豊臣秀吉は末代までの年貢免除という褒美を渡していた。

普段は武士に圧せられている百姓たちの恨みを晴らす場でもあるだけに、落ち武者狩りはおそろしい。

さすがに数千からいる長宗我部に手出しをしてくる落ち武者狩りはいないだろうが、用たしなどで隊列を離れた将兵が狙われることは十分考えられた。

「承って候」

五百蔵左馬進が、先行した。

「行くぞ」

手配りをすませた盛親は、腰を上げた。

略奪を繰り返しながら、長宗我部の軍勢は伊賀路から大和《やまと》の国を横切り、生駒の山をこえて河内《かわち》を横断、和泉《いずみ》へと出た。

「前方に軍勢。その数三百。丸に額の紋。岸和田《きしわだ》城主小出播磨守《こいではりまのかみ》さまのものと思われまする」

物見に出ていた兵が報告した。

「小出播磨守どのが……」

　盛親は一瞬期待をした。

　小出播磨守秀政《ひでまさ》は、秀吉の母なかの妹婿である。その関係で秀吉の引き立てを受け大名に列した。秀吉の遺言で秀頼の補佐を命じられ、大坂城に近い和泉岸和田城を預けられている。

「殿、警戒を緩められてはなりませぬぞ」

　気を許しかけた盛親に、吉田孫左衛門が注意喚起をした。

「小出は豊臣家に近い家柄ぞ」

「裏切った小早川中納言は、豊臣のご一門でございました」

　盛親の反論は一言で潰された。

「……足を並に戻せ」

　駆け続けていては、あっという間に彼我《ひが》の距離は近づく。小出の様子を確認するため、盛親は軍勢の速度を落とさせた。

「七つ片喰《かたばみ》の旗は、土佐どのよな。吾は小出播磨守秀政が一子、遠江守秀家《とおとうみのかみひでいえ》である。ここは、我が領内じゃ。謀叛をなしたる者を通すわけには参らぬ」

　小出遠江守秀家が槍を振って宣した。

「もう関ヶ原から帰っていたか」

盛親は驚いた。

今回の戦、小出播磨守秀政は大坂城で秀頼の側にあり、石田三成に与していた。ただ、播磨守秀政は、最初の公儀の命に従って次男の遠江守秀家にほぼ全軍を預けて上杉征伐へ出しており、秀家はそのまま関ヶ原でも家康の味方となって戦った。

そのお陰で播磨守秀政も罪を免れ、秀家とともに岸和田城へ戻り、大和をこえて大坂へ逃げ戻ってくる武将たちを警戒していた。

「おとなしく縛《ばく》に付かれよ」

小出遠江守秀家が、降伏を勧告した。

「邪魔立てするな。我らは謀叛人にあらず。これより大坂城へ向かい、総大将毛利どのに会わねばならぬ」

盛親が言い返した。

「従わぬとあらば、いたしかたなし。弓、放て」

遠江守秀家の軍配が振り下ろされ、小出の兵たちが弓を射た。

土佐はもともと兵の強さを誇りとしているため、あまり弓矢、鉄炮を重視しない。とくに今回はまとまっているとはいえ、敗走である。重い鉄炮や逃げるのに邪魔な弓は、真っ先に放棄する。今の長宗我部は遠距離からの攻撃に、まったく対応できない状態であった。

「ぎゃっ」

「ぐっ」

たちまち先頭にいた足軽の何人かが、矢を受けて倒れた。

「やるか。ならば蹴散らしてくれよう。吾に続け」

五百蔵左馬進が騎馬兵を率いて突撃した。

弓足軽はその武器の扱いの関係上、籠手《こて》や胴などが、一般の足軽よりも軽く、接近されれば弱い。

弓足軽が数騎射抜いて落としたが、数十近い騎馬兵に近づかれては、弓を射るどころではなくなった。

「わあああ」

弓足軽が逃げ出した。

「喰らえ」

その背中を騎馬武者が襲った。

「支えよ。槍衾《やりぶすま》を」

必死に逃げてくる弓足軽を収容しながら、小出の将が陣形を指示した。

「はっ」

小出の槍足軽たちが長柄槍の石突きを地面に当て、片膝をついた姿勢で穂先を斜め上に向けて揃える。馬の胴を狙った形で、騎馬兵の勢いを殺す槍足軽基本の陣形であった。

「土佐を舐《な》めるな」

穂先が日の光を反射してぎらつくのを、五百蔵左馬進は気にも留めず、馬の腹に踵《かかと》を食いこませた。

馬が合図に従って跳んだ。

「ああああ」

軽々と穂先をこえられた槍足軽たちが愕然《がくぜん》とした。

「雑兵ばらが。吾こそは、五百蔵城主五百蔵左馬進である。吾が武を目に焼きつけて、冥土の土産《みやげ》にせい」

槍足軽たちのほぼ中央で、五百蔵左馬進が槍を振り回した。

「ぎゃっ」

「ひっ」

たちまち小出の槍足軽が混乱に陥った。

「左馬進を死なせるな。ものども続け」

盛親が全軍を鼓舞した。

「おううう」

ずっと歩き続けてきたことで疲労しているが、土佐の兵は強い。また数も小出の兵よりはるかに多かった。

小出は秀吉から秀頼の補佐を任されるほど信頼は厚かったが、待遇は悪かった。小出播磨守秀政の所領はわずか三万石でしかない。動員できる兵は三百ほど、脱落者が続出し、減ったとはいえ、長宗我部に対するには少なすぎた。

「敗軍を止められなかったとなれば、内府公よりお叱りを受けるぞ。耐えよ」

石田三成に与したことで謹慎している父秀政に代わり、兵を率いていた秀家が声を張りあげるが、とても無理であった。

「邪魔をするな」

あっさりと盛親は小出秀家を一蹴した。三百の小出勢はほぼ壊滅、小出秀家はかろうじて逃げ出したが、とても長宗我部を追うだけの力はなかった。

「このまま大坂城まで駆け続けるぞ」

あと少しだと思えば、疲れも軽くなる。盛親は兵たちを鼓舞し、和泉から堺《さかい》を経て大坂へ着いた。

軍勢を引き連れたまま大坂城に入るわけにはいかない。一度城下の屋敷へ入り、空腹をいやしたうえ身を清めた盛親は、総大将毛利権中納言輝元へ面会を求めた。

「長宗我部宮内少輔が戻ってきただと。面倒な」

大坂城西の丸にいた毛利輝元が報告に嫌な顔をした。

「兵どもは連れておらぬのだな」

「はい。お供の方だけで」

取次の侍が答えた。

「内府どのと直接矛を交えた者と会うのはまずい」

毛利輝元が眉をひそめた。

「広家の手はずが崩れては、毛利の家が危なかろう。せっかく広家が、戦をさせずに秀元を退かせ、小早川が返り忠をしたのだ。ここで内府どのに敵対した長宗我部とかかわりができるのはよろしくない」

一門の吉川広家のお陰で毛利は守られたと信じている輝元が、結論を出した。

「多忙ゆえ、会えぬと言え」

毛利輝元が、取次に顔を向けた。

「はっ」

取次も状況を理解している。毛利輝元の指示を受けた。

「権中納言さまはご多忙ゆえ、お会いになられぬ」

戻ってきた取次の侍が、盛親をすげなくあしらった。

「どういうことだ。土佐の太守をなかへ入れぬと申すか」

盛親と同行した五百蔵左馬進が、取次に食ってかかった。

「内府さまに逆らった者を、ご公儀は逆賊と決定した」

取次が冷たく告げた。

「権中納言どのが主将であろうが」

毛利権中納言輝元が、総大将となって家康と戦ったのだ。盛親の苦情は正論であった。

「この十七日に内府さまから上様への逆心なしとの書状があり、それに応じて、権中納言さまも内府公に今後表裏別心はせぬとの誓書をお出しなされた」

「そんな……」

秀吉の正室ねねの甥を当主に受け入れたとはいえ小早川も毛利の一門、関ヶ原で毛利の進軍を遮った吉川も一門。盛親は毛利輝元も家康に与したと知って呆然となった。

「すでに左近将監《さこんのしょうげん》も薩摩兵庫頭も大坂を退去しておる」

取次は立花《たちばな》左近将監宗茂《むねしげ》と島津兵庫頭義弘に敬称を付けなかった。これは、二人が公儀から見捨てられた証拠であった。

「貴殿も早々に立ち帰られるべきじゃ」

さすがに目の前にいる盛親を呼び捨てにするわけにはいかなかったのか、取次が少しだけていねいな言葉で、国へ逃げろと手を振った。

「………」

あまりのことに盛親は、なにも言い返せず、踵《きびす》を返すしかなかった。

屋敷へ戻ったが、盛親はまだ現状を飲みこめてはいなかった。

「船を手配いたせ」

「周囲のお屋敷で事情を聞いて参れ」

こうなったときは老練な家臣が役に立つ。吉田孫左衛門が、屋敷を取り仕切り、次々と手を打ち始めた。

「殿」

半日ほどですべての用をすませた吉田孫左衛門が、盛親のもとへ伺候した。

「孫左衛門か」

盛親が力のない声で応じた。

「いけませぬな」

吉田孫左衛門が嘆息した。

「大回りをしたことで、手遅れとなり申した。申しわけもございませぬ」

迂回すべきだと進言したのは吉田孫左衛門であった。

「いや、あの状況ではいたしかたあるまい。で、なにがあった」

「内府さまの疾《はや》さに、誰もが後手に回ったようでござる。薩摩の島津さまの留守居をしているお方にお目にかかり、お話を伺ったのでございますが……」

戸次川の合戦が縁となり島津と長宗我部は親しい。関ヶ原でも島津の使者が来なければ、長宗我部は現状を把握できず、大きな被害を受けたかも知れなかった。

吉田孫左衛門の対応は正しかった。

「すでに石田治部少輔さまの居城、佐和山も落ちましてござる」

「疾すぎるぞ。治部少輔に過ぎたるものが二つあり。島の左近と佐和山の城と言われた名城であったろう」

盛親は驚いた。

石田三成の居城佐和山城は、近江国坂田《さかた》郡佐和山に築かれた城である。五層の天守を備えた堅固な城で、難攻不落をうたわれていた。

「どうやら寝返りが出たようでござる」

「……小早川に続いて、家臣にも裏切られるか。どれほど人望がないのか、治部少輔」

盛親は嘆息した。

「と合わせるように、内府さまから書状が大坂へ届いたよし」

「あいかわらず、内府公は手配りの見事な御仁だな」

徳川家康の筆まめは知られている。盛親はここでもそれが発揮されたと感心した。

「その書状にはなにが書かれていたのだ」

盛親が問うた。

「負け戦でござる」

それには答えず、吉田孫左衛門が宣した。

「わかっておるわ。戦うこともなくな」

あらためて言うまでもないと、盛親は反発した。

「関ヶ原でのことではございませぬわ」

吉田孫左衛門が、首を左右に振った。

「…………」

わからないと盛親は首をかしげた。

「大坂が負けましてござる」

「……大坂、ご公儀がか」

「ご公儀が代わりましてござる。負けたのは豊臣、そしてあらたなご公儀は、内府さま」

険しい顔で吉田孫左衛門が告げた。

「馬鹿なことを申すな。天下人は豊臣家だ。内府どのはどれほど力を持たれたところで、家臣である」

　盛親は否定した。

「無礼をお許しいただきまする」

　最初に吉田孫左衛門が断りを入れた。

「構わぬ。申したいことを申せ」

　なにを言っても咎めないと盛親が認めた。

「上様は、お飾りでござる」

「なにを……」

　上様とは秀頼のことである。いきなりの言葉に、盛親は驚いた。

「お聞きくださるはずでござるぞ」

　黙って聞けと老臣が盛親を宥めた。

「……すまぬ」

　吉田孫左衛門は盛親の傅育役でもあった。父親代わりの老臣には、盛親も遠慮しなければならなかった。

「おわかりのはずでござる。今回の戦は、石田治部少輔さまと内府さまのものでございました」

「うむ」

総大将の毛利輝元は大坂から動かず、戦前の軍議を取りまとめていたのは石田三成であった。早馬で一刻（約二時間）ほどで行き来できる距離ならば、毛利輝元が総大将であると言えるが、大坂と関ヶ原では離れすぎている。また、徳川家康の傲慢を理由に、討伐を訴える檄文を考案したのも石田三成らである。

誰の目から見ても今回の戦の総大将は毛利輝元ではなく、石田三成であった。

「そして、上杉征伐もご公儀の戦でございました」

「ああ」

秀頼の命で徳川家康は上杉景勝討伐軍を興した。つまり、上杉討伐は徳川家康と上杉景勝の私戦ではなく、豊臣家が家臣の上杉景勝を誅《ちゅう》するという公のものであった。

「だから、吾も参戦すると申し出た」

上杉討伐が決まったとき、盛親は土佐にいた。天下が定まり、惣無事令《そうぶじれい》が出た以上、勝手に隣国を侵し、領土を奪う戦は禁止になった。当然、大名たちは領土を増やせなくなる。父元親のとき、ほぼ四国全土を支配下に置いた長宗我部の跡継ぎが土佐一国しか領せない。これは盛親の器量が父に及ばないとの評判を呼んだ。

もともと盛親の相続には異論が多かった。嫡男信親の討ち死にを受けてのこととはいえ、盛親は四男で、上に兄が二人いた。しかも、どちらの兄も秀吉のもとへ人質に出ていた経緯があり、豊臣に近かった。さすがに大名家のなかのことである。秀吉も表だって盛親の家督相続には反対しなかったが、認めもしなかった。

実際、盛親には豊臣から所領安堵状が出されていなかった。盛親の当主就任は、豊臣の黙認であり、公式なものではなく、宮内少輔という官職も僭称《せんしょう》であった。

その引け目もあり、盛親は豊臣の発した戦で手柄を立て、正式に領主として認めてもらおうと考えていた。

だからこそ、上杉征伐という、四国から何百里も離れた会津《あいづ》までの遠征に参加したいと申し出た。

しかし、参戦を求めた使者五百蔵左馬進は、徳川家康の出発に間に合わなかった。

「後を追って……」

慌てて東海道を下ろうとした五百蔵左馬進は、石田三成に止められた。

「ご公儀の命で、徳川内府を討つ」

在坂の大名たちに召集がかかった。

「ご公儀、豊臣家の命ならば」

こうして盛親は関ヶ原へと進軍し、敗退した。

「続けて、しかも相反するご公儀の命が出る。異常でございましょう。いくらお若いとはいえ、上様が御自らこのような矛盾したお沙汰をなさるとは思えませぬ」

「…………」

「もう一度申しまする。殿もおわかりでございましょう。上様にこのたびの戦の責を負わせるわけには参りませぬ。いかに関ヶ原で勝ったとはいえ、内府さまにその権はありませぬ。もし、上様に傷を付けようとしたら、今回徳川に付いた福島、加藤、浅野、黒田などが、黙ってはおりますまい」

「もう一度戦になるな」

　盛親も認めた。

「ゆえに今回の戦は、治部少輔さまが内府さまを討ち、もう一度豊臣の内政を吾がものとするために始めたもの。私戦とするしかございませぬ」

　石田三成は、徳川家康の策で豊臣の奉行を解任されていた。

「…………」

　吉田孫左衛門の結論に、盛親は苦い顔をした。

「さよう。長宗我部は治部少輔に与して、豊臣の命を受け、上杉征伐に出向いていた内府さまを襲った形になってしまったのでござる」

　吉田孫左衛門が、石田三成の敬称を消した。

「それは……」

「違うとは申せませぬぞ。襲われたからとはいえ、我らは内府さまに従っていた池田や浅野などの兵を迎え撃ちました。そして、つい先ほど、泉州《せんしゅう》で内府さまの命を受けた小出家と争った」

「どちらもこちらから仕掛けたのではない。先に手出しをしてきたゆえ、応じただけじゃ」

盛親は責任はあちらにあると抗弁した。

「そんな文句が通るとでも」

冷たく吉田孫左衛門が訊いた。

「……一応の言いわけくらいには使えよう」

さすがに盛親も無理があると思っていた。戦なのだ。どれほど卑怯未練な手を使っても、勝ったほうに理があり、正義であった。

「ふっ。おわかりのようで安堵いたしましてござる」

厳しい顔を吉田孫左衛門が緩めた。

「治部少輔は、最初からまちがえたのだな」

「はい」

確認した盛親に吉田孫左衛門がうなずいた。

「治部少輔は、上様を巻きこんでおかなければならなかった。ご出座は無理だとしても、せめて上様の直臣と相応の兵、そして馬印《うまじるし》を伴って行くべきだった」

盛親は石田三成の失敗を理解した。

「上様に影響が出ないようにと考慮したのだろうが、それこそ失敗だった。やはり軍人でない文弱の輩は駄目だ」

石田三成が秀頼の指示だと公言し、それだけのものを揃えていけば、徳川家康に従っていた大名たちも逆らえない。こちらに付くとは断言できないが、戦場離脱くらいはする。少なくとも、小早川秀秋の裏切りはあり得なかった。

「内府さまは老練でござる。大坂城で毛利権中納言さまに籠もられては面倒だと、上様への異心なしという誓書を出された。それを上様がお認めになった。これで、籠城する名分は消え申した」

「だから立花左近将監どのや、島津兵庫頭どののたちは去った」

「でございましょう」

吉田孫左衛門が同意した。

大坂城は豊臣秀吉がその持てる財力と権力を存分に遣って造った天下の名城であった。そこに毛利以下の将兵が立て籠もれば、まず陥落はしない。なにより城には天下人の豊臣秀頼がいるのだ。その居城を攻めれば、いかなる言いわけもきかず謀叛になる。徳川家康といえどもできるはずはなかった。

「だから負けたか」

豊臣秀頼が、徳川家康の行為を許したのだ。これで石田三成こそ謀叛人になった。

「秀秋めの寝返りは、裏切りでなくなった」

謀叛を起こした石田三成を襲ったのだ。小早川秀秋の行動は、手柄になった。

「そして、長宗我部は謀叛人の一味」

「無念ながら」

盛親の言葉に、吉田孫左衛門が頭を垂れた。

「兵を国に帰し、吾はこのまま大坂の屋敷で謹慎すべきではないか」

徳川家康への降伏を、盛親は口にした。

「そこいらの大名ならば、そうでございましょう」

吉田孫左衛門が否定した。

「どういうことだ」

詫びるならば早いほうがいいだろうと考えた盛親は首をかしげた。

盛親がそう考えたのも無理はなかった。

もともと豊臣に嫌われている長宗我部は、徳川家康に従うつもりでいた。それが石田三成の邪魔を受けて、果たせなかった。望んで従軍したわけではなかった。さらに関ヶ原で、徳川家康に戦いを挑んでもいない。自己防衛をしただけであった。石田三成、宇喜多秀家のように、全軍を出して激戦を繰り広げてはいないのだ。自身の罪は軽いと盛親は考えていた。

「国元にも敗戦の報は届いておりましょう」

「ああ。大坂屋敷が出しただろう」

長宗我部も大坂城下に屋敷を与えられていた。そこには当然、豊臣家との折衝や、他家と交渉するための家臣が詰めていた。

「孫次郎《まごじろう》さまが国元におられまする」

「……つっ」

吉田孫左衛門が口にした名前に、盛親は目を剝いた。

孫次郎親忠とは、盛親の兄で元親の三男である。元親が土佐を平定する過程で、長らく敵であった豪族津野家の養子となった。のち、長宗我部が秀吉に膝を屈したとき、人質として大坂へ差し出された。

天正十四年（一五八六）、九州戸次川の合戦で嫡男信親が死に家督相続の問題が起こったとき、秀吉のもとから返されたが、長宗我部の重臣久武親直《ひさたけちかなお》の讒言《ざんげん》に遭った。

「孫次郎さまは、大坂で豊臣の諸将と親しくなされておりまする。聞けば、豊臣の後押しで五郎次郎《ごろうじろう》さまと二人で土佐を分割支配しようとなされているとか」

五郎次郎は元親の次男香川親和のことである。

これに元親が反応した。

「そのような者どもに家督は譲れぬ」

元親は激怒、孫次郎と五郎次郎の兄弟ではなく末弟の盛親を跡継ぎにした。

「なにをなさる。長幼の序をおろそかになさるのは、国の乱れを呼びましょう」

重臣の吉良親実《きらちかざね》や比江山親興《ひえやまちかおき》らが元親に意見した。

「黙れ」

元親は諫言《かんげん》を嫌い、二人を粛清し、次男で香川家へ養子に出していた親和、三男津野親忠を城下に幽閉した。

まさに御家騒動を長宗我部が起こした。ただ、元親という傑物が当主であったため、それ以上の問題は起こらずにすんだ。

だが、土佐の有力な国人で長宗我部の一門でもあった吉良や比江山には親族も多い。盛親を推したお陰で力を振るっている久武親直への不満は、土佐にくすぶっていた。

幸か不幸か、家督相続から外された次兄香川親和はこれを不足として、自ら食事を断ち、餓死した。

今、盛親の不安の種は三兄津野親忠だけとなったが、大きなものであった。

「国元で叛乱が起こると」

「叛乱と言えるかどうか。孫次郎さまが土佐を掌握、内府さまに恭順されると申し出られれば……」

「ごくっ……」

盛親は唾を呑んだ。

関ヶ原で負け、謀叛人扱いされた当主より、豊臣家の覚えめでたい親忠をいただいたほうがよいと考える者はかならず出てくる。

このまま盛親が土佐へ戻らなければ、まちがいなくもめ事は起こる。

「戻るしかない……」

「…………」

呟いた盛親に、吉田孫左衛門が無言で首を縦に振った。

「しかし、このまま国元へ帰るとまずかろう。それこそ、内府どのへの言いわけができなくなる」

「いずれ侍従さまにお願いをするしかございますまい」

「井伊どのに頼む……それしかないか」

吉田孫左衛門の提案に、盛親は手を打った。

井伊侍従直政は、徳川家康股肱《ここう》の臣である。その信頼は、家康の四男忠吉の後見役を任されているほど厚い。今回の戦いの後処理でも、毛利輝元との交渉をおこなうなど、重要な位置にいた。

そして井伊直政と長宗我部は親しい仲であった。

出会いは秀吉が取り仕切った後陽成《ごようぜい》天皇の聚楽第《じゅらくだい》行幸であった。後陽成天皇の行幸に供奉《ぐぶ》する大名たちの席で、元親と直政は隣同士になったのだ。そこで親しく話をしているうちに、二人は意気投合した。

元親亡き後も、直政は、盛親を吾が子のようにかわいがり、深い交流は続いていた。

「誰を行かせるべきか」

盛親は問うた。

「助兵衛《すけべえ》がよろしゅうございましょう」

「立石《たていし》か。戦場度胸では申しぶんないが、弁舌はどうじゃ。一人では心許ない」

吉田孫左衛門の推挙に、盛親が注文を付けた。

立石助兵衛は諱《いみな》を正賀《まさよし》といい、もとは土佐の国司一条《いちじょう》家の家臣であった。一条家滅亡の後、長宗我部に仕え、四国制圧で大きな手柄を立てて、千石を領した。

「ではもう一人、横山新兵衛《よこやましんべえ》を」

吉田孫左衛門が名前をあげた。

横山は長く長宗我部の内政を担ってきた家柄である。新兵衛の父九郎兵衛《くろべえ》は長宗我部の氏神ともいうべき若宮《わかみや》八幡宮を建立するなど、元親の懐刀として活躍した。

「新兵衛ならば、十分吾が意を尽くしてくれよう」

盛親も了承した。

「吾に代わって、侍従どのによく説明をいたせ。長宗我部に、内府公への逆心は欠片《かけら》もない。ご公儀の命と偽った石田治部少輔にだまされていただけだとな。国元の動揺を抑えるために帰国いたすが、お呼び出しあれば、いつなりとも参上するとも伝えよ」

「はっ」

「お任せを」

盛親の前に呼び出された二人が、その指示を受けた。

「ただその前に手を尽くさねばなるまい。いきなり頼るのでは、心証も悪い。我らの努力を見せてからだ。今度こそ生き残るぞ」

そう言い残して盛親は、土佐へ向かう船に乗った。

「荷は持つな。大坂屋敷のものを持ち出すでないぞ」

五百蔵左馬進が帰国する者たちに指図をした。

「とくに金目のものは残せ。持ち去れば、長宗我部は国に籠もり、戦の準備をしていると取られかねぬ」

敗者は勝者になにも言えない。ただ、その情けに縋るしかない。そして情けを受けるためには、相応の準備が要った。

とはいえ、四千からの将兵を一度に運べるほどの船を手配するのは難しい。土佐から出てくるときに使った軍船のほとんどは、国元へ帰してしまっている。大急ぎで呼び戻しても、一日でどうにかなるものではなかった。

結果、長宗我部の兵が、すべて国元に帰り着くには、九月の末近くまでかかった。

浦戸の城へ戻った盛親が落ち着くころには、国元で二つの流れができていた。

「公儀の命で兵を出したのだ。我らになんの罪科《つみとが》もない。もし、内府さまが長宗我部を潰すというならば、一戦するまで」

「いや、公儀の命が偽りであったのだ。ここは、それを見抜けなかったことを詫び、おとなしく恭順すべき」

主戦と恭順、家臣たちはまっ二つに割れていた。

「土佐は山に守られている。秀吉公でさえ、土佐までは軍を進められなかった。峠で待ち伏せれば、たとえ十万の大軍でも容易く追い返せる。一度長宗我部、一領具足の強さを見せつければ、和睦も有利に進められるはずだ」

主戦を言う者にも理屈はあった。

「いや、いかに峻険な山に守られていても、海側は開けている。水軍をもって寄せられれば、厳しい戦いになる。今の内府さまに逆らって、さらなる敗戦を重ねれば、酌量を願うわけにもいかぬ。ここは、おとなしく頭を垂れるべきである」

恭順の姿勢をすべきだとの意見も、正しい。

「殿」

どちらにも理があり、意地もある。まず、話がまとまることはない。となれば、結論は主君である盛親が出さなければならなかった。

とはいえ、どちらに肩入れしても遺恨は残る。

なにせ、土佐には元親の後継者問題での亀裂が、修復されることなく残っているのだ。さすがに表だって盛親の家督を認めない者はいないが、自裁を命じられた吉良親実、比江山親興に近かった者の不満は消えていない。

今回の負け戦を好機として、復権を謀ろうとすることは十分に考えられた。

幸い、関ヶ原に連れていった軍勢は、ほぼ無傷の状態で残っており、不満はあがっていてもそれほど大きなものではなかった。

もし、被害が全体の半分近くに及んでいたら、無事ではすまなかった。戦場で当主を失った家族や、傷を負った将兵の恨みは総大将の盛親に向けられる。その恨みを盛親の家督相続に納得していない連中が煽れば、たちまち浦戸の城下は騒乱に陥る。

そこまでの懸念はないにしても、盛親は安心できなかった。

「親直、なんとかしてくれ」

己を跡継ぎに推してくれた久武親直に、盛親は頼った。

盛親が信用できる家臣は、そう多くなかった。

子供のころから、戦場での振る舞いなどを教えてくれた傅育役の吉田孫左衛門、小姓から仕えてくれている五百蔵左馬進、当主ではなく長宗我部家への忠誠が厚い池内内蔵助、そして、父元親亡き後の盛親を強力に支えてくれた久武親直、この四人に盛親は絶対の信頼をおいていた。

なかでも久武親直は別格であった。

久武氏は、長宗我部譜代の臣である。その始まりは長宗我部氏の土佐入部にまで遡った。

そもそも長宗我部は、秦《はた》氏の流れで信濃《しなの》に拠《よ》っていた。鎌倉幕府の設立に功があった秦能俊《よしとし》が土佐宗我部郷の地頭に任じられ、土佐へ移った。久武氏は、そのときに仕えたものとされている。

久武親直の父肥後守昌源《ひごのかみまさよし》は武功の人で、数多くの戦で数え切れないほどの首を獲り、長宗我部元親の土佐平定を助けた。その嫡男親信《ちかのぶ》は、父をこえる武がありながら、政にも通じ、元親から南伊予の西園寺《さいおんじ》氏攻略を任されるほどの人物であったが、西園寺の重臣土居清良《どいきよよし》の籠もる伊予宇和郡岡本《おかもと》城の攻略中に討ち死にしてしまった。

「弟は猜疑《さいぎ》強く、きっと御家に災いをなしまする。決して吾が跡をお継がせになりませぬよう」

久武親信の遺言は、元親に無視された。

「土佐は武辺には困らぬが、政を任せられる者がおらぬ」

元親は、久武の家督を親直に継がせ、家老職として重用した。

「吉良親実が殿を廃し、五郎次郎さまを担ごうといたしております」

「比江山親興どの、孫次郎さまを擁し、元親さまの跡目を襲い、長宗我部の家督を恣にいたそうとしているよし」

久武親直は、元親へ讒言を繰り返した。

「御当主さまのご意見をないがしろに……」

溺愛していた長男信親を九州で失い、傷心の元親に久武親直の言葉は染みこんだ。

「土佐のため」

吉良も比江山も長宗我部の一門である。その威勢は強い。吉良親実は元親の弟吉良親貞《ちかさだ》の息子で、元親の娘を妻にしている。また、比江山も元親の従兄弟《いとこ》にあたる。ともに長宗我部家の近い親戚でもあった。

「一門でもないくせに、大きな顔をする」

もともと吉良親実、比江山親興ともに、一門としての矜持が強く、譜代とはいえ臣下にすぎない久武親直が重用されることに不満を持っていた。それが久武親直の推す盛親への反発になった。

一門と譜代の家臣の対立、どこの大名家でもある、御家騒動であった。ただ時期が悪すぎた。

四国制覇の夢を潰された元親が、己の代で果たせなかった雄飛を期待していた嫡男信親を失ったばかりだったのだ。

「信親の死を悼むより、家督の話か」

元親が怒り狂った。

そこへ、豊臣家が土佐を二分しようとしており、それに吉良たちが加わっているとの言を久武親直が元親にささやいた。

「分家の分際で、本家の跡目に口出しするなど、許されぬ」

頭に血がのぼった元親は、吉良親実、比江山親興に切腹を命じた。長宗我部は、有力な一族を二人も失った。

「…………」

悲惨な仕打ちに家中が声を失った。

ただ、元親がまだ存命していたお陰で、家中は乱れなかった。盛親を跡目としてから元親が死ぬまで十三年という結構な年月があったことも、土佐を安定させるのに役立った。

元親の力を背景に、盛親は土佐の当主としての体裁を整えた。

それが関ヶ原の敗戦で崩れかけている。

「どうやって、生き残るか」

城へ戻った盛親は、取るものも取りあえず、留守を預けていた重臣の久武親直を呼んだ。

「無事のお帰りをお喜び申しあげまする」

久武親直が、盛親の前で平伏した。

「無事とは言えぬ。酷い目にあった」

「大坂屋敷から、あるていどのことは聞いておりまするが、殿のお話を是非お伺いいたしたく」

状況確認のためにと久武親直が求めた。

「関ヶ原以降のことでよいな」

「はい」

「我らは治部少輔の指示で……」

南宮山の麓に陣を布いてからのことを盛親は語った。

「ご苦労お察しいたしまする」

聞き終わった久武親直が、まず盛親をねぎらった。

「そして、お見事な退き戦、前《さき》の殿さまをわたくしめは思い出しましてございまする」

続けて褒めた。

「そう言ってくれるか」

盛親は九月十五日以来、初めて心が安らいだ。

「この後はどうすればいい」

頼りになる重臣に、盛親は相談した。

「殿のお心のままに。殿が戦えと言うならば、この内蔵助、先陣を承って徳川の軍勢に突きかかりましょう」

内蔵助は久武親直の通称であった。

「勇ましいことを言うてくれる。だが、吾は戦を望まぬ。先ほども申したように、すでにご公儀は内府どののもの。土佐一国をあげたところで、天下の兵には勝てぬ。長宗我部を滅ぼすわけにはいかぬ」

盛親は、徳川家康に降伏すると言った。

「おおっ、おお。まさに賢君であらせられる」

大仰に久武親直が感動した。

「だが、家中の者のなかには、戦うべきだと考えておる者もおろう。その者たちを説いてくれい。いかに吾が辞を低くしても、国元が戦と荒ぶっていてはなんにもならぬ」

盛親は、久武親直に縋った。

「お任せを願いまする」

恭順させよとの指示に、久武親直が主戦を唱える者たちの説得を引き受けた。

だが、これこそ悪手であった。

久武親直の姑息な手法を、一刻者の集まりである土佐人は嫌っていた。

「一領具足は無敵なり」

主戦を声高に言う者はもちろん、戦いを避けるべきだという者のなかにも反発は拡がった。

「あのような者を重用するようでは、とてもこの難局を乗りこえられまい」

ついに一部の将たちが、盛親の排除に動き出した。

「津野さまこそ、本来の国主である」

吉良や比江山の残党が、元親の三男津野親忠の周囲に集まった。

「吾に野心はない」

それを津野親忠は宥めた。

「なにを言われる。兄が弟の下にあるなど、世の理《ことわり》に合わぬこと。ゆえに、このような国難が起こったのでござる。孫次郎さまが御当主であったならば、石田治部少輔に操られるようなまねはなさいませんでしたでしょう」

「…………」

言われた津野親忠が黙った。

人質として豊臣秀吉のもとで過ごした津野親忠は、秀吉の弟秀長《ひでなが》に預けられた。そこで津野親忠は秀長の重臣藤堂高虎《とうどうたかとら》と親しいつきあいをしており、その人物をよく知っていた。

「藤堂どのが内府さまに与されたならば、そちらが正しい」

津野親忠が認めた。

「では……」

「だが、父は盛親どのを跡継ぎにしたのだ。今さら言ったところで繰り言じゃ。なにより、吾はもう穏やかに過ごしたい」

身を乗り出した支持者に、津野親忠が首を横に振った。

「しかし、このままでは、長宗我部が滅びまする」

「……わかっておる」

詰め寄った支持者に津野親忠がうなずいた。

「藤堂どのに、仲介をお願いいたそう」

津野親忠が、藤堂高虎へ宛てて書状を認《したた》めた。

その動きを久武親直が知った。

「藤堂の力を借りて国を奪う気か」

久武親直が邪推した。

津野親忠には傷があった。家督が四男盛親と決まったとき、不満を抱いた津野親忠は、土佐を脱して京へ行き、秀吉の直臣になろうとしたのだ。

「ふざけたまねを」

それを知った元親は怒り、ただちに人をやって津野親忠を捕らえさせ、国元へ引き戻した。

「国を割るようなまねをいたすとは論外である。身を慎んでおれ」

元親は津野親忠の知行を取りあげ、香美郡岩村《いわむら》に幽閉した。

それ以降、津野親忠は蟄居《ちっきょ》先でおとなしくしていたが、盛親が己の権力の後ろ盾だと理解している久武親直は、警戒を怠っていなかった。

「五郎次郎どののように、潔く身を処せばよかったものを。もう、孫次郎どのの出番などない」

兄香川親和のように自害していればよかったものをと、久武親直が吐き捨てた。

「ご注進せねば」

久武親直は、盛親に津野親忠のことを報告した。

「藤堂佐渡守どのと連絡を取り合い、土佐一国を殿から取りあげようと……」

「まことか」

天正十三年（一五八五）に幽閉されて以来、じつに十五年もの間、なんの不満も見せなかった兄がここにきて動き出したことに盛親は驚愕した。

「吉田孫左衛門の危惧が当たった」

盛親は瞑目《めいもく》した。

「もし、あのまま大坂で内府どののお帰りを待っていたら……」

藤堂高虎は秀長の死後、秀吉に仕えたが、その没後は秀頼ではなく、徳川家康へと重心を移していた。

「腰の軽き者よ」

あっさりと主君を変える藤堂高虎のことを嫌う武将は多いが、徳川家康はその才を認め、譜代の家臣並みに扱っている。

藤堂高虎を通じての嘆願となれば、徳川家康は耳を傾けるやもしれなかった。

「殿、いかがいたしましょう」

「……むうう」

久武親直に尋ねられた盛親はうなった。

盛親は兄津野親忠のことを嫌ってはいない。家族としての情も薄いとはいえ、ある。

「今、家中でもめ事を起こすのはどうか。兄殺しという悪評もまずかろう。どうだ、孫次郎をどこぞへ移し、人との接触を断つだけでよかろう。藤堂どのも孫次郎と連絡が取れなくなれば、これ以上手出しはなさるまい」

事態を収めるにはこれでいいだろうと盛親は告げた。

「孫次郎さまに近い者たちが、徒党を組んで奪還に動きますれば、内乱となりまする」

よりまずい状況になりかねないと、久武親直が盛親の不安を煽った。

「殿が大坂へ後顧の憂いなく、出立なさり、土佐の国守としてあらためて任じられるには……」

久武親直が最後を濁した。

「……わかった」

盛親が震える声で決断した。

取り返そうとするほど失敗の傷は深くなる。

天下分け目の関ヶ原の合戦に間に合わなかった徳川権中納言秀忠は、茫然自失の状態を脱すると大急ぎで中仙道をのぼった。

「付いてこられぬ者は、後からでよいわ」

秀忠は、昼夜を問わず馬を走らせた。

馬も生きものである。そんな無理を重ねては潰れてしまう。鉄炮の音にも驚かず、乗り手の指示に従って動く軍馬は貴重であったが、それよりも秀忠にとって、今はときが惜しかった。

「替え馬を引け」

馬が泡《あわ》を吹き出しては乗り換え、また汗をかきすぎて力をなくしては乗り換えをし、秀忠は父、徳川家康のもとへと急いだ。

「佐和山の城は、すでに落ちましてございまする」

本多佐渡守正信が出した先触れが、戻ってきて報告した。

「もう落ちたのか……」

秀忠は一層顔色を白くした。

佐和山城は、今回の戦いで主将とも言える石田治部少輔三成の居城であった。佐和山の稜線を利用した造りで、本丸には五層の天守閣まで擁していた。

かつて信長を苦しめた浅井《あざい》の居城小谷《おだに》城ほどではないにせよ、佐和山は要害である。そこへ関ヶ原の敗軍が逃げこみ、兵数も膨らんでいる。そもそも野戦上手と讃えられる反面、城攻めを苦手とする父家康なのだ。かなりの期間手こずるはずであった。秀忠としてはなんとしても、その攻めに加わり、関ヶ原遅参の恥を雪《そそ》ぎたかった。

「長谷川《はせがわ》式部大輔さま、返り忠をなされたよし」

先触れが告げた。

「また、裏切り者か」

秀忠は憤った。

長谷川式部大輔守知《もりとも》は美濃長谷川一万石の領主である。大坂からの指示で石田三成の与力として派遣され、佐和山城留守居として三の丸を預かっていた。

「いかに肚無しの西国の者どもとはいえ、あまりに情けない」

「お世継ぎさま、それはいかがかと」

秀忠の嘆きを本多佐渡守が注意した。

「なぜじゃ。裏切りなど、武将にあるまじき振る舞いであろう」

腹立たしげに、秀忠が本多佐渡守を睨みつけた。

「小早川中納言どのを始め、吉川民部少輔どの、京極《きょうごく》参議どの、今回の長谷川式部大輔どのも、皆、殿のご差配でございまするぞ」

本多佐渡守が若い秀忠を叱るように言った。

「むっ……」

秀忠が詰まった。

家康の策に文句を付けることは許されなかった。家康の勧誘に応じた者たちが寝返ったのはすべて筋書きどおりであり、その軍略を褒め称えなければならない。

裏切り者とその者たちを誹《そし》ることは、家康を非難することになった。

「二度とそのことをお口になさいますな。いえ、顔に出されてもいけませぬ」

「わかった」

本多佐渡守の忠告を、秀忠は苦い顔で受け入れた。

「ただし、その場の動きを見て寝返った者は別でございますぞ」

「なんだと」

淡々と言う本多佐渡守に、秀忠は目を大きく見開いた。

「関ヶ原で自軍が不利となってから寝返った小川《おがわ》土佐守、脇坂《わきさか》中務少輔、赤座《あかざ》備後守《びんごのかみ》、朽木《くつき》河内守などは、いくらでも嘲笑されて結構」

関ヶ原で小早川秀秋に続けて裏切った連中の名を、本多佐渡守が並べた。

「わかった」

秀忠は不満のはけ口を得て、少し落ち着いた。

「で、父上はどこに」

「大津《おおつ》へ向かわれましてございまする」

「わかった。行くぞ」

ふたたび秀忠は馬を急がせた。

まさに兵のことを考えない強行軍で、秀忠は大津へ着いた。

「酷いありさまである」

石田三成に与しておきながら、途中で裏切り大津城に籠城、大坂から関ヶ原に向かう援軍を足止めした京極高次《たかつぐ》の居城は、その猛攻に晒《さら》されかなり破壊されていた。

「よくぞ、落ちなかったものだ」

秀忠は感心した。

「父上は、どこに」

「大津城内の御殿にお入りでございまする」

問うた秀忠に、先触れが答えた。

「お目通りを願いたく」

親子とはいえ、勝手に家康のもとへ行くことはできなかった。

秀忠は使者を出し、家康に対面を願った。

「ご気色優れられず、目通りかなわぬ」

家康の返答は冷たかった。気分が悪いと面会を拒んだのだ。

「お怒りじゃ」

形だけとはいえ、一軍を率いた嫡男の合流報告を拒むのは、よほどのことだ。断られた秀忠は、頭を抱えた。

「今日のところは、お休みになられませ。明日にでもお身形《みなり》を整えられ、あらためてお目通りを願われれば、きっと」

大久保治部少輔忠隣が慰めた。

「そうか、そうだな」

家康の許しが出ていない秀忠は大津城に入れない。秀忠はやむなく、大津城前に陣を組ませた。

強行軍の疲れはあったが、秀忠は気が落ち着かずそのまま朝まで眠ることはできなかった。

まんじりともせず一夜を明かした秀忠は、朝餉《あさげ》をすませるなり、家康への目通りを再度願った。

「未《いま》だご気色優れられず」

返ってきたのはまったく同じ拒絶であった。

「…………」

秀忠は愕然とした。

「お世継ぎさま」

そこへ大久保忠隣が近づいてきた。

「…………」

声をかけられても、秀忠は反応しなかった。

「お世継ぎさま」

もう一度強く大久保忠隣が呼んだ。

「……なんだ」

秀忠が顔をうつむけたまま、応じた。

「関ヶ原の詳細、聞いて参りました」

「それならば、先日、木曽路《きそ》で聞いたわ」

すでに知っている秀忠は、興味ないと告げた。

「下野守さまのことでございまする」

大久保忠隣が声を潜めた。

「下野守……福松のことか」

秀忠が顔をあげた。

下野守とは、家康の四男松平忠吉のことである。幼名を福松といい、武蔵《むさし》国忍《おし》城を家康より預けられていた。また、その男振りもよく、武芸にも優れている忠吉は人望も厚かった。

「福松がどうかしたのか」

「名誉の傷を負われたそうでございまする」

「なにっ……」

大久保忠隣の言葉に、秀忠が驚いた。

傷に名誉と付いているのは、奮戦したという証明であった。

「なにか手柄を立てたのか、福松が」

秀忠は顔色を変えた。

家康は嫡男で長男だった信康《のぶやす》の死後、正式に跡継ぎを指名していない。次男秀康が関東の名門結城へ養子に出たことや、中仙道を進む秀忠に旗本のほとんどを与えて一方の大将にしたことなどで、秀忠が世継ぎと見られている。

だが、まだ決定ではなかった。

ましで、今回の決戦に、秀忠は遅参して参加できなかったという失態を犯している。もし、忠吉が大きな手柄を立てていれば、当然、秀忠ではなく、忠吉を跡継ぎにという声がわきあがってくる。

秀忠は額に汗をかいた。

「井伊侍従とともに、関ヶ原から撤兵しようとした島津勢を追撃、その殿《しんがり》を受け持っていた島津の将中務大輔豊久を討ち取られたよし」

「…………」

秀忠が言葉を失った。

松平忠吉は、秀忠の同母弟である。同じ兄弟のなかでも、とくに血の繋《つな》がりが濃い。といったところで、別段同居しているわけでも、仲がよいというわけでもなかった。

いや、母親が同じだけに、どちらも相手を気にしていた。

同母の場合、兄が上になった。これが長幼の序である。よって二人が会うときは、かならず秀忠が上座であり、忠吉が下座になった。

「なぜ、同じ母から生まれておきながら……」

忠吉が不満を抱くのは当然であった。

天下は豊臣秀吉という一代の英傑の活躍で統一され、表向き戦はなくなった。このまま豊臣の天下が続けば、力に代わる秩序が求められたはずであった。

しかし、固まりかけていた天下泰平を、秀忠と忠吉の父、徳川家康がふたたび混沌へと戻した。

豊臣を戴く者と、家康を奉じる者との綱引きは秀吉の死を契機に始まった。

そしてついにあらたな天下人たらんとした家康が、戦を引き起こした。

戦とは、力のぶつかり合いである。槍と槍が突き合い、刀と刀がしのぎを削る。鉄炮の弾や矢は、相手が長男だから避け、次男だから射抜くなどということはない。

弱い者は討たれ、強い者が奪う。

戦国に長幼の序など、吹けば飛ぶ紙切れのようなものでしかなかった。

家康の子らにとっても、今回の戦は大きな機会であった。亡くなった長男信康、関東での留守居を命じられた秀康は何度も戦を経験しているが、秀忠と忠吉の兄弟は今回が初陣であった。

武将の子にとって初陣は格別な意味を持つ。初陣で勝つか負けるかは、大きな違いとなって、その生涯を左右した。

戦慣れした部将を補佐に付け、まず負けようのない状況で初陣を経験させる。これが戦国大名のやり方であった。もちろん、一族の興亡をかけた戦いで初陣を踏み、そのまま討ち取られることもあるが、ほとんどは直接槍を振るうことなく、戦場の空気だけを感じて終わる。

とはいえ、戦場ではなにが起こるかわからない。大軍が油断から寡勢に追い払われたり、流れ弾に当たって大将が死ぬこともある。

初陣で負けた武将は、縁起が悪いとか、運がないとか思われて、部下や与力の大名たちから嫌われた。

上田の支城戸石城を開城させた秀忠は負けてはいない。が、真田昌幸の籠もる上田城を落とせず、そのうえ関ヶ原の合戦に参加できなかった。

対して、最初から家康と行動していたという点で秀忠よりも有利であった忠吉は関ヶ原で活躍、石田三成に与した島津の一族を討ち取るという大手柄を立てている。

秀忠の顔色が悪くなるのも当然であった。

「治部少輔……」

初陣を補佐するために付けられた大久保忠隣を秀忠は縋るような目で見た。

「ご心配には及ばず」

大久保忠隣が胸を叩いた。

「先ほど、式部大輔が殿にお目通りを願いましてございまする。また佐渡守も」

榊原式部大輔康政と本多佐渡守正信が、家康に面会を求めていると大久保忠隣が述べた。

「二人が行ってくれたか」

少しだけ秀忠の顔に血色が戻った。

「侍従はどうしておる」

秀忠が、忠吉に付けられた初陣介添えの部将井伊侍従直政のことを気にした。

「大怪我を負っていたとのことでございまするが、殿の御命を奉じ、大坂まで出向いているとのこと」

「大坂まで……もう、軍勢を大坂へ出したのか」

秀忠は息を吞んだ。

徳川にとって、最終の目標が豊臣家であることは周知の事実であった。しかし、それをするのはまだ早計でしかなかった。

今回、関ヶ原で家康に味方した黒田長政、福島正則、浅野長政ら、豊臣恩顧の大名がどう出るかわからない。

小山の評定で、家康は豊臣秀頼にはなんら異心を抱いていないと宣言したからこそ、豊臣恩顧の大名たちも石田三成方の討伐に参加してくれた。

もし今、徳川が豊臣に牙剝けば、少なくとも福島と浅野たちは敵に回る。どころではない。今回どちらにも与していなかった大名も、負けて領地に帰った大名も、謀叛討伐という大義名分を盾に徳川へ向かってくる。

どれほど徳川の兵が強くとも、天下の兵を引き受けて勝つことはできない。家康が豊臣家を襲うには、まだ時期尚早であった。

「毛利権中納言さまに和睦を持ちかけるためでございまする」

「……毛利にか。毛利は、すでにこちらの味方ではないのか。関ヶ原で動かなかったと聞いたぞ」

秀忠は首をかしげた。

徳川家征討の主将は毛利権中納言輝元であった。しかし、毛利輝元は秀頼の生母淀殿の願いで、大坂城の警固として残り、一族の毛利秀元が万余の軍勢を率いて関ヶ原まで出向いていた。が、毛利軍は前方に陣取っていた一門の吉川広家が動かなかったため、戦いに加われず、すごすごと引き下がっている。

吉川広家の行動は、かねてからの約束によるもので、毛利もそれに従った形になっており、徳川の敵ではなくなっていた。

「面倒だからでございまする」

そこへ本多正信が入ってきた。

「戻ったか、佐渡守。父上さまのご様子はいかがであった」

秀忠が身を乗り出した。

「傷なく大坂へ戻った毛利の兵が、そのまま大坂城に籠もってしまっては、そう簡単に落とすことはできませぬ。なにせ、大坂城は豊臣秀吉公が、有り余る財力を遣って築いた天下の堅城でございまする」

秀忠の問いを無視して本多正信が言った。

「佐渡守、そんなことよりも父上のご機嫌はどうだったのだ」

「大坂城に籠もられれば、我らは攻撃せざるを得なくなりまする。なにせ、敵の総大将を見逃しては、関ヶ原の戦の意味がなくなりまする。かといって、大坂城へ矛先を向ければ、それは豊臣を攻撃したも同然。徳川は天下の謀叛人、かの明智日向守光秀と同じになりまする。天下人になろうとする殿にとって、謀叛人の汚名は避けねばなりませぬ」

叫ぶような秀忠を放置したまま、本多正信が続けた。

あれだけ足を引っ張った十五代将軍足利義昭《あしかがよしあき》を織田信長が殺さなかったのは、主筋殺しという汚名を嫌ったからだと言われている。

「…………」

「侍従どのは、殿のご指図で毛利どのに会い、和睦開城を求める使者となりましてござる」

本多正信が語り終わった。

「さて、殿のご機嫌でございますが……」

「うむ。聞かせよ」

ようやく本題に戻ったと、秀忠は緊張した。

「芳しくございませぬ」

冷静に本多正信が伝えた。

「……そうか」

秀忠は、腰が抜けたように座った。

「わたくしも式部大輔も、弁明はいたしましたが、お聞き届けにはなられませんでした」

本多佐渡守が首を横に振った。

「どころか、上田城にかかずらっていたなど、論外。そなたたちが初陣の補佐に付いておきながら、なにごとかとお叱りを受けましてございまする」

「そういえば、式部大輔の姿がないな」

言われて、秀忠はあたりを見回した。

「自らの陣で謹慎いたしておりまする」

本多正信が教えた。

「式部大輔は堅すぎる。こんなときこそ、お世継ぎさまのお側にあるべきであろうに」

大久保忠隣が愚痴を漏らした。

「式部大輔は、式部大輔なりの責を取っておるのじゃ。あまり、言うてやるな」

謹慎することで、家康の機嫌を少しでもよくしようとしているのだと本多正信が述べた。

「わかっておるが……お世継ぎさまのお出《い》でを知りながら、なぜ諸大名も旗本どもも、あいさつに来ぬのだ」

いたましげに大久保忠隣が、秀忠を見た。

「なんともはや、げんきんなものよな」

本多正信もあきれた。

関ヶ原の合戦で勝利を得たのである。家康の息子のもとにも祝いを述べる者が来てしかるべきであった。なれど、福島、黒田を始めとする諸大名はもとより、家康に付いていた旗本たちまで、秀忠のもとへあいさつには来ていなかった。

これは家康の跡継ぎとして、秀忠が一歩後退したと見ている証であった。

「ああ……あ」

秀忠が落ちこんだ。

「ご安心召されよ。なんとしてでも、我らがお世継ぎさまのことをお守りいたしましょうほどに」

大久保忠隣が、秀忠を宥めた。

大津に着いて三日目、秀忠は一睡もできず、重く沈んだ頭を押して、三度家康への目通りを申しこんだ。

「なりませぬ」

出てきたのは本多佐渡守正信の息子弥八郎正純《やはちろうまさずみ》であった。

「殿へのお目通りはご遠慮くださいませ」

「なぜじゃ、弥八郎」

秀忠は詰め寄った。

「落ち着かれませ」

興奮した秀忠を、本多正純が宥めた。

「落ち着いている場合か。余は父に三日も会えておらぬのだぞ」

秀忠が怒鳴りつけた。

「声が大きゅうございまする。徳川の者に聞こえるだけならばまだしも、他の大名どもの耳に届いては、権中納言さまのお名前に傷が付きましょう」

冷静に本多正純が言った。

「もう余の名前は泥まみれじゃ」

秀忠が言い返した。

「それをおわかりでしたら、まずは泥を洗い流すことからお始めなさるべきでございましょう」

「泥を洗う……」

本多正純の言葉に、秀忠が首をかしげた。

「まったく、式部大輔や治部少輔らはなにをしているのやら」

大きく嘆息した本多正純が秀忠付の榊原康政、大久保忠隣を罵った。

「なんのことじゃ」

秀忠が問うた。

「今の権中納言さまは一手の将とは申せませぬ」

「なんだと……」

一度鎮まりかけた血がふたたび頭にのぼった秀忠は、血相を変えた。

本多正純の一言は、戦場に遅参したとして悩んでいた秀忠の心をえぐったのだ。

「きさま、このままですまさぬぞ……」

怒りに秀忠は我を忘れそうになった。

「兵を連れておられぬのに、将のわけがございますまい」

「なっ……」

秀忠が固まった。

「将というのは、兵を引き連れ、陣形を整えてやってくる者。戦場へ足の速い騎馬だけで駆けることはあっても、本陣に戻るときは置き去りにした兵たちをまとめ、率いてくる。そうでございましょう」

本多正純が述べた。

「…………」

なにも反論できなかった。

徳川家の命運を決する戦いに、上杉を牽制しつつ参加すべく四万という軍勢を預けられておきながら、二千ほどの真田に翻弄され、足止めを喰らって遅参した。

間に合わなかった。

弟に後れを取った。

父に失望された。

秀忠はその失態の大きさを怖れ、取り返そうと必死になった。

遅参を取り繕うにはどうするか。方法は一つであった。

できるだけ早く相手に会い、事情を説明して詫びる。

秀忠は、それに縋った。一日、いや一刻でも早く家康に会い、決戦へ参加せよとの使者が雨で増水した川に足止めされて遅れたこと。真田を蹴散らしておかねば、上杉が長駆中仙道を駆けのぼってきたときの補給場所として上田城が利用されかねないこと。

言いわけを並べて、遅参もやむを得なかったと家康に納得してもらわなければならなかった。

そのために、秀忠は足の遅い徒兵を置き去りにして急いだ。それを本多正純は咎めていた。

「もし、我らがまだ佐和山の城で手こずっていたのならば、権中納言さまのなされたことは、褒められたでしょう。おそらく、殿も諸手をあげて権中納言さまをお迎えになり、城攻めの一手をお預けになったはずでございまする」

本多正純が続けた。

「そこで一番乗り、あるいは治部少輔の一族を捕らえるなりなされば、その功績をもって関ヶ原遅参の罪は帳消しになったはずでございまする」

秀忠の執った手立てが悪かったわけではないと本多正純が語った。

「しかし、権中納言さまがお見えになる前に、佐和山の城が落ちましてござる。まあ、これが不運と言えば不運でございましたが、権中納言さまのせいではございませぬ」

「そうだ。佐和山が、治部少輔の一門がもう少しがんばれば……長谷川が寝返らなかったら……」

「権中納言さま」

またも責任を転嫁しようとした秀忠を、本多正純が制した。

「今のご発言を他人に聞かれたらどうなさいますか。このたびの戦いで返り忠をした金吾中納言を始めとする武将はもちろん、豊臣恩顧でありながら殿に付いた黒田や福島も黙っておりませんぞ」

「……むうう」

かつて本多正信にも同じことで叱られた。親子に指摘された秀忠はうなった。

「もし、かの者たちの働きがなければ、権中納言さまの軍勢が間に合わなかった本軍は、治部少輔や宇喜多備前宰相率いる軍勢に負けていたかも知れませせぬ」

「すまぬ。二度と言わぬ」

秀忠は頭を垂れた。

「心してくださいませ」

もう一度本多正純が釘を刺した。

「さて、話を戻しまする」

本多正純が、秀忠をしっかりと見つめた。

「佐和山が落ちたと知られたところで足を止め、後を追ってきている兵たちを待つべきでございました。そこで陣形を整え、槍を揃えて、粛々と大津にお入りになられれば、徳川一手の将としての格は保てました」

「決戦に間に合わなくともか」

秀忠が問うた。

「戦場は生きものでございまする。敵もいれば、天候もござる。なかには味方に足を引っ張られることもありましょう。わざと進軍を遅らせたというのであれば、処罰されるべきでございましょうが、権中納言さまは違いましょう」

「………」

黙って秀忠は本多正純の話を聞いた。

「殿に叛旗を翻した真田を誅するために戦われた」

「勝てなかったがな……」

「勝敗は武将のならい。勝つときもあれば負けることもございまする。殿でさえ、武田信玄公相手に手酷い敗北を喫せられました」

織田信長の天下に異を唱えた甲州の国主武田信玄が大軍を擁して西上、国境をこえて徳川家康とぶつかった。

家康は全軍を率いて出撃、三方ヶ原で武田軍と激突、手酷い被害を受けて、浜松《はままつ》城へと逃げ帰った。

幸い、武田信玄が病死、徳川家は存亡の危機から脱したが、家康にとって人生最大の負け戦であった。

「一度や二度の戦いで負けても、最後に勝てば武将はそれでいいのでございまする」

「………」

「負け戦を叱るようなまねを殿はなさいませぬ。まして権中納言さまは、今回負けてはおられませぬ」

「負けていない……」

秀忠が繰り返した。

「はい」

強く本多正純が首肯した。

「ではなぜ、父上は目通りを許してくださらぬのか」

最初の疑問を、秀忠がふたたび口にした。

「お許しにならぬのではなく、まだ権中納言さまはお見えになっていないと仰せなのでございまする」

「それは……将としての体裁が整っていないからだと」

秀忠が言った。

「………」

無言で本多正純が肯定した。

上田城に籠もる真田昌幸を攻略していた秀忠は家康から急げとの命を受けて、関ヶ原に急いでいたが、そこに戦いはすでに終わったとの報が届いた。

呆然となった秀忠は、少しでも早く家康のもとへ行くべく、騎馬だけを選び出し、わずか三千騎ほどを率いただけで、大津へと来た。

「敗残兵に見えまする」

「むううう」

言われた秀忠は反論できなかった。

雨のなかを無理して駆け続けたのだ、兵も馬も疲弊しきっている。また、小荷駄なども連れてきていない。強行軍ながら十分な兵糧もなく、傷んだ武具や馬具の修繕もできていない。怪我をしていないというだけで、とても勝った徳川の兵とは思えなかった。徳川の世継ぎ、別働隊の大将がこのありさまでは、中仙道で負けて潰走してきたように見える。

「わかった。陣容を整えてから、あらためてお目通りを願う」

秀忠が首肯した。

「あと老婆心までにもう一つ言わせていただきたく」

「申せ」

まだあると口にした本多正純に、秀忠は促した。

「下野守さまのお見舞いにお出向きくださいませ」

「……福松のところへか」

秀忠が苦い表情を浮かべた。

「同母のご兄弟でございましょう」

本多正純がたしなめた。

秀忠と忠吉の母は同じ西郷局《さいごうのつぼね》であった。当然、競争心は他の異母兄弟よりも強い。秀忠が手柄を立てた松平忠吉を避けていたのはそこにあった。

「今の徳川に不和は為になりませぬ。権中納言さまのご器量を示すときでもございまする」

本多正純が諫言した。

「わかった」

しぶしぶうなずいて秀忠は陣へと帰った。

置いていかれたから、気ままにしていいというわけではない。秀忠が徒兵を残すときに、大久保忠隣らは信用できる部将を数人付けていた。

とはいえ、一部の足軽や小者は駆り出された者であり、戦場での手柄を生活の糧とする侍とは心構えが違う。逃げ出さないよう見張る将の数が減ったとなれば、郷《さと》恋しさや戦場の恐怖に耐えられなくなる。

数名の部将で、逃げ出す兵たちを取り締まれるわけもなく、軍勢は進むごとに減っていった。

それでも徳川に仕えている徒兵や譜代の足軽は動揺することなく、大津へと向かった。

「お世継ぎさま」

三日目の夕方、大久保忠隣が秀忠のもとへ来た。

遅参以来、秀忠のことを権中納言と呼ぶ者が増えたなか、大久保忠隣だけは変わらなかった。

「軍勢が到着いたしましてございまする」

「そうか」

じりじりしながら待っていた秀忠が喜色を浮かべた。

「どの程度おる」

「正確に数えてはおりませぬが、三万近くは」

数を訊いた秀忠に、大久保忠隣が答えた。

「二千ほども減ったか」

秀忠が肩を落とした。

「かなり急いで参ったようでございますれば、落伍した者もおりましょう。その者たちも追々着くはず。千ほどの逃散《ちょうさん》ですむのではないかと」

さほどの被害ではないと大久保忠隣が慰めた。

「……そうだな」

秀忠は顔をあげた。

「十分な休みを取らせよ。身形も整えさせておけ。明朝、陣形を整えて大津城前で馬揃えをする」

世継ぎにふさわしい陣容を見せつけて、家康への目通りを願うと秀忠は告げた。

「承知いたしましてございまする」

大久保忠隣が下がった。

秀忠が大津城へ来たことはもちろん、毎日泣くような顔で会いたいと懇願していることも家康は知っていた。

「まだ会わぬ」

家康は秀忠との面会を拒んだ。

関ヶ原の合戦は、ほぼ家康の考えていた形で勝利できた。家康に激しく敵対していた石田三成の居城、佐和山も落とせた。寝返った京極の居城、大津城は端《はな》から家康の味方であった。もう、天下人たる資格を持った家康の道を遮る敵はいなかった。

「大坂の様子次第……」

ほぼ天下は家康のものになった。とはいえ、まだ不安はあった。大坂の豊臣家である。

もし、豊臣家が家康の行動を批判し、大坂城に籠城、天下へ徳川追討の命を下せば、関ヶ原での勝利など、あっという間に消し飛んでしまう。

なにせ家康は豊臣の大老、すなわち家臣でしかない。

家臣が主君を廃する。下克上は戦国の流行であるが、天下人にこれは許されなかった。

天下人は公明正大でなければならず、後ろめたいことがあってはならないのだ。天下人であった豊臣秀吉は、足軽身分からのしあがったが、主殺しだけはやっていない。秀吉の主君だった織田信長は明智光秀によって討たれ、その明智光秀を秀吉が倒した。信長の息子たちを秀吉は排したが、誰一人として殺してはいない。信長の三男信孝だけが命を奪われているが、直接手を下したのは実兄の織田信雄《のぶかつ》で、秀吉ではなかった。

「大坂を敵に回すわけにはいかぬ」

家康は秀頼、いや、毛利輝元の動静を見守っていた。なんとかして、毛利輝元を丸めこみ、公儀のお墨付きを手にしなければ、関ヶ原の合戦が私戦になる。

私戦になるのだけは避けなければならなかった。徳川と石田の私戦となれば、豊臣家にはかかわりがなくなる。そうなれば、家康は敵対した大名たちを咎めるだけの大義名分を失う。それだけではない。喧嘩両成敗として、徳川にも咎めが与えられるかもしれないのだ。

さすがに勝った徳川の領地を奪うことはできないが、大老職を辞すくらいはさせられる。大老は形だけの役目とはいえ、大きな肩書きである。豊臣の天下でなにかをなすには、なくてはならないものであった。

また、私戦となれば、今回の戦いで家康に与してくれた大名たちへの褒賞は徳川が持たなければならなくなる。負けた大名から賠償として領地を奪うことはできるが、公儀ではない徳川には限界がある。黒田や福島に加増したことで徳川が瘦《や》せてしまっては、天下取りが難しくなってしまう。

石田方の総大将だった毛利輝元を下し、豊臣秀頼に関ヶ原に繫がるすべての戦いは公儀のものであると追認させる。その交渉を家康は井伊直政に預けた。

井伊直政は後陽成天皇の聚楽第行幸に諸侯扱いとして供奉し、西国大名たちと面識がある。毛利輝元とも親しい。人物も篤実で知られ、武将としての勇名も響いている。今回の交渉役として最適であった。

ゆえに家康は、関ヶ原で大怪我をし、一時は命まで危ぶまれた井伊直政を押して大坂へ向かわせた。

「どうなっている」

家康は毛利輝元が頭を垂れるかどうかの結果をやきもきしながら待っていた。

そんなときに秀忠が目通りを求めてきても、とても会う余裕はなかった。

もっとも、すでに打ち合わせはすんでいた。

「殿、戻りましてござる」

三日前、秀忠に付けていた謀臣本多正信が、経緯の報告を兼ねてやってきた。

「才はあるか」

「ござらぬな。殿よりも戦下手でござる」

問うた家康に本多正信が答えた。

「そうか」

家康が短く応えた。

「どうなさる」

「言わずともわかっておろうが」

訊かれた家康はあっさりと告げた。

「下野守さまは……」

「あやつは直政の娘婿じゃ。福松を跡継ぎにすれば、直政の権が大きくなり、徳川が割れる。直政嫌いの連中が、別の者を担ぎ出すわ」

子だくさんの家康には秀忠を含め、結城秀康、松平忠吉、武田信吉、松平忠輝《ただてる》と五人の男子がいた。

「秀康と信吉は他姓を継いでおる。忠輝はまだ九歳と幼い。言わずとも一人しかおるまいが」

家康が断言した。

「…………」

本多正信が黙った。

家康は人の好き嫌いが激しい。遠慮しなくていいからか、身内に対してとくに強く出る。

「魚のようじゃ。二度と余の前に顔を出させるな」

生まれた直後に顔を見ただけで、家康は秀康を遠くにやり、亡くなった長男信康が強硬な手段を執って対面を演出するまで、会おうともしなかった。なんとか子供として認めたが、すぐに秀吉のもとへ養子という名の人質に出し、秀康はその後秀吉によって結城へと押しやられた。今回の関ヶ原でも、決戦への参加を懇願した秀康を宇都宮に残し、手柄を立てられないようにしている。

「まなじり裂けて鬼のようなり。捨てよ」

六男忠輝はもっと冷遇された。赤子の顔が醜いとして家康は忠輝を生まれるなり捨てさせ、家臣の皆川山城守広照《みながわやましろのかみひろてる》へと預けてしまった。捨てられた忠輝は早世した弟の跡目を継ぎ、かろうじて一万石を与えられてはいる。しかし、弟が死ななければ無禄で放置されていたはずである。

小田原《おだわら》北条征伐の際に一時豊臣秀吉のもとへ人質に出されたとはいえ、その後も家康の手元に置かれ、世子《せいし》として遇された秀忠とは大きく扱いが違った。

「では、なぜお会いにならぬ」

本多正信が問うた。

熱心な一向宗徒《いっこうしゅうと》で三河一向一揆のときには家康を裏切った本多正信だが、帰参して以来の働きは大きく信頼は厚い。

本多正信が直截《ちょくせつ》に家康の真意を訊いた。

「今は、まずい。福松に人が集まりすぎている」

家康が首を左右に振った。

「なるほど」

敗戦が決まってから動き出し、敵陣のまっただなかを突っ切って戦場離脱を図った島津勢は、勝ちに乗っていた徳川家康に与した大名たちを蹴散らした。

一人を進ませるために、一人が犠牲になる。島津の捨てかまりであった。

「させるか」

諸大名が島津の勢いに動けなかったとき、松平忠吉が襲いかかった。松平忠吉に随伴していた井伊直政が肘を射抜かれて落馬、頭を強く打って一時人事不省になるほどの激戦を繰り広げ、島津豊久を討ち取った。

「お見事」

「すさまじい戦場度胸。まさに武神」

島津勢に手も足も出なかった諸大名が、松平忠吉の手柄を称賛した。

「今でも詣でておるのだろう」

「わたくしは存じませぬが」

言った家康に、本多正信が首を横に振った。

「一度見ておくがいい。島津との激闘で傷を負った福松のもとへ、毎日多くの大名どもが見舞いに行っておるらしい」

家康が険しい顔をした。

「福松は若い。これに浮かれられては面倒になる」

「それで侍従を大坂へ」

井伊家は徳川でも別格の家臣である。もともと井伊家は遠江国の井伊谷《いいのや》を領しており、今川《いまがわ》家に属していた。今川の与力であった徳川とも同格であった。しかし、井伊直政の父直親《なおちか》が今川氏真《うじざね》から謀叛を疑われて誅殺され、直政も井伊谷から逃げ出さざるを得なくなった。その後紆余《うよ》曲折《きょくせつ》を経て直政は徳川家康に仕え、ふたたび井伊谷の領主として返り咲いた。

出自と所領の大きさは徳川の家臣のなかでも群を抜いており、武だけでなく知略にも優れた井伊直政の影響力は大きい。

「…………」

家康は返答しなかった。

「ならば、権中納言さまにお目通りを許されればよいでございましょう」

目通りを拒んだのではより松平忠吉を調子づかせると本多正信が忠告をした。

「あの落ち武者のような長松《ちょうまつ》に会えと。徳川は勝ったのだぞ」

家康が不機嫌な声で言った。

「わかりましてございまする。後はお任せを」

そこまでで本多正信は話を終えた。家康の意図を汲《く》めずして、懐刀は務まらない。

家康の前から下がった本多正信は、息子正純を呼び出した。

「そなたがいたせ」

本多正信は、家康から与えられた宿題を息子に投げた。

ございませんか」

「権中納言さまに付いておられる父上さまがなさるほうが、なにかとよろしいのでは

本多正純が首をかしげた。

「儂が口出ししては、権中納言さまはおもしろくなかろう」

真田攻めを否定した本多正信を秀忠はずっと避けていた。

「もともと儂を殿から出されたお目付役と感じておられたからの。それに儂は権中納言さまに付けられた他の部将と折り合いが悪い」

本多正信は榊原康政や大久保忠隣らと不仲であった。

どこの大名家でも同じだが、謀略を担当する将は戦場働きで仕える部将たちと仲が悪い。

命がけで槍を振るい、傷を負いながら敵将を倒して味方を勝利に導く部将たちは矜持が高い。

「徳川を守り、立ててきたのは我らである」

戦で多くの一族郎党を失ったことを誇らしげに語る者たちにとって、戦場に出ても後ろに控え、荷駄を差配したり、和睦の交渉をおこなう本多正信は臆病に見える。

「同じ本多なれど、あれは一族ではござらぬ。あんな肚なしと一緒にされてはたまらぬ」

背中に傷がないことを自慢し、蜻蛉切《とんぼぎり》という名槍《めいそう》を振るって、絶えず戦場の最前列で戦う本多忠勝などは、本多正信のことを毛嫌いしている。

「あやつらは戦いの本質をわかっておらぬ。三間の槍を振るっても千人は殺せまい。儂は口先三寸で一万の敵を味方にしてみせる。敵が一万減り、味方が一万増える。差し引き二万の得になる。こんな簡単な足し引きもできぬ者を相手にするほど暇ではない」

本多正信も本多忠勝、榊原康政ら武を自慢する将を嫌っている。そして大久保忠隣たちに近い秀忠も、本多正信への反発が強い。

「儂が言っては、権中納言さまも素直にお聞きくださるまい。そなたのほうが、歳も近い。権中納言さまも受け入れやすかろう」

「わかりましてございまする」

父の要請を本多正純が引き受けた。

本多正純の助言を受けた秀忠は、夕刻、見舞いの品の太刀《たち》を持ち、松平忠吉の陣へと向かった。

「権中納言さまのお出ででござる。ご兄弟のご対面をご優先いただきたく」

秀忠の供をしていた旗本が、松平忠吉の見舞いに来ていた諸将を遠慮させた。

「…………」

誰も文句一つ言わず席を立っていったが、秀忠には目もくれなかった。

「……くっ」

関ヶ原で戦った諸大名にしてみれば、戦いに間に合わなかった秀忠はただ家康の息子というだけでしかない。ともに戦った松平忠吉とは重みが違うのだと秀忠は思い知らされた。

「ようこそ、お出でくださった」

そんな秀忠を、怪我のため横になっていた松平忠吉が喜んで迎えた。

「どうじゃ」

「このていど、傷でもござらぬ。しかし、皆がうるさいのでおとなしくしております る」

たいしたことはないと松平忠吉が手を振った。

「ならばよいが、戦場傷は後から来るともいう。無理せず、療養に専念せい。しばらくは戦もなかろう」

秀忠は用意された敷物の上に腰を下ろした。

「大坂城の毛利を攻めるのではございませぬのか」

松平忠吉が不満げな口調をした。

「大坂城を攻めるわけにはいくまい。豊臣家があるのだぞ。徳川を謀叛人にするつもりか」

「…………」

松平忠吉が黙った。

今回の戦いで、徳川が天下人に名乗りをあげたと二人ともわかっている。ただ、それを表に出すには、早すぎた。関ヶ原で初陣をこなした松平忠吉は、まだその興奮を引きずっている。それに秀忠は冷や水を浴びせた。

「これを」

気まずい雰囲気に、秀忠は土産を出した。

「手柄を立てられたとか。これは祝いじゃ」

「下さるのか」

武家にとって太刀や槍などをもらうのは、その武を認められた証であった。松平忠吉がうれしそうな声を出した。

「同じ母を持つ者として誇りに思うぞ」

松平忠吉の枕元に太刀を置いて秀忠は立ちあがった。

「大事にいたせよ」

義理を果たしたとばかりに、秀忠は長居することなく松平忠吉のもとを去った。

翌朝、秀忠は三万と号する軍勢を整え、大津城での馬揃えをおこなった。

「権中納言さま」

右後ろに控える大久保忠隣が合図をした。

「うむ」

秀忠は手にしていた軍配を大きく掲げた。

「槍上げ」

大声で秀忠が軍配を振り下ろした。

「おおおっ」

将や兵が手にしていた槍を振りあげた。

「………………」

朝から大勢が動き回ったのだ。なにごとかと周りに陣を布いていた諸大名たちが集まっていた。

だが、勇壮な風景にも、諸大名たちは一切反応を見せなかった。戦場での汚れや傷のない鎧兜、血くもりのない槍の輝きなど、少し前に命の遣り取りをした武将たちにとって空虚なものでしかなかった。

「お気になさるな」

さすがに馬揃えとなれば、引き籠もっているわけにもいかないと、秀忠の左後ろに付いた榊原康政がささやいた。

「……わかっている」

一瞬、唇を噛んだ秀忠は、小さく答えた。

「あやつらなど相手にしてはおらぬ。吾は父上にだけ見せている」

秀忠が呟いた。

大久保忠隣、榊原康政らより、少し離れたところで本多正信も参加していた。秀忠はちらと本多正信の顔を見た。本多正信は、無表情で立っていた。

「行け」

目を戻して、秀忠は後ろに控えていた使番《つかいばん》に命じた。

「はっ」

赤い母衣《ほろ》を付けた使番が、大津城へと走っていった。

「殿のご高覧を願いたく」

秀忠の求めが家康に届いた。

「大津城の櫓より見ておる。権中納言も吾がもとへ来るがよい」

家康が目通りを許した。

「ただちに」

待ちに待った家康との面会である。秀忠は跳びあがって喜び、ただちに櫓へと向かった。

大津城は激戦で大きな被害を受けていた。が、いくつかの櫓は使用に耐える状態で残っていた。

その一つで家康は待っていた。

家康の周囲に本多忠勝、高力清長《こうりききよなが》ら宿将が控えていた。

「父上」

櫓の階段を駆けあがった秀忠が、下座で平伏した。

「…………」

宿将たちの目が、いっせいに秀忠を見た。

「うっ……」

秀忠が気圧《けお》された。

「長松」

馬揃えに見入ったまま、振り返ることなく家康が秀忠を幼名で呼んだ。

「はっ」

秀忠が応じた。

「ご苦労であった」

家康が秀忠をねぎらった。

「かたじけなき仰せ」

一層深く秀忠は額を床に押しつけた。

「大坂への供をいたせ」

「はっ」

家康の命に、秀忠は安堵の息を吐いた。

大津城あるいは佐和山城の留守居ではなかった。秀忠の兄秀康は宇都宮へ、弟の信吉は江戸城へ残され、徳川一世一代の戦いに参加させてもらえなかった。これは、家康が二人を徳川の世継ぎにしないという意思の表れと取られている。

もし、留守居を言われれば、それは秀忠の世継ぎ争いからの脱落を示した。

「一同を呼べ。議を開く」

家康が秀忠に付いている宿将を呼びつけた。

馬揃えを秀忠に代わって差配していた大久保忠隣、榊原康政、本多正信らが櫓へと集まった。

「毛利権中納言より、誓書が来た。決して儂に逆らわぬとな」

家康が淡々と伝えた。

「おおっ」

「それは重畳《ちょうじょう》」

　本多忠勝、大久保忠隣たちが歓声をあげた。

「侍従が見事役目を果たしたようじゃ」

　家康が井伊直政を褒めた。

「これで、このたびの戦はご公儀のものになった。儂に刃向かった者たちを思うがままに咎めることができる」

　楽しそうに家康が口の端をつりあげた。

「よくぞ、今まで耐えてくれた」

「なにを仰せられまするか」

「すべては殿のご采配でございますれば」

　礼を述べた家康に、一同が首を左右に振った。

「これで皆にも報いてやれるわ」

「畏れ入りまする」

　本多忠勝が一同を代表して謝した。

「さて、それでは天下を取りに参ろうぞ。大坂へ」

「えい、えい、おう」

　家康の宣言に、一同が勝ちどきをあげた。

「おう」

秀忠も高揚して唱和した。

第三章　後始末

己の未来《さき》を他人に任せる不安はたまらない。

勝者徳川家康からの免罪を得るために、長宗我部の大坂屋敷に残った立石助兵衛正賀、横山新兵衛の二人は伝手を頼って奔走していた。

しかし、総大将であった毛利権中納言輝元でさえ、徳川家康に屈している。豊臣大名は皆、家康の鼻息を窺うのに必死で、他家、とくに関ヶ原で敗軍となった石田治部少輔三成に与した者たちのことなど構っていられない。いや、手助けをして、巻きこまれたくはないのだ。

誰も長宗我部のために動いてやろうという者はいなかった。

「やはり頼るべきは、あのお方だけじゃ」

「はい」

立石助兵衛と横山新兵衛は、顔を見合わせてうなずきあった。

「お目通りを願いたく」

二人が訪れたのは、徳川家康の家臣井伊侍従直政の大坂屋敷であった。

「これは立石さま」

井伊直政の大坂屋敷を預かる用人が出迎えた。

「お忙しいところご無礼をいたしまする」

立石助兵衛が深々と頭を下げた。

「いやいや、貴家と当家の仲ではござらぬか。どうぞ、ご遠慮なさらず」

用人が笑顔で首を横に振った。

長宗我部と井伊とはごく親しい仲であった。

両家の出会いは、豊臣秀吉の治世まで遡る。その絶頂期、豊臣秀吉は洛中《らくちゅう》に豪華絢爛《けんらん》たる聚楽第を落成させた。その祝いとして、秀吉は天正十六年（一五八八）四月十四日、後陽成天皇の行幸を受けた。

「すべての大名どもは帝《みかど》の供奉をいたせ」

秀吉は、洛中に滞在していた大名すべてを行幸行列に加えた。そのとき、長宗我部元親と井伊直政は隣同士の席となった。

独立した大名と徳川家の陪臣では身分が違う。本来ならば、口をきくのもはばからねばならないが、どちらも乱世の将である。また、二人とも武勇で鳴らした豪将であったこともあり、戦場話に花が咲き、一度で肝胆相照らす仲になった。

その後も長宗我部と井伊は交流を続け、元親の死後も直政は盛親を吾が子同然にかわいがった。そして盛親も直政を慕った。

これもあり、盛親は家康の上杉征伐に参加したいと使者を出し、その許可を得ようとした。が、わずかな遅れで使者は大坂で足止めされ、長宗我部は石田三成の軍勢に組みこまれてしまった。

「お目にかかれようか」

もう一度、立石助兵衛が願った。

「もちろんでござる。しばし、お待ちを」

用人が御殿へ入っていった。

「お会いできそうじゃ。ここは儂に任せろ。おぬしは他を回ってくれ。少しでも打つ手は多いほうがいい」

「わかりましてござる」

立石助兵衛の指示に横山新兵衛が別行動を取った。

「お待たせをいたした。どうぞ」

戻ってきた用人が、案内に立った。

井伊家は徳川の家臣、天下人の豊臣家から見れば直臣たる長宗我部より一段低い陪臣でしかない。だが、その実力は徳川家でも指折りのものであり、政の能力も高い。

豊臣家も井伊直政の実力を認め、大坂城下に屋敷地を与え、直臣同様の扱いをしていた。

「すまぬな。そなたと知って甘えさせてもらう」

井伊直政は、立石助兵衛を横になったままで迎えた。

「お傷はいかがでございましょうや」

立石助兵衛が井伊直政を気遣った。

家康の四男松平忠吉の初陣を預かった井伊直政は、少しでも実戦を経験させたいと本陣を外れて、前線へと連れ出した。

幸い関ヶ原の合戦は、小早川秀秋の寝返りであっさりと勝敗が決した。石田三成の与力だった大名たちの軍勢はまともに戦うことなく崩壊、抜け駆けした忠吉も直政も存分に槍を振るうことなく終わってしまった。

圧勝ともいうべき状況に、家康側の軍勢は一様に油断した。そこを無傷で陣形を保っていた島津勢が突いた。

己が死ぬことで仲間を一人、一歩進める。鬼に比せられる薩摩隼人《はやと》が命を惜しまず全力を出す捨てかまりである。

一人一人が生還を求めない死兵と化す。勝利に浮かれ、戦後の褒賞に思いを馳せている徳川方の将兵が防げるはずはなかった。

たちまち島津勢は敵陣を割って、戦場を突き抜けた。

「……させぬわ」

一度は島津の勢いに押され、道を空けてしまった忠吉が若さの力で吾を取り戻した。

「いくぞ、侍従」

忠吉が島津義弘を追った。

「お待ちを」

止めようとした直政の制止など、初陣に興奮した若武者に届くはずはなかった。

「ええい。お一人で行かせるわけにはいかぬわ」

戦慣れしている直政は、死兵の相手がどれだけ難しいかを知っていた。忠吉を守るために随伴、島津を追撃した。

しかし、捨てかまりは撤退戦でこそ、真価を発揮する。追ってくる敵を防ぐために島津の兵は三々五々戦場に留まり、壁となる。

「跡を慕わせぬ」

振り返った島津兵は、その場に踏ん張り、腕を失えば足で、足をなくせば口で抵抗する。

「があああ」

腹を槍で貫かれた島津兵が、その槍を両手で掴んで前に進み、敵ののど笛に喰らいつく。

「ひっっ」

鬼気迫る島津兵に、徳川方の兵たちが怯え、抵抗を控える。島津の前に道ができた。

そこへ忠吉と直政が突っこんだ。

「待て、兵庫頭。家康が一子、松平下野守だ。戻せ、戦え」

忠吉が名乗りをあげた。

「相手をするな」

配下を使い捨てるのが捨てかまりである。これも大将を生かすための策なのだ。ここで島津兵庫頭義弘が忠吉の挑発に乗るわけにはいかなかった。

「内府公のご子息となれば、敵にとって不足はなし。吾こそは島津中務大輔なり。勝負を望む」

生きて薩摩に帰るべきは、大将の島津義弘だけである。そのためには、一族といえども犠牲にする。島津中務大輔豊久は、忠吉の気を引くために大声をあげた。

「島津の一門か。相手にとって不足なし」

忠吉が馬を降りて槍を構えた。

「若武者よ。生涯の語りぐさとするがよい」

島津豊久も応じた。

「若をやらせるな」

直政が、付いてきた自軍の兵たちに忠吉の護《まも》りを命じた。

「助太刀いたす」

槍を手に直政が島津豊久へ迫った。

「来るな。侍従。それより島津兵庫頭を逃すな。陣中突破など徳川の恥じゃぞ。決してさせてはならぬ」

忠吉が加勢は不要だと言った。

「おう、おう。まさに将たるお器じゃ」

その言葉に直政は感動した。

「下野守さまある限り、徳川の世は揺らぐまじ」

直政は忠吉の器量を認めた。

「吾に続け。島津を討ち取り、下野守さまの手柄とするぞ」

武将としての血を直政はたぎらせた。

「待てや、島津」

直政が馬を駆けさせた。

「殿、お一人では……」

興奮した直政の疾さは、馬廻りたちの随伴を引き離した。

「させんわ」

本隊を逃がすために残った島津兵が鉄炮を放った。

「がっ」

その内の一発が、島津義弘に迫ろうとした直政の右肘に当たった。

「殿」

落馬した直政をかばうために、井伊家の馬廻りが血相を変えて集まった。

「敵の首は不要じゃ」

死兵となった捨てかまりたちは、どれほどの敵を討ち取ろうとも意味がなかった。

死人に名誉は意味がない。ただ、主君を逃がし切るだけが手柄であった。

「無念」

右肘を粉砕されては、武将として終わりである。直政は歯がみをして悔しがった。

「島津中務大輔の首、松平下野守が獲った」

そこへ忠吉の勝ち名乗りが聞こえた。

「おお、お見事なり」

直政は痛みを忘れて喜んだ。

「傷を負っておるところ悪いが、頼む」

かなりの重傷だったが、家康は大坂との遣り取りを直政に預けた。

「福松も怪我をした。その治療もある。福松は大津に残す。よって補佐の任を解く」

「お任せを」

直政は傷の手当てもそこそこに大坂へと出向き、家康追討の総大将であった毛利輝元や秀頼生母の淀殿との交渉を開始した。

本来ならば、陪臣の井伊直政が、直接淀殿に目通りできるはずはなかった。しかし、戦に負けた側となれば、慣例を盾に拒むわけにはいかなかった。

「徳川は中納言さまに異心あらず。この度の戦は、すべて石田治部少輔の仕組んだこと。中納言さまには、なんの責もございませぬ」

「それは重畳。内府の気遣い、うれしく思うぞ」

つい先日、石田三成に内府追討を許したばかりの淀殿が、我が子の安全を保証されて最初に落ちた。

「お心安らかに」

直政は淀殿を宥めた後、大坂城西の丸へ向かい、毛利輝元と会談した。

「毛利さまの軍勢は戦いに加わられず。我が主もそのことは承知いたしておりまする」

水を向けた直政に、

「毛利は徳川内府公に従いまする」

総大将としての責任を問われまいとした毛利輝元は飛びついた。

「誓書をちょうだいできれば、我が主も喜びましょう」

「わかった」

直政の求めに、毛利輝元は応じ、さらに家康のために西の丸を明け渡した。

こうして大坂城は戦場となることなく、家康を受け入れた。

この功績すべてが、直政一人の働きに拠った。

「侍従さま」

立石助兵衛が、直政の前に手を突いた。

「関ヶ原での一戦は、決して長宗我部の意思に非ず。石田治部少輔がご公儀の名前を騙《かた》ったものに欺かれただけでございまする」

立石助兵衛も石田三成に責任を押しつけた。

関ヶ原から逃げ出し、伊吹山《いぶき》に潜んでいた石田三成は居城佐和山へ逃げこもうとして、姉川《あねがわ》をこえたところで田中吉政《たなかよしまさ》に捕まり、大津城の門前で晒し者とされた後、京へ移送されていた。

「わかっておる。土佐どのが我が殿に刃を向けるはずなどない」

大きく直政がうなずいた。

「おおっ」

直政の言葉に、立石助兵衛が歓喜した。

「それに大坂屋敷の仕置きもよろしかった。財も米も国元に持ち帰らず、兵を残していかなかったのも、謀叛する気がないという証である」

「はい。主が決して財を持ち出すなと厳命いたしました」

盛親の指示だったと、立石助兵衛が応じた。

「うむ、うむ。さすがは侍従どのの血を引くだけのことはある」

侍従とは盛親の父、元親のことである。直政が盛親を称賛した。

「きっと儂が殿へ取りなしてくれようほどにな」

大丈夫だと直政が請け合った。

「かたじけのうございまする」

立石助兵衛が深く腰を折った。

「とはいえ、土佐どのが国元へ戻られたのはまずい。国元で兵を蓄え、ご公儀に立ち向かおうとしているとの噂もある」

難しい顔を直政がした。

「そのような噂が……」

聞かされた立石助兵衛が驚いた。

「大坂城中で口さがない者どもが申しているようじゃ。島津、立花、長宗我部が手を組んで、ご公儀の兵を迎え撃つと言うておる」

「なんという……」

立石助兵衛が絶句した。

関ヶ原の合戦で負けて以来、長宗我部の者は大坂城へ入ることを禁じられている。城下での噂ならば耳にしても、城中の一部でささやかれていることまでは聞こえてこなかった。

「そのようなことは決してございませぬ」

必死で立石助兵衛が否定した。

噂というのは怖い。偽りだとわかっていても、あまり長く拡く流布すると真実であると思いこむ者が出てくる。

まして長宗我部は敗者でしかない。勝者の気分一つでどうされても文句は言えなかった。噂が命取りになりかねない。

「儂は信じておる。どうせ、この噂は戦いの責任をそのあたりに押しつけたい連中の策略であろう」

直政は、毛利輝元が噂を流していると暗に告げた。

「な、なんと卑怯な」

立石助兵衛が憤慨した。

「怒ったところで、噂では問いつめるわけにもいくまい」

「……はい」

相手は豊臣家を支える大老の一人である。噂を撒《ま》いたと抗議するわけにはいかなかった。

「このような噂が出るのも大坂におられぬからだ。負け戦だからの、国元に帰りたくなるのはわかるが、それでは謀叛を疑われてもいたしかたあるまい。兵を国に戻し、土佐どのは大坂屋敷で謹んでおられれば、よかったのだぞ」

直政が苦言を呈した。

「浅慮でございました」

助命を頼む側である。立石助兵衛は詫びるしかなかった。

「できるだけ早く大坂へ土佐どのを呼ばれよ」

「わかりましてございまする。ただちに国元へ早船を出しまする」

直政の指示を、立石助兵衛は平伏して受けた。

直政を頼った嘆願とは別に、盛親の兄津野親忠も長宗我部生き残りのために動いていた。

「藤堂どのにお縋りする」

津野親忠は、関ヶ原で長宗我部が属していた石田三成方が負けたという一報を聞いて動き出した。

藤堂和泉守高虎は、近江の出である。最初浅井長政《ながまさ》に仕え、浅井家滅亡の後、その旧家臣の間を転々とする。やがて豊臣秀吉の弟、秀長に拾われて、運が開花した。賤ヶ岳の合戦、紀州征伐と手柄をあげた高虎は累進、四国攻めの後一万石の大名に昇る。秀長の死に伴う紆余曲折はあったが、秀吉の直臣となり伊予の国にて八万石を領した。

秀吉亡き後、家康に接近、譜代並みの扱いを受けるに至り、関ヶ原の合戦でも大谷刑部少輔吉継と死闘を演じた。

この高虎と津野親忠は、秀長存命のおりに知り合っていた。

四国攻めが終わり、秀吉に膝を屈した長宗我部元親は、人質として次男香川親和、三男津野親忠を差し出した。

このとき津野親忠は、秀長のもとへ預けられた。ここで藤堂高虎と津野親忠は出会った。

高虎が四国に領地を受けると、津野親忠との親交は深くなった。土佐と伊予の山をこえて、使者が何度も行き来をした。

これが仇になった。

藤堂高虎は、天正十三年（一五八五）六月から始まった豊臣秀吉の四国平定に参加していた。総大将羽柴秀長のもとで阿波へ進攻、長宗我部元親の一宮《いちのみや》城を陥落させるなどで手柄を立てた。いわば、藤堂高虎は、長宗我部の仇であった。

その仇と親しい。四国全土平定を望んだ元親の夢を破った一人と吾が子が仲良くつきあう。戦国の世では当たり前のことだったが、嫡男信親を豊臣秀吉の命じた九州征伐で亡くし、失意を重ねた元親には耐えられなかった。

そこへ秀吉が火に油を注いだ。

「親忠を嫡男とし、家督を譲ってやれ」

秀吉は人質として手元にあった津野親忠をかわいがり、信親の跡を継がせるようにと元親へ命じてきた。

「家督は長宗我部のものでござる。関白殿下とはいえ、お口出しはご遠慮願いまする」

秀吉の命で出陣した戦いで最愛の嫡男を失った元親が反発したのも無理はなかった。

「藤堂さまを通じて家督が欲しいと関白さまにお願いなさったとか」

久武親直の発言も元親を揺さぶった。

「引っこんでおれ」

怒った元親は、津野親忠から領地を取りあげ、浦戸から離れた岩村へと押しこめた。

元親の命で津野親忠が蟄居をさせられた後も、

「お気落としあるな。機を見て、関白さまよりお取りなしをしていただく」

「まことにお気遣いありがたく感謝いたしまするが、わたくしに長宗我部の家督は荷が重すぎまする」

藤堂高虎が慰め、津野親忠が謝するといった遣り取りは続いていた。

「和泉守さまは、内府公のご信頼も厚い。今回の大事じゃ。なんとか藤堂どのに仲介をお願いし、長宗我部の家を存続させねばならぬ」

津野親忠は、家督を弟に奪われ、陋屋《ろうおく》へ押しこめられたことを恨みとはしていなかった。

「家督を継げなんだは無念なれど、父の決めたことじゃ。いや、かえってこの国難のおりに、国主でなかったことを安堵しておる。なんとか盛親どののお役に立たねばなるまい」

岩村の陋屋で、津野親忠は弟の助けをと考えていた。

「委細お任せあれ」

旧知の願いを高虎は快く引き受けた。

土佐から大坂、大坂から土佐と両家の家臣が往来し、話は進んだ。

それを久武親直が讒言した。

「津野親忠さまが、藤堂和泉守さまと手を組み、内府さまと誼《よしみ》を通じ、土佐を分け合おうと企んでおられまする」

津野親忠の和睦が成功すれば、その発言力は増える。かつて讒言した久武親直は、津野親忠の復権を怖れた。

嫡男信親の戦死に伴う跡目に元親が末子を選んだことが、家中に不和を生んだ。それを久武親直は利用し、家中で対立していた名門を次々と滅ぼし、力を蓄えていった。

盛親も己を支えてくれている久武親直を信頼し、関ヶ原の合戦での負け戦を受けての家中動揺を抑えるように命じていた。そこに津野親忠の手出しは、久武親直にとって都合が悪かった。

「兄がそのようなことを……」

「できるだけ早く津野親忠さまを除かねば、お家が乗っ取られまする」

津野親忠を押しのけて家督を継いだことを気に病んでいた盛親は、最初、久武親直の言葉を承諾しなかった。

「和泉守さまは、長宗我部の家を津野親忠さまに継がせるよう、内府さまに進言なさっておられるとのこと。内府さまにおかれても、関ヶ原で敵対した殿より……」

久武親直はしつこく粛清を求めた。

家督争いのとき津野親忠を推した長宗我部の一門を久武親直は害している。その報いが来る。

久武親直は、必死に盛親をそそのかした。

「大殿さまは、土佐一国を殿にお遺《のこ》しになられたのでございまする。土佐は、殿のものでございますぞ」

若いときから支えてくれていた重臣の説得に、盛親は折れた。

「わかった。兄に言い含めよ」

盛親は、兄の名誉を考え、自害させよと命じた。

「お任せあれ」

許しを得た久武親直は、ただちに兵を浦戸城の東にある津野親忠の蟄居している香美郡岩村へと向かわせた。

「浦戸から兵が参りまする」

蟄居させられているとはいえ、津野親忠は長宗我部を四国の雄とした元親の三男であり、現当主盛親の兄である。身の回りのことや警固をするための家臣は少ないながら、いた。

「なんだと」

「久武親直の手の者どもと見受けられまする」

驚いた津野親忠に、家臣が告げた。

敵対している相手である。その家中の主立った者の顔は知っていて当然であった。

「まさか……ご当主さまが吾を疑うとは」

津野親忠が天を仰いだ。

「お逃げくださいますよう。ただちに伊予へ向かわれ、和泉守さまをお頼りなさいませ。我らここでときを稼ぎますゆえ」

「いいや。逃げぬ」

家臣の勧めに津野親忠は首を振った。

「逃げては、吾にかかりし疑いを認めたことになる」

国を割る。兄弟相克など当たり前の乱世ではあるが、やはりそれは世間の非難を浴びる。隠棲させられ、世に出る機会を奪われた津野親忠は復権よりも悪名を受けないことを望んだ。

「一言、ご当主さまに話をしてから動くべきであった」

ときは一刻を争う。関ヶ原で勝った家康は、豊臣をこえた。いや、豊臣を名ばかりのものとし、天下の実権を手にした。

あらたな天下人の登場は、波瀾を巻き起こす。

家康を支えた諸将の出世、そして敵対した者への報復がかならずある。信賞必罰こそ、天下の法だからだ。味方には餌を、敵には罰を与えるのが、勝利した者の権利であり、義務であった。

「長宗我部への処罰が決まってからでは遅い。内府公が布告されるまでに手を打たなければ、土佐が滅びる」

　天下を把握した豊臣家のもとへ人質としてやられていただけに、津野親忠は権力者というものの実態をよく知っていた。

　正しければ護られ、まちがっていれば罰せられる。この当たり前が、天下人には通じない。味方でも気に入らなければ罪に落とし、敵でも気分次第では引きあげる。当たり前のことをひっくり返せる力を天下人は持つ。

「なんとしても内府さまのご機嫌を取り結ばねば……」

　津野親忠も、国を、長宗我部を大切に想っていた。

　しかし、久武親直にとって、津野親忠は恐怖でしかなかった。盛親を守《も》り立てることでのしあがった久武親直にとって、井伊直政という手蔓《てづる》以外は不要であった。

　久武親直にとって、長宗我部を救うもう一本の糸は、己の足を引っ張る縄でしかなかった。

「なにを言われまする。死んでは抗弁さえできませぬ。藤堂さまを頼ってこの場を脱し、後日、白日の下で無実を証されれば……」

　死人に口なしになると、家臣が津野親忠を奮起させようとした。

「そなたの申すとおりであるがの……」

津野親忠が力なく笑った。

「もう吾は疲れた」

国のため、弟を護るためと思ってしたことが、悪意に取られた。

津野親忠は徒労感に打ちのめされていた。

「殿の御命である。津野親忠、謀叛の罪にて討ち取る」

陋屋に躍りこんできた久武親直が、叫んだ。

「謀叛など考えてもおりませぬ」

当主の兄でも、上使には謹んで応対をしなければならない。津野親忠は、床に手を突いて否定した。

「すでに謀叛は明白である。おとなしく、首を差し出せ」

抗弁など最初から聞く気はない。久武親直が大声で命じた。

「……是非に及ばず」

今さらなにを言っても意味はない。津野親忠が瞑目した。

「せめて自害を許されたし」

武士にとって打ち首は不名誉の極みであった。津野親忠が願った。

「ならぬ。謀叛人には斬首が似合いじゃ」

津野親忠の名誉を地に落としたかった久武親直が拒んだ。

「ご当主さまがそう言われたのか」

「……そうじゃ。討ち取れとのお言葉よ」

久武親直が盛親の指示を枉《ま》げた。

「……そうか。ご当主さままで吾を敵と見なしたか」

津野親忠が涙を流した。

「不満を言わず耐えてきたが、謀叛人の汚名ばかりは我慢ならず。息子が謀叛を起こして討ち取られたとあっては、父の名も傷つく」

元親の名前を出して、津野親忠が決意を見せた。

「土佐の虎と言われた父の血を引く者として、抗おう。皆のもの、吾に命をくれい」

「おう」

さすがに罪人としての死は受け入れられなかった。津野親忠とその家臣たちが、構えた。

「むっ。逆らうか」

久武親直が焦った。

もともと内政を得意とする久武親直である。その配下共々槍働きを苦手としている。数で優ってはいても、命をかけて抵抗されては被害も大きくなる。これから土佐は大きく揺らぐ。そのときに力となる兵を一人でも失うのは避けるべきであった。

「……わかった」

久武親直が折れた。

「ここでは……」

土佐一国の太守の息子に陋屋での最期はふさわしくない。

津野親忠は、陋屋から近い霊巌寺《れいがんじ》へと移動した。

「長宗我部の隆盛を祈りたてまつる」

本尊へ合掌した後、津野親忠は見事に腹を切った。

「お慕いいたしまする」

妻が幼い子を刺し、続けて己ののどへと刃を突き立てた。

「お供を」

付けられていた家臣たちも、死を怖れることなく殉死した。

「…………」

物言わぬ骸《むくろ》となった津野一族を、久武親直は呆然と見下ろした。

関ヶ原の合戦からわずか十四日で、盛親は兄と藤堂高虎という有力な伝手の両方を失った。

「そうか。潔い最期を遂げてくれたか」

久武親直の報告を受けた盛親は安堵のため息を吐いた。

「このことは、しばし伏せておかれるべきかと存じまする」

津野親忠を討ったことは表沙汰にすべきではないと久武親直が進言した。

「なぜだ。家中騒動のもとを断ったのだ。広く知らしめて、愚かなことを考える者を諫《いさ》めるべきであろう」

盛親は首をかしげた。

もともと家中から津野親忠を擁立すべしという声を出させないために、兄を誅したのである。隠してしまえば意味がない。津野親忠が生きているものと思いこんだ連中が、行動に出るかも知れなかった。

「井伊侍従さまのお導きがございますまで、家中の動揺を避けるべきでございまする。長宗我部が残るとわかれば、家中の者どもも落ち着きましょう」

今は時期ではないと久武親直が述べた。

「なるほど」

もっともらしい理由に盛親は納得した。

「ご苦労であった。これからも余のために働いてくれ」

「お任せをくださいませ」

主君一層の信頼に、久武親直が平伏した。

浦戸城は海に面した小高い山の上に建つ。もとは土佐の豪族本山《もとやま》氏の居城であったが、元親によって滅ぼされた後、長宗我部の本城として整備された。

本丸、二の丸、三の丸、出丸を備え、三層五階の天守閣を持つ、四国随一の名城であった。

「船が来たぞ」

土佐は陸から攻めるのが難しい。四国の中央を貫く峻険な山脈があり、通れる道は狭く大軍を派遣するに向いていないからだ。その代わり、大きく海に面しており、どこからでも船で上陸ができた。

当然、それに対する見張りとして、浦戸城には見張り櫓があった。

「御家の早船じゃ」

家中でも遠目のきく足軽が、見張り番として詰めている。まだ船影しか見えない遠い船に揚げられた旗を見張り番は読み取った。

豊臣秀吉に負け、土佐一国をなんとか安堵してもらった長宗我部である。大坂の顔色をいつも気にしていなければならなかった。

「何々はどうなっておる」

天下人がこう言ったら、すぐに応じなければならない。

長宗我部は秀吉の機嫌を伺うために、大坂へ早船を何艘《そう》も置いていた。

「大坂からか」

報せを聞いた盛親が腰を上げた。

「殿は、ここでお待ちを。わたくしが参りまする」

自ら船着き場へ出向きそうな盛親を久武親直が抑えた。

「……うむ」

当主があまり軽々しく動くものではないとの諫言だと盛親もわかっている。一刻でも早く大坂のことを知りたいと逸《はや》っていた盛親だったが、多少の不満を表情に浮かべながらも、従った。

浦戸湾の船着き場から城まで少し距離がある。とはいえ、遠くに見えた船よりは速く、久武親直が桟橋に着いた。

「急使でござる。道を空け候《そうら》え」

船が完全に止まるのを待たず、横山新兵衛が桟橋へ飛び移った。

「横山ではないか。大坂表からじゃな」

久武親直が、使者に声をかけた。

「………」

横山新兵衛は久武親直を無視して城へと向かった。

「待て、どうなったのだ」

久武親直が横山新兵衛を制した。

「井伊侍従さまからのお話ぞ。そなたづれに聞かせられるはずがなかろうが。殿に直接申しあげる」

横山新兵衛が久武親直の求めを冷たく拒んだ。

「な、なにを。儂は殿の補佐を仰せつかっておるのだぞ」

久武親直が怒鳴った。

「補佐だと……」

足を止めた横山新兵衛が久武親直を睨みつけた。

「……ひっ」

久武親直がたじろいだ。

横山新兵衛は歴戦の勇者であった。神社の創建など内政もできたが、本業は槍使いである。戦場で立てた手柄の数では、久武親直をはるかにこえていた。

「おまえの相手などしておれぬわ」

それ以上なにもせず、横山新兵衛は盛親のもとへと急いだ。

浦戸城本丸御殿謁見の間へ盛親が出たとき、横山新兵衛は下の座で平伏していた。

「新兵衛か。ご苦労」

「殿」

盛親のねぎらいに、横山新兵衛が伏せていた顔をあげた。

「どうであった。しっかり、当家に徳川内府公への逆意がないことを説明したか」

ぐっと盛親が身を乗り出した。

「はっ。侍従さまには、当家の窮状をおわかりいただき、内府さまへのお取りなし、こころよくお引き受けくださいましてございまする」

強くうなずいた横山新兵衛がよい報せを告げた。

「そうか、そうか。これで当家も安泰だ」

盛親が喜んだ。

「ただ、一つだけ、ご注意をくださいました」

「注意とはなんだ」

横山新兵衛の言葉に、盛親が怪訝な顔をした。

「国元へ帰られたことがよろしくないと」

「やはり……」

盛親は眉をひそめた。

関ヶ原から逃げて大坂へ入ったとき、盛親はそのまま残って、家康に詫びを入れるべきだと考えた。

「国元には津野さまがおられまする」

それを周囲の家臣たちが悪手だと否定した。

家康を相手にして負けたのだ。長宗我部家の立場を悪くした当主よりも、国元で戦にかかわっていなかった兄のほうが、なにかと無難ではないかと思う者が出てきても不思議ではなかった。当主として無事な姿を見せ、国元を引き締めなければ、いかに家康に頭を下げても、足下が揺らいでは盛親の地位は危ない。

こう諭された盛親は、そのとおりだと思い、国元へ戻った。

「わかった。すぐに大坂へ赴こう」

唯一の危惧であった兄津野親忠を誅した今、国元への懸念はなくなっている。すぐに盛親は決断した。

「それは重畳でございまする」

横山新兵衛が喜んだ。

「明日夜明けとともに出る。準備をいたせ」

「はっ」

同席していた近習《きんじゅ》が指示を伝えに出ていった。

「新兵衛、ご苦労」

もう一度盛親は横山新兵衛をねぎらうと、謁見の間を後にした。

大坂の町は落ち着きを取り戻していた。

関ヶ原の合戦があった直後は、勝利した勢いのまま徳川方の兵が大坂へ乗りこんでくるとの噂が城下に拡まり、町人たちのなかには荷物を持って逃げ出す者が出るほどの混乱であった。

しかし、それも家康が秀頼に戦いを挑まないとわかるまでのことであった。

「悪臣、征伐いたしましてございまする」

「うむ。大儀であった」

大坂城へ着いた家康が秀頼に関ヶ原の合戦で勝ったことを告げ、それを秀頼が認めたことで戦いはなくなった。

と同時に、石田三成は逆臣として処刑されることが決まった。武将として名誉ある自害ではなく、謀叛人として斬首されるという極刑がおこなわれた。小西行長《ゆきなが》、安国寺恵瓊《あんこくじえけい》ら家康討伐軍に参加し、関ヶ原から逃げ出した他の武将らと、大坂、堺、京を引き回された後、六条河原《ろくじょうがわら》でその生涯を終えた。

慶長五年十月一日、享年四十一。

城下の屋敷へ退去した毛利輝元の後を受け、西の丸に入った家康は石田三成処刑の翌日、本多正信、井伊直政らを招集して、戦後処理に入った。

「……佐賀《さが》の鍋島《なべしま》は、柳川《やながわ》の立花へ向けて兵を出しておりまする。福岡《ふくおか》の黒田如水《くろだじょすい》が周囲の石田治部少輔に与した者どもの居城を制圧しておりましたのを停止させましてございまする」

本多正信が諸大名の動静を報告した。

「鍋島も必死よの」

家康が口の端をつりあげた。

鍋島飛驒守直茂《ひだのかみなおしげ》は、当初息子の勝茂《かつしげ》に兵を預け、石田三成に従わせた。が、状況が家康有利に傾くと感じたとたんに掌《てのひら》を返し、尾張の米を買い占めて家康に献上したうえ、息子勝茂を決戦目前に離脱させるなどして、寝返った。

「米だけでは足りぬと感じたのでござろうな。馬首を並べた隣国へ掌を返すように攻めかかるとは」

直政もあきれていた。

「責めてやるな。皆、吾が身が大事なのじゃ。なにせ、かばってくれるはずの中納言さまが、儂の側に立ったのだ」

家康が続けた。秀頼が家康を公儀の大将と認めたのだ。石田三成に与した大名たちが蒼白になったのも当然であった。

「それに我が旗本を損耗《そんもう》させずにすむのだ。ありがたいとまでは言わぬが、文句を言う筋合いではないがな」

　天下を取った余裕か、家康が笑った。

「殿、今回はどうなさいまするか」

　本多正信が賞罰について問うた。

「儂と直接戦った者、関ヶ原には来なかったが我が方の軍勢を攻めた者は改易じゃ」

　笑いを消して家康が断じた。

「直接対峙はいたしませんでしたが、総大将となった毛利はいかがいたしましょう。吉川との約定では本領安堵でございますが」

　本多正信が毛利の扱いを尋ねた。

「ふん。敵の総大将を許し、端《はし》武将だけを咎めるなどあり得ぬだろう」

　憎々しげに家康が言った。

「では……」

「取り潰す」

「それでは吉川との約定は……」

　直政が驚いた。

「儂がしたのではないわ。吉川を説得したのは黒田と福島じゃ」

　家康が知らんと嘯《うそぶ》いた。事実、関ヶ原の合戦の後で毛利本領安堵を求めた吉川広家に、まちがいないという返書へ花押《かおう》を入れたのは黒田長政と福島正則であり、家康はもとより徳川家家臣の誰一人として署名していなかった。

「では、そのようにいたしましょう」

本多正信が首肯した。

「手立てはあるな」

「はい。よほど慌てておられたのでしょうな。毛利権中納言さまが出られた後の西の丸には、石田治部少輔から権中納言さまへの書状が山のように残っておりました」

確認した本多正信が家康へ応じた。

「北条早雲《そううん》、斎藤道三《さいとうどうさん》と並んで戦国の梟雄《きょうゆう》と言われた毛利元就《もとなり》公の血も、わずか二代で薄れたとはの。証となる署名入りの書状を燃やしもせず残しておくなど……墓の下でさぞかし祖父が嘆いていようよ」

家康が嘲笑した。

「殿、関ヶ原まで来ておきながら、直接対峙しなかった者はいかがいたしましょう」

直政が問うた。

「恭順するならば、残してくれる。潰すと言って国元へ籠もられても面倒じゃ。一々潰して回るなど手間がかかりすぎる。もちろん、領地は減らすがの。抵抗するよりは、生き延びるほうがましだと思うくらいには残してやろう。が、それを不満だと申すならば、滅ぼすだけのこと」

冷たく家康が答えた。

「じつは、わたくしのところに長宗我部から恭順の使者が参っているのでございますが……」

家康の顔色を窺うように直政が述べた。

「長宗我部は、毛利の後詰めであったの」

「はい。南宮山のまだ奥でございました。退却のおり、追撃に出た池田や浅野と戦いはいたしましたが、自ら討って出てはおりませぬ」

直政が弁護した。

「じゃが、大坂へ戻る途中で、小出の制止を聞かず、戦闘をおこなっておりまする」

本多正信が敵対していると口を出した。

「ふむ。土佐か。海をこえるのはいささか手間じゃ。そうよなあ。関ヶ原まで治部少輔に付いてきた罪、小出の軍勢を叩いた罪、両方合わせて……佐渡、土佐一国は何万石じゃ」

考えかけた家康が訊いた。

「およそ二十二万石ほどかと」

すぐに本多正信が答え、横に積まれてあった諸国図から土佐を抜き出し、家康の前に置いた。

「ならば、十七万石を召しあげよう」

取りあげる石高を決めた家康が、盛親の領土の線引きだと扇子を地図に走らせた。

「この川より東を残してやれ。五万石に足りぬならば、対岸の安芸郡と香美郡から足してやればいい」

「これはかたじけなき仰せ。土佐守も殿のご寛容に感涙を流しましょう」

潰されずにすんだ。仲介を任された直政が安堵した。

「では、次に佐竹と相馬《そうま》でございますが……」

本多正信が次へと話を振った。


盛親が大坂屋敷に入ったのは、十月五日の昼過ぎであった。

「お待ちしておりました」

長宗我部家の大坂屋敷で、立石助兵衛が出迎えた。

「助兵衛、侍従どのに会いたいと思う」

御殿の書院へ座るなり、盛親は言った。

直政は徳川家の臣である。豊臣家から見れば陪臣になり、家康と同格の直臣である盛親よりも一段身分が低い。本来ならば、敬称を付けなくてもよいのだが、父元親と交流が深く、盛親も子供のころからかわいがってもらっている。さらに今回、斡旋《あっせん》を頼んだというのもあり、盛親は直政へ敬意を払った。

「明日にでも殿が大坂屋敷に到着した旨をお報せいたしますゆえ、そのおりにご都合を伺って参りまする。ただ、侍従さまは、お忙しいお身でございまする。すぐにお目にかかれるかどうかは……」

「わかっておる。そのあたりは、侍従どののご都合でよい」

盛親がうなずいた。

大坂へ盛親が着く前、藤堂高虎の使者が津野親忠と話をするため、密かに山をこえて土佐へ入った。

「……これは」

いつもならばいるはずの見張りがいない。当たり前である。見張る相手が死んでしまったのだ。

使者はすぐに異変に気づいた。

「………………」

高虎の指示を津野親忠に伝えるために来た使者は、岩村がもぬけの殻になっていると知った。

「なにがあった」

　気働きでは天下一といわれた高虎の家臣である。そのまま帰るようなまねはせず、周囲の百姓家に聞きこみをするなどして、真相を把握した。

「なんということを」

　何度も津野親忠と会っている使者は、その哀れな末期《まつご》に瞑目した。

「ただちに殿へお報せせねば」

　使者は見つからぬよう、帰路を急いだ。

　山越えとはいえ、土佐から伊予板島《いたじま》までは、一日もあればいい。使者は四国の万一に備えて国元へ戻っていた藤堂高虎へ、事情を報告した。

「なんだと……津野どのが、討たれただと」

　聞いた高虎が絶句した。

「馬鹿なことをする。まったく、土佐守はろくでもない」

　高虎が盛親を罵った。

「これは、内府さまにお報せしなければならぬ。早船を用意いたせ」

　親しかった津野親忠の死を高虎は許せなかった。

「内府さまにお目通りを」

　すでに家康の家臣としての態度を高虎は取っていた。

「どうした、和泉守。さほど急ぎの用か」

諸大名への対応を協議していた家康は、高虎をその場に招いた。

高虎と家康のつきあいは秀吉が死ぬ前まで遡る。秀吉から聚楽第のなかに与えられた家康の屋敷を設計、普請したのが高虎であった。それ以来高虎は家康に接近、秀吉が死んだ直後から家臣の礼を取るようになっていた。

「お耳に入れたき儀がございまする」

「そなたが顔色を変えるほどのことか」

家康が緊張した。

まだ関ヶ原の合戦から一カ月も経っていない。敵対した大名の処断も終わっていなかった。いつ反徳川の狼煙があがっても不思議ではなかった。

「土佐にて異変がございました」

「……土佐」

同席していた本多正信が感情のない目で高虎を見た。

不幸なことに直政は傷の治療をするため同席していなかった。

「長宗我部土佐守、国元で実兄を自刃させましてございまする」

「実兄を……謀叛でも企んだのか」

兄弟親子でさえ、殺し合うのが乱世である。家康も嫡男信康を武田勝頼《かつより》と通じたとの疑いで、自刃させている。伊達でも親子で戦った過去があり、上杉は軍神と呼ばれた謙信《けんしん》の跡目を巡って御館《おたて》の乱を起こしている。

家督を譲られなかった兄が、関ヶ原の合戦で負けた弟を押しのけて当主になろうと企んだとしても不思議ではないし、それを咎めるのは、いかに天下人といえども余計な口出しであった。

「そうではございませぬ。津野親忠は、わたくしを通じて、内府さまに恭順の意を示し、長宗我部家へのお咎めを軽くしていただこうといたしておりましただけで、決して謀叛をしようなどとは考えておりませぬ」

高虎が事情を説明した。

「ほう、和泉守とは天正十三年以来のつきあいか。長いの」

「はい。十四歳のときから存じております。家督に野望を持つような男ではございませぬ。お召し出しいただければ、きっと内府さまのお力となったはずでございまする」

高虎が津野親忠の人柄を保証した。

「ふむう……」

家康が腕を組んで思案に入った。

「侍従が頼まれておるのでな。家名だけは残してやるつもりでおったがの。儂への恭順を申し出ていた者を討ったとなれば話は別じゃ。恭順した者は、家臣と同じである。それを討たれたと知って見過ごすわけにはいかぬ」

「侍従を呼び出しましょうや」

本多正信が家康の顔を見た。

「うむ。ただちに直政をこれへ」

家康の召喚に直政はすぐに応じた。

「なにごとでございましょう」

怪我の治療のために休んでよいと言われた己を呼び出すとなれば、よほどのことがあったはずである。直政が緊張した。

「土佐がしてくれたわ。和泉守、教えてやれ」

「はっ……」

家康の指図に高虎が従った。

「ああ……愚かなことを。存亡のおりに騒動をいたすなど、一国の主として心がけがなさすぎる」

聞いた直政が嘆息した。

「それでは……」

直政が家康の決断を待った。

「長宗我部は改易とする。ただし、土佐守の命だけは許してくれる」

　眉間に険しい皺を寄せて家康が宣した。

「ご温情かたじけなく存じまする」

　直政が頭を垂れた。これ以上長宗我部の肩を持つのはまずかった。今までの功績を引き換えにと願えば、家名くらいは残してもらえようが、大事なときとわかっていながら騒動を起こすような者では、後々もろくなことをしない。直政は盛親を切り捨てた。

「殿のお心遣いを無駄にいたしましたこと、土佐守に成り代わりまして、深く、深く、お詫びいたしまする」

「せめてもの情けじゃ。長宗我部の城、そなたが受け取ってやれ」

「はっ」

　直政が平伏した。

己の未来《さき》を他人に任せる不安はたまらない。

関ヶ原の合戦は、徳川家康方の圧勝で終わった。

石田治部少輔三成の家臣島左近の勇猛さや、宇喜多秀家軍の奮闘、島津兵の死闘と、個々の武名では優った部分もあったが、味方の中軸であった小早川中納言秀秋の裏切り、吉川広家による毛利軍の足止めで、勝負はあっさりと付いた。

だが、まだ徳川家康が天下人になったわけではなかった。

徳川家康は豊臣家の筆頭大老には違いないが、家臣でしかない。

言い出せば、豊臣家も天皇の臣になる。しかし、政の実権は天皇から奪われて久しく、公家たちも飾りになってしまっている。

天下は武を誇る者の手に落ちるのが世の理なのだ。

とはいえ、関ヶ原で勝ったところで、徳川家の家禄は一石も増えていない。

徳川家に加増をしてやれるのは一人、豊臣秀頼だけである。と同時に、徳川家に敵対した大名たちの領地を召しあげる権限も公儀と呼ばれる豊臣家だけが持っている。

「まずは、中納言さまにご報告じゃ」

大津城から大坂城へと向かいながら、徳川家康は思案した。

関ヶ原の合戦は、公儀の命でおこなった討伐戦ではなかった。謀叛の疑いありとして、上杉景勝を征伐するために出た徳川家康を中心とする軍勢を、石田三成らが後から襲おうとした。徳川家康が勝利したことで、石田三成らに与えられていた豊臣家の許しは、なかったことになっている。

まずこれを豊臣中納言秀頼に公儀の戦いと認めさせなければならない。

「石田治部少輔謀叛の一件、その始末をご一任いただくよう、話をしておけ」

すでに徳川家康は、腹心井伊直政を大坂へ行かせている。主たる目的は、反徳川で集まった大名たちの主将となった毛利権中納言輝元との交渉である。

一代の英雄豊臣秀吉が、その権力と金を盛大に遣って建てた難攻不落の大坂城から、徳川に敵する者を排除しなければならない。

もし、毛利輝元が、豊臣秀頼を擁して大坂城に籠もるようなことになれば、関ヶ原での勝利など、一瞬で消し飛んでしまう。そうなれば、今は家康に与している黒田長政、福島正則ら豊臣恩顧の大名が、矛先を転じるのは確実であった。

「治部少輔ごとき戦場の匂いさえ嗅いだことのない青びょうたんが……」

福島正則や加藤清正ら豊臣秀吉によって引き立てられた連中が、徳川を討てとの檄に応じなかったのは、石田三成を嫌っていたことによるところが大きい。
たしかにまだ幼い秀頼では、天下を持ちかねると考えたところもあるだろうが、それ以上に石田三成憎しによった。

これは豊臣秀吉による二回の朝鮮侵攻が原因であった。

薩摩や奥州へ軍勢を出すだけでも、大事である。兵というのは戦をしていなくても、飯を喰い水を飲む。さらに戦となれば、大量に消費される矢弾の補給、破損した刀槍の交換と、用意しなければならない物資は多い。

しかも朝鮮を攻めるとなると、海を渡ることになる。陸路でさえいつ着くか、ちゃんと届くかわからないのが、小荷駄である。天候や敵の水軍によって邪魔される海路では、無事に受け渡しができるほうが珍しい。

また、朝鮮へ出兵した軍勢が破竹の勢いになったのもまずかった。海路のうえに、地理不案内の陸路が加わって、補給は困難を極めた。

鉄炮は弾がなければ役に立たず、弓も矢がなければ意味がない。いかに日本の軍勢が精強だとはいえ、空腹では士気があがらず戦いも不利になる。

加藤清正を始めとする朝鮮侵攻軍もご多分に漏れず、物資不足に陥った。猛将として朝鮮でも怖れられた加藤清正でさえ、補給が滞れば戦にならない。

「矢弾と兵糧を送ってくれ」

加藤清正ら侵攻軍先手の大名は、後方で小荷駄を差配する石田三成に要求した。

「ご工夫を願う」

それを石田三成がにべもなく拒んだ。

いや、補給はした。当たり前である。なにも送らずでは、小荷駄差配の役目が果たせない。ただ、要求よりはるかに少ない量しか出さなかった。

これも無理のないことではあった。なにせ、いつ次の船が日本から来るかわからないだけに、気前よく物資を撒いていては、いざというときに困る。石田三成の行動もまちがいではなかったが、敵と実際に対峙している武将にとって、そのような事情はどうでもいい。今を生き延びることがなにより大切なのだ。

「後ろにおりながら……」

「誰が身をもって、敵の攻撃を防いでいると思う」

加藤清正らの不満は溜まった。

そこに石田三成は油を注いでしまった。

朝鮮侵攻軍の軍監でもあった石田三成は、加藤清正らが勝手に進軍したことを軍令違反として豊臣秀吉に報告した。

石田三成の言葉を信じた豊臣秀吉は激怒、加藤清正を叱りつけた。

これが石田三成と加藤清正ら武将の間に大きな溝を作った。この溝が、関ヶ原の合戦に至るまで響いた。

豊臣秀吉亡き後、徳川家康が天下取りに野望を持ったことは、誰でも知っていた。豊臣家に大恩のある武将にしてみれば、徳川家康を抑え、豊臣秀頼を守り立てていくべきである。となれば、石田三成の檄に応じるのが道理であった。

しかし、怒りはその道理を押しのけた。

当然、徳川家康はそのことを重々承知している。石田三成が死んだ今、その恩讐《おんしゅう》は消えたと言える。だけに、毛利輝元が大坂城に籠もることをなによりも怖れていた。

その次に徳川家康が手配りをしたのが、戦の後始末であった。

関ヶ原で命を落とした大谷吉継、落ち延びながらも捕まった石田三成らはまあいい。当主がいなくなった領地は接収が容易である。

問題は、立花宗茂、島津義弘ら無事に国元まで帰り着いた武将たちであった。立花宗茂は、関ヶ原で被害を受けていない。立花の兵千五百は、他家の一万に匹敵すると言われるほど精強である。その兵がほぼ無傷で国元にある。島津も同様であった。千五百は関ヶ原で倒れたとはいえ、数万の兵は動員できる。

しかも地の利を持っている。これを討伐するとなれば、徳川の兵力だけでは心許ない。なにせ、徳川の本拠は関東であった。そこから九州まで大軍を率いて行くなど、費用も手間も膨大なものになる。これを避けるには、豊臣家の命として、軍勢を集めるしかない。

そして、負けた大名から領地を奪い、勝った徳川と与力してくれた武将たちに加増をするにも豊臣家の許可が要る。

徳川家康は、どうやって大坂を手中にするかを考えていた。

「毛利権中納言さま、異心なきとの誓書ご記入。殿の大坂ご入城をもって、西の丸を明け渡されるとのお約束」

そんな家康のもとに井伊直政からの朗報が届いた。

「よし。あとは、中納言さまだけじゃ」

家康は勢いこんで大津城を進発した。

途中、関ヶ原の合戦の端緒となった伏見《ふしみ》城へと立ち寄った家康は、数万の兵を相手に全滅するまで抵抗を続けた鳥居彦右衛門尉元忠《とりいひこえもんじょうもとただ》の最期に涙した。

「これぞ、忠義である」

家康は城中の廊下に残った鳥居元忠切腹の血跡を見ながら、その功績を讃えた。

「長松、よく覚えておくがいい。我らが勝ちどきをあげられるのは、こうして彦右衛門らが命を捨ててくれたお陰である。よき家臣を持つ。これが主君たるものの目標じゃ」

家康が秀忠を諭した。

「心いたしまする」

関ヶ原の合戦で遅参という不始末をしでかしたばかりである。秀忠はおとなしく頭を垂れた。

「榊原式部大輔によくしてやるようにの」

周囲に控えている大久保忠隣、本多正信らに聞こえないよう、小声で家康が告げた。

「式部大輔でございますか」

秀忠も声を潜めて確認した。

「そうよ。儂の怒りを削いだのは、式部大輔じゃぞ。でなくば、儂はそなたを許さず、もう少し目通りをさせぬつもりでいた」

家康が、秀忠を睨んだ。

「……それは」

すんだ話を蒸し返された秀忠が、たじろいだ。

「式部大輔め、儂の膝を摑んで、なぜ合流するまで清洲の城で待っていなかったのかと叱りつけおったわ。石田治部少輔ごとき、半日もかからずに追えるていどの小者。それを急いで征伐なさるなど、世継ぎさまの武名をお考えになっておられぬ。叱るべきは、世継ぎさまではなく、殿のお心じゃとな」

「………」

「それを涙しながら、繰り返すのだ。儂が許すと言うまでな」

辟易《へきえき》した顔で家康が語った。

「敗軍のような陣立てを整えるまで目通りを許されなかったとのお話は……」

秀忠が問うた。

大津城へ着いた秀忠はただちに家康との面会を望んだが、許されなかった。毎日のように目通りを願い、断られ続けた秀忠のもとへ、本多正純が来訪し、尾羽うち枯らした状態では、天下人としての凱旋《がいせん》に参加できないゆえ、軍勢が揃ってからあらためて到着の報をあげるようにと伝えられた。そうして四日目の朝、歩兵が揃い、軍装を整えた秀忠は、ようやく家康と会うことができたのだ。

「正純の言うことを信用するな。あやつは親でも平気でだます。儂でさえ、偽られているかも知れぬ。まあ、それぐらいでなければ天下取りの謀《はかりごと》など立てられぬ」

愕然とした秀忠に、家康が告げた。

「どちらも家臣である。忠義だけでは、戦に勝てぬ。謀臣というのもおらねばの。要は適材適所、使う者の器量よ」

家康が苦笑しながら言った。

「ということじゃ。そなたがここにおれるのも、式部大輔のお陰である。よくよく覚えておけよ」

「はい」

秀忠はうなずくしかなかった。

伏見城から大坂城まではさほどの距離ではない。昼前に伏見城を出た家康と秀忠は、日が暮れる前に大坂城へと入った。

「明日、中納言さまにお目通りをする」

家康は、すぐに秀頼との会見を手配させた。目通りとは言いながら、秀頼の都合を無視した指示は、すでに家康が豊臣を主君だと思ってはいない証拠であった。

「秀忠、一緒に参れ」

「はい」

同道を命じられた秀忠は、家康に続いて二の丸の奥へと進んだ。

「さて、儂はそなたに徳川の家を譲るつもりでおる」

「……それは……かたじけのうございまする」

父から世継ぎの座を保証された秀忠は、感激した。

「とはいえ、乱世じゃ。儂が隠居するまで、そなたが世継ぎであり続けられるとは限らぬ。なにせ、決戦に間に合わぬという大失態をしてくれたのだからの」

「………………」

持ちあげておいて落とされた秀忠は言葉が出なかった。

「世間も納得すまい。ああ、世間などどうでもよい。それよりも家臣どもだ」

「それで奥へ」

二人きりになったのは、家臣の耳をはばかったからだと秀忠は理解した。

「榊原や大久保はいい。そなたとともにいたからな。利根川の増水、木曽川の川荒れなどで間に合わなかったと知っておる。しかし、それ以外の者がの。とくに井伊直政が問題じゃ。あやつは忠吉の傅育役だからな。忠吉が徳川の世継ぎになってくれねば困る。あと本多忠勝、本多正信、酒井《さかい》家次《いえつぐ》らも、そなたを侮っておる」

「…………」

徳川でも別格とされる譜代の名門たちの名前が、秀忠に重くのしかかった。

「事実、誰とは言わぬが、直政以外にも、忠吉の手柄を声高に賞していた者はおる。明言はせぬが、あれは忠吉こそ跡継ぎにふさわしいと申しておるのよ」

「くっ……」

秀忠は唇を噛んだ。

「わたくしとて、中仙道ではなく、殿に同道いたしておれば、忠吉以上の手柄を立ててみせましたものを」

秀忠が悔しげに首を横に振った。

「すんだことを言っても、覆らぬわ」

冷たく家康が述べた。

「わかっておろうが。儂はそなたを世継ぎと思えばこそ、一手を預けた。忠吉を同道させたが、一手の将として遇したわけではない。それをわからぬか」

家康が悔し涙を流している秀忠を諭した。

「儂はの。天下の戦はもう終わると思っておる。これからは戦上手より、政ができるかどうかに重きをおくべきだ」

「政……」

秀忠が繰り返した。

「そうよ。そして政には闇がつきものである。正論で世のなかは回らぬ。どれだけ美辞麗句を並べたところで、飢えている者には届かぬ。民を喰わせてこそ、安定はなる。そのためにはどのようなことでもせねばならぬ」

家康が続けた。

「儂は、そなたの気質を武ではなく治と見ておる。でなくば、ここまで初陣を引き延ばしはせなんだ。武将として育てるつもりならば、朝鮮へ行かせていたろう。それこそ、式部大輔と数千の兵を付けてやれば、恥ずかしくないていどの戦をさせられた。それをせなんだは、そなたには他の役目があるからじゃ」

「その役目が、政だと」

秀忠が確かめるように繰り返した。

「政だけではないぞ。他家とのつきあいもだ。槍働きの時代は、太閤殿下で終わった。今回の戦も次なる戦も残照に過ぎぬ」

「残照……」

「ああ。これからは天下を力ではなく、政で支配する世になる」

「天下を担う」

その言葉が持つ意味に秀忠は興奮した。

「まちがうな。今の徳川は天下人ではない。儂が責を負うのは、家臣と領民たちだけ。それは世継ぎたるそなたも同じ」

「はい」

舞いあがるなと注意した家康へ、秀忠はうなずいた。

「よいか。このたびの戦は、徳川と石田によるものではない。そうしてはならぬ。徳川と石田だと私戦になる。私戦では勝ったところで、なにも得られぬ。どころか咎められかねぬ」

豊臣秀吉が出した惣無事令は未だに生きている。惣無事令とは、大名同士の諍《いさか》いを禁じ、もめ事が起こったときには、豊臣家が両方から事情を訊いて裁決を下すというものである。

もし、今回の関ヶ原での戦いが、徳川と石田による私戦と見なされれば、勝利を収めた徳川も豊臣から罰せられる。

「なんとしてでも治部少輔とそれに与した者どもを謀叛人にし、徳川が征伐したとの形を取らねばならぬ」

「そのようなことを気になさらずとも、徳川は勝ったのでございまする。治部少輔も捕らえ、その他の大名たちも逃げ散りましたではございませぬか」

それほど気にしなくてもよいのではないかと、秀忠は首をかしげた。

「愚か者めがっ」

家康が秀忠を怒鳴りつけた。

「ひっ」

その剣幕に秀忠は首を竦《すく》めた。

「徳川はまだ天下人ではない。もし、豊臣が正式に徳川追討を命じれば、我らに味方した加藤も、福島も、黒田も敵になるのだぞ」

「そのようなことは……黒田や藤堂など、今や父上の家臣同然ではございませぬか」

「あやつらは生き残りのために儂と中納言さまを秤《はかり》にかけているだけよ。儂のほうが力では優っているが、大義名分は向こうにある。もし、豊臣が公儀としての命を発し、中納言さまが出陣してみよ。波打つように、あやつらはそちらになびくぞ。対して、今の儂が豊臣征伐を言い出したところで、それは謀叛でしかない。謀叛は明智日向守光秀の本能寺を見てもわかるように、天下が認めぬ。もう少し、儂の力が強くなり、豊臣の威勢が落ちるまで、誹りを受けるようなまねはできぬ」

秀忠の言いぶんを家康は一蹴した。

「浅慮でございました」

諭された秀忠が詫びた。

「なんとしてでも、今回の戦を大義あるものにせねばならぬ」

「わかりましてございまする」

もう一度言われた秀忠が、首を縦に振った。

「そのための手筈《てはず》をそなたがいたせ」

「わたくしがでございまするか」

命じられた秀忠は、驚いた。それほど重要なことは、家康自らがおこなうと秀忠は思いこんでいた。

「最初に申したであろうが。そなたに手柄を立てさせねばならぬと」

家康があきれた口調で言った。

「さようでございました。では、なにをいたせばよろしゅうございましょう」

慌てて秀忠は尋ねた。

「中納言を脅せ」

「えっ……」

敬称を外したことよりも、その内容に秀忠は絶句した。

「中納言と治部少輔を一身であったとして、我らを敵にするつもりかと迫れ」

「それをわたくしが……」

「そうじゃ。そなたがしてこそ、手柄であろう」

確認するように問うた秀忠に、家康が首肯した。

「治部少輔の裏で中納言が糸を引いていたのであろうと詰め寄れ。いや、中納言よりもあの女を脅すべきだな」

「淀さまを」

「ああ。淀の性格なら、儂よりそなたのほうがよく知っておろう。なにせ、そなたは淀の義弟」

家康が笑った。

秀忠は文禄《ぶんろく》四年（一五九五）、豊臣秀吉の命で浅井長政の三女で淀の妹である江《ごう》を正室に迎えていた。

「そなたなれば、淀とも会いやすいしの」

口の端を家康が一層つりあげた。

「任せたぞ、長松。うまくやれ」

そう言って家康が話は終わったとばかりに手を振った。

「……ご無礼を」

一礼した秀忠は、家康の前から下がった。

与えられた部屋で一人になった秀忠は、頭を抱えていた。

「中納言さまを脅すなどできるはずはない」

秀忠は父の指示に戸惑っていた。

「……しかし、いたさねば忠吉に負ける」

戦場で受けた名誉の傷で、療養していた同母弟の姿を秀忠は思い出していた。

「遅参の失敗を、なんとかして取り返さねばならぬ」

先ほど家康から言われた、重臣のなかに秀忠を廃嫡して忠吉に家督をと考えている者がいる。この一言が、秀忠の心を大きく揺らしていた。

「どうすればよいか」

秀忠は悩んだ。

「……わからぬ」

苛ついた秀忠は、大声を出した。

「いかがなされました」

隣の部屋で控えていた近習が顔を出した。

「なんでもないわ。下がれ」

秀忠が乱暴な口調で、追い返した。

「……御免を」

近習が襖を閉じた。

「まったく、邪魔をいたしおって……」

秀忠は罪のない近習を罵った。

「………」

近習を叱って怒りを少し発散させた秀忠だったが、いくら思案を重ねても、何一つ案は浮かんではくれなかった。

「よろしいかの」

襖の外から声がした。

「その声は、佐渡守か」

秀忠は聞き覚えのある声に、反応した。

「さようでござる」

それを許しと取ったのか、本多正信が襖を開けて入ってきた。

「権中納言さま、いやお世継ぎさま、お困りのようでございますな」

わざとらしく言い直しながら、本多正信が秀忠の前に腰を下ろした。関ヶ原の合戦直後から世継ぎと呼ばなくなっていた本多正信がふたたびそう口にしたことに、秀忠は苦いものを呑むような顔をした。

「………」

家臣から素質を疑われているとわかった今、秀忠は弱音を吐くわけにはいかなかった。

「殿から伺いましてございまする」

本多正信が告げた。

「父上さまから聞いたのか」

「いかにも。ご安心召されよ。わたくしも、お世継ぎさまを推しておりまする」

問うた秀忠に、本多正信が述べた。

「まことか」

「ここで偽りを申しあげる意味はございますまい。徳川が天下に手をかけるか、殿が謀叛人に落ちるかという瀬戸際でござる。要らぬ継承争いなどしておれませぬ」

疑った秀忠に、本多正信がやわらかい笑顔を見せた。

「そうだな」

秀忠は肩の力を抜いた。

「お世継ぎさま。お一人でできぬときは、我らをお頼りくだされや」

本多正信が口にした。

「殿といえども、お一人では戦も、政もおできにはなりませぬ。はばかりながら、拙者や榊原式部大輔らがお手伝いをさせていただいて、徳川の家は栄えていくのでございまする。鳥居彦右衛門をご覧あれ。彦右衛門の犠牲があったればこそ、このたびの戦に勝てたのでございまする。彦右衛門が日数を稼いでくれねば、黒田や福島らを与力に引きこめなかったやも知れませぬ」

本多正信が鳥居元忠を褒めた。

「そうじゃの。彦右衛門の忠義は徒《あだ》やおろそかにはできぬな」

「おわかりいただけましたようで」

うなずいた秀忠に本多正信がほっとした顔をした。

「佐渡守、なにかよい案はないか」

「ございまする」

秀忠が頼った。

本多正信が強く言った。

「あるか。教えてくれ」

秀忠は身を乗り出した。

「彦右衛門のことを戦の口実になされればよろしい……」

本多正信が語った。

「……わかった」

話を聞いた秀忠は納得した。


秀忠の前を下がった本多正信は、その足で家康のもとへと伺候した。

「どうであった」

「ご理解いただきましてございまする」

寝ずに待っていた家康から問われて、本多正信が応じた。

「儂がそなたを行かせたと気づかれてはおるまいな」

家康がじろりと本多正信をねめつけた。

「ご安心あれ。この佐渡守、権中納言さまに見抜かれるほど浅くはございませぬ」

本多正信が胸を張った。

「ならばよい」

家康が表情を和らげた。

本多正信はもと三河徳川家の鷹匠《たかじょう》であった。家康とは年齢も近く、鷹狩りの供をよく務め、厚い信頼を寄せられていた。しかし、熱心な本願寺《ほんがんじ》宗徒であった本多正信は、家康が三河の一向宗の寺院へ介入しようとしたことで勃発した一揆で、主君を裏切って敵対、一向一揆と徳川の間で講和がなった後、三河を出奔した。

その後十数年放浪してから、家康へ詫びを入れた本多正信は徳川へ復帰、謀臣として重用されてきた。

「儂がそなたを差し遣わしたと知ると、長松は安心するだろう。だが、それでは困る。明日、中納言を問いつめる場所でも儂に頼れるという甘い考えでいては、迫力が薄くなる。なんとしてでも、長松の圧力だけで、中納言を追いつめさせねばならぬ」

「はい」

本多正信も同意した。

「ところで、殿」

「なんじゃ」

話を変えたい、と求めた本多正信に家康が許した。

「中納言さまの傅育役でございますが、誰にさせましょう」

本多正信が訊いた。

「そうよなあ」

家康が首をかしげた。

豊臣秀吉はその晩年、幼い秀頼のことを心配し、前田利家を筆頭とする傅役《もりやく》の大名を定めていた。

「小出播磨守はいかがでございましょう。本人は治部少輔に味方いたしましてございまするが、次男秀家は関ヶ原で我らに味方いたしておりまする。負けたとはいえ、大坂へ向かう長宗我部を止めようともいたしました。居城も岸和田と大坂に近く、なにかと都合がよろしいかと」

本多正信が述べた。

「小出はいかぬ。豊臣に近すぎる。播磨守の妻は、中納言の大叔母にあたろう。血縁の情に引きずられては面倒じゃ」

家康が首を横に振った。

「では、誰にいたさせましょう」

「……東市正《ひがしいちのかみ》がよかろう」

少し考えた家康が告げた。

「片桐《かたぎり》どのでございまするか……」

本多正信が考えこんだ。

片桐東市正且元《かつもと》は、加藤清正、福島正則らと並んで賤ヶ岳七本槍の一人として数えられる武将である。北近江を支配し、信長の妹市を娶っておきながら織田に反抗した浅井長政の家臣であったが、その滅亡後秀吉に仕えた。秀吉の毛利攻めや小牧長久手の戦いなどに従軍したのち、検地奉行、道作奉行などを歴任、豊臣領地の統治を任された。秀頼の傅役筆頭の前田利家亡き後は大坂城に住し、その後任として役目を果たしていた。

関ヶ原の合戦では、石田三成に与し、大津城攻めに軍勢を派遣したが、家康の勝利を知るなり長女を人質として差し出し恭順を誓っていた。

「よろしゅうございますので。たしかに豊臣と血縁はございませんが、かなり古い家臣でございますが」

本多正信が懸念を表した。

「本人が戦場に出ていなかったという表向きの理由がある」

大津城へは、片桐家の重臣が少数の兵を率いただけで、且元は大坂城に籠もっていた。

「それに去年、正月にゆっくりと話もしたしの」

家康が口の端をゆがめた。

伏見城で傅育されていた秀頼が秀吉の死を受けて、豊臣家の家督を継ぎ、大坂城へと居を移すこととなった。

秀頼を中心とした行列が、伏見から大坂まで仕立てられた。当然、その行列には、徳川家康を中心とする五大老、石田三成を始めとする五奉行たちも供奉しなければならない。

秀頼が大坂城へ入ったのちも、供奉した者たちも大坂に滞在することになる。そのころ伏見城を預かっていた家康は、大坂城下に屋敷を持っていなかった。

「狭いところでございますが、当家でよければお休みくださいませ」

大坂城番として城下の整備を任されていた片桐且元が、家康を誘った。

「かたじけなし」

家康は片桐且元の勧めに従った。

滞在は一月十日、十一日の二日であったが、その間、家康は片桐且元と膝を交えて語り合っていた。

「東市正は、よくわかっていたぞ。次の天下がどうなるかをな」

家康が口の端をつりあげた。

「なるほど、それで自ら戦場に出ていかなかった」

「…………」

無言で家康が肯定した。

「明日も同席させる。それを見てから正式に決めるが、まあ、大事なかろう」

家康が締めくくった。

九月二十七日、大坂城へ登城した家康と秀忠は、そのまま秀頼のもとへと進んだ。

「中納言さま、ご出座になられまする」

近習が大声を出した。

謁見の間にいたすべての者が手を突いた。

「………」

無言で秀頼が上座に座った。

続いて淀が、秀頼を支えるかのように後ろに控えた。

「一同、大儀」

秀頼が甲高い声を出した。

豊臣秀吉と織田信長の妹市の娘淀の間に生まれた秀頼は、文禄二年（一五九三）生まれで八歳になった。豊臣秀吉が五十七歳のおりの子供で溺愛されてきた。信長と秀吉という一代の英傑二人の血を引いてはいたが、母親淀の過保護を受け、戦場はおろか、城下へ出たこともない。

「………」

秀頼の言葉を合図に顔をあげた家康が、目で秀忠に催促した。

「……中納言さまにお伺いいたしたきことがござる」

それを受けて秀忠が発言した。

「聞けば、このたび、伏見城で討ち死にした当家家人鳥居彦右衛門尉元忠の首を、ここにお取り寄せになり、中納言さまが首実検をなさったとのよし。首実検は戦の将が、家臣の手柄を賞するためにおこなうのが決まり。これは、戦が中納言さまのご指示でおこなわれたと考えてよろしいな」

秀忠が糾弾した。

「なっ、なにを」

「そのような話を」

「ぶ、無礼ぞ」

秀頼の周囲にいた豊臣の家臣たちがざわついた。

「権中納言、お黙りなされ」

上座から淀が制した。

「戦のことに女の口出しはご遠慮願おう」

秀忠が淀に嚙みついた。

「…………」

いつもおとなしい秀忠の変化に、淀が黙った。

「徳川にご不満か。徳川がお邪魔でござるか。ならば、ただちに軍勢をお出しなされ、受けて立ちましょうぞ」

呆然としている秀頼に、秀忠が詰め寄った。

「ま、待たれよ」

片桐且元が、腰を浮かした。

「こたびの一乱、もとよりこちらの思い立つべきところにはあらず。首実検も毛利権中納言輝元始め奉行どものせしところにて、若君さまの預かり知るところにあらず。すべてはお側にいる者の不手際。これをご推察いただきたい」

傅役として片桐且元が言いわけを口にした。

「毛利の仕業だと言うのじゃな」

秀忠が嵩《かさ》にかかった。

「それは……」

片桐且元が口ごもった。

毛利輝元がさっさと家康に降り、大坂城二の丸を明け渡したことは、すでに皆の知るところである。また、関ヶ原の合戦で毛利の軍勢が傍観していたこともわかっている。

毛利の立場が開戦当初とは大きく違っていた。

「やはり中納言さまの……」

秀忠がさらに一膝上段へと進めた。

「………」

秀頼は秀忠の勢いに押されて、なにも言えなくなっていた。

「お下がりなさい。中納言さまは、戦などという荒々しいことにはかかわっておられませぬ。すべて、毛利に任せていたのじゃ」

淀が口を出した。

「御母堂さまのご言いぶんに相違ござらぬか、東市正どの」

秀忠が確認を求めた。

「ううむう」

片桐且元の表情が一層ゆがんだ。

否定はもうできなかった。淀が認めてしまったのだ。もし、片桐且元が毛利輝元をかばえば、秀頼の母の言葉を否定することになる。

「いかに、東市正」

敬称をとって、秀忠が返答を要求した。

「……まちがいござらぬ」

片桐且元が肩を落とした。

「それは重畳でございました」

もとの位置まで秀忠が下がった。

「これでこのたびの戦は、中納言さまより上杉征伐を命じられた我らに、治部少輔らが手向かったものと決しましてござる」

秀忠が続けた。

「毛利権中納言を将とした、石田治部少輔、大谷刑部少輔、立花左近将監、島津侍従らの謀叛。我ら徳川は中納言さまをお護りいたすために、受けて立った」

「………」

滔々と語る秀忠に、豊臣の重臣たちはなにも言えなかった。

「いわば徳川が中納言さまの代わりに、叛臣ばらを討った」

秀忠が、一度話を切った。

「叛臣どもの始末も我らがいたしましょう」

「なにを……」

片桐且元が顔色を変えた。

「よろしゅうございますな、中納言さま」

秀忠は秀頼に問いながら、その後ろに座る淀を鋭く睨みつけた。

「……ま、任せてよろしゅうございますな、中納言さま」

淀が震えながら口にした。

「うむ」

母の言葉にいつものように秀頼がうなずいた。

「中納言さまはお疲れじゃ」

そそくさと淀が秀頼の手を引いて、奥へと消えていった。

「…………」

頭を下げて見送りながら、秀忠はそっと息を吐いた。


二の丸へ帰った秀忠を、家康がねぎらった。

「よくやったぞ。毛利の名前を出させたところは、大手柄じゃ」

家康が喜んでいた。

「本領安堵を吉川との間で約束していたが、名前だけとはいえ主将となった毛利を許しては、他の者への示しが付かぬと考えていたのだ。謀叛の中心が毛利であったと、中納言が認めたのだ。罰するだけの名分ができた」

「お見事でございました」

本多正信も称賛した。

「では……」

秀忠が家康の顔を見上げた。

「うむ」

短く、家康が首を縦に振った。

「ああ……」

大きく秀忠は安堵の息を吐いた。

「さて、佐渡よ」

家康が秀忠から目を本多正信へ移した。

「治部少輔に味方した者の処罰をどうするかの」

「基本は取り潰しでよろしゅうございましょう」

問われた本多正信が答えた。

「じゃが、すべてを潰すとなれば、抵抗する者も出てくるぞ。そやつらが手を組めば、いささか面倒なことになる」

家康が懸念を表した。

「では、毛利を残しまするか」

「それはいかぬ」

はっきりと家康が拒んだ。

「最初から儂に膝を屈していた前田以外の大老はなくす」

家康が宣した。

「徳川と並び立つ大名など天下に不要じゃ。これからはすべての大名どもが、儂の思うがままになる世にする」

　家康が冷たく言った。

「もちろん、数十万石の大身だけではない。数万石、いや一万石も同じだ。徳川に従わぬ者に未来《さき》はない」

「……………」

　秀忠は滅ぼされる大名の多さに絶句した。

「なにを震えている。儂が鬼のようなまねをするのは、すべてそなたのためじゃ」

「わたくしめのため……でございまするか」

　秀忠が確かめるように繰り返した。

「当たり前じゃ。儂一代で終わるならば、今のままで十分」

　家康が告げた。

「三河一国の主だった、いや、今川の人質として駿河《するが》で虐げられていた儂が、関東で二百五十万石だぞ。できすぎじゃ」

　思い出すように家康が目を閉じた。

「だがな、家は受け継いでいかねばならぬ。代を重ねてこそ、大名は強くなる。なぜだかわかるか」

「家臣でございまするや」

家康の質問に秀忠は答えた。

「よく言った。譜代の家臣が多いほど、大名は強い。代々仕えた家臣は、命をかけて尽くしてくれる。しかし、一代の家臣では、それほどの恩がない。どうしても主家への思いが薄い。そのいい例が豊臣じゃ」

「………」

秀忠は耳を傾けた。

「豊臣は太閤一人の力でなった家じゃ。その力に皆が頭を垂れた。北条も島津も太閤には勝てなかった。この儂までも膝を屈した。だが、見よ。豊臣に尾を振っていた大名どもが、太閤が死んだとたんに儂にすり寄ってきたではないか。藤堂高虎、黒田長政など、両方とも太閤によって人がましい身にしていただいたというのにじゃ」

「それは中納言さまが、お若いから不安に思ったのでは」

秀忠が考えを口にした。

「天下が統一され、戦がもうないのにか」

「国のなかではもうございますまいが、朝鮮が報復に攻めてくるやも知れませぬ」

家康の説に、秀忠が異を唱えた。

「海をこえてくるほどの力は朝鮮にはない。あるならば、明《みん》の軍勢に頼るまい」

家康が首を横に振った。

「明の力を借りて……」

「それだけの余裕は明にもない。あれば太閤との和平など明は認めぬ。和平で明は何一つ得ておらぬのだぞ。兵を死なせ金を遣っただけじゃ。我が国に金を寄こせとさえ言えなかったのだ。明にもう力はない」

またしても家康は否定した。

「幼君を守り立てていかねばならぬ者どもが、石田治部少輔ではなく、儂に与力したのは、譜代ではないからだ。あやつらは、より己の禄を増やしたいだけ。太閤が死んだとき、儂が動くと読み、味方することで利を得ようとした。まあ、秀頼さまを擁立して立身したいとの石田治部少輔らも同じ考えであったろうがの」

家康が嘲笑した。

「わかったであろう。ここで儂がせねばならぬことがなにか」

「代を継ぐために脅威をなくす。治部少輔に与した者どもを削ぐ」

秀忠が述べた。

「浅いな。そなたは」

家康が嘆息した。

「殿、お世継ぎさまは、まだお若《わこ》うございまする。本日のお働きだけでも、十分なご活躍でございまする。それ以上を求められるのは、いささか酷というものではございませぬか」

本多正信が秀忠をかばった。

「ご自身に置き換えていただきますよう」

「……いつまでも佐渡は口うるさいの」

諫言する本多正信に、家康が嫌そうな顔をした。

「殿が二十歳過ぎのころは、いかがでございました」

「……桶狭間《おけはざま》の合戦が十八歳のときだったから……信長どのと手を結び、三河を吾が手中に収めんと奔走しておったころか」

「一向一揆も……」

「思い出さすな」

本多正信が口にした瞬間、家康が手で顔を覆った。

「お世継ぎさまのためでございまする。このままでは、縮こまれますぞ」

「むっ」

謀臣の諫言に家康が閉口した。

「一向一揆は、殿が三河の支配を焦って、守護不介入を約束していた本願寺派の寺院へ手を出されたから起こりましてござる。簡単に申せば、殿が血気に逸《はや》られた結果」

「父上が、血気に逸られた」

今の家康からは想像も付かないことに秀忠は驚いた。

「儂にも若いときはあったわ」

家康が苦笑した。

「あれはきつかったの。今川の圧政にも耐え、儂を支えてくれた家臣のほとんどが一揆に与した。佐渡、そなたにも裏切られた」

感情のこもった重い声で家康が悔いた。

「申しわけございませなんだ。あのときは、わたくしも若かったのでございまする。今ならば、本願寺准如《じゅんにょ》さまが直接お文をくださっても従いませぬ」

本多正信も後悔を口にした。

「二人で詫びていれば世話ないの」

「まことに」

「……これが苦難を乗りこえてきた主従」

笑い合う家康と本多正信を秀忠はうらやましく感じた。家康の言った本多親子を信じるなということも忘れた。

「若さというのは、毒じゃな」

「はい」

主従が笑いを消した。

「若さが毒……」

秀忠は家康の言ったことに唖然《あぜん》とした。

「なんでもできると思いこみ、周囲を巻きこんで失敗する。万能だと根拠のない自信を生み出す毒が若さだ。そして、まだ未来《さき》があると飛躍を夢見る。これも若さの毒だ」

「…………」

呆然と秀忠は家康を見つめた。

「だが、年老いるということも毒じゃ」

「えっ……」

寂しそうな顔をした家康に、秀忠は口を開けた。

「老いの毒は、ときがないと焦ることとよ」

家康が続けた。

「太閤を見ればわかろう。生きている間に朝鮮、明を支配したいなどと無茶な戦をした。あれが豊臣の寿命を縮めた」

「縮めた……」

父の口から出た一言に秀忠が息を呑んだ。

「天下を平定した。これで我慢をしていれば、乱世は終わった。乱世が終われば泰平が来る。泰平は秩序だ。秩序は下克上を許さぬ。もし、朝鮮渡海がなければ、大名どもの不満はなく、儂が豊臣打倒で旗を揚げても、誰も与力せぬ。どころか、家臣どもにも見限られただろう」

「三河以来の譜代が主家に逆らうなど……」

「なにを聞いていた。一向一揆の前例があろう」

否定しようとした秀忠を家康が叱った。

「人というのは、己の想いに手出しされたとき激しく怒るのだ。信仰がいい例じゃ。信長どのが、本願寺にどれだけ邪魔されたか。あれは、信長どのが悪い。本願寺とうまくつきあえば、天下人となったのは太閤ではなく信長どのだったはずじゃ。本能寺の変も起こらなかったろう。信長どのは他人の心の機微を気にしないお方であった。そして、それを太閤は引き継いだ」

「それが朝鮮侵攻だと」

「そうじゃ。やっと天下が落ち着き、それぞれが領土を得た。なかには不満な者もいたろうが、それでも大名になった、あるいは生き延びたのだ。ここからは戦ではなく、自領を発展させ、子孫に美田を残そうと考えていた矢先に、海の向こうへ行けだぞ。逆らえば滅ぼされるゆえ、皆唯々諾々《いいだくだく》と従ったが、その腹は憤懣《ふんまん》で煮えくり返ったはずじゃ」

家康が語った。

「しかし、戦いは大名の仕事でございましょう」

「いいや」

秀忠の言いぶんを家康が否定した。

「大名の仕事は領土の発展じゃ。他領への侵攻もその手段でしかない。周囲を平らげて、地力をあげ、他からの侵略を抑制する。あるいは水を、富裕な土地を、港を得て、豊かになるためにこそ戦は起こすもの。まちがえるな」

家康が叱責した。

「心得違いをいたしておりました」

秀忠が詫びた。

「戦はよろしくございませぬ」

本多正信が口を挟んだ。

「金がかかるうえに、有為な人材を失うことになりまする」

「うむ。金は稼げるが、人心は得られぬ。領土の発展に要る者を異国で死なせる。これほど大名にとって手痛いことはない。それを太閤は気づかなかった。いや、気づいていたろうが、老いという毒に冒されて無視してしまった。結果、寸土を得ることもなく朝鮮から撤退、膨大な物資と金を浪費し、多くの人を無駄死にさせた」

「石田治部少輔と加藤、福島、黒田らの間にひびが入ったのも朝鮮でござる」

家康の後を本多正信が続けた。

「老いの毒の怖ろしさがわかったか」

「………」

秀忠はなにも言えなかった。

「ふん。その顔は、儂もその毒に侵されていると考えているのだろう」

家康が小さな笑いを浮かべた。

「当たり前でございまする。どう考えても、上杉に戦を仕掛けた理由には無理がござった」

本多正信があきれた。

「上杉は餌だ。本気で攻める気などないわ。儂が大坂、伏見から離れることで治部少輔に踊りの場を与えてやっただけじゃ。笛吹かれても踊らずという選択もあったのだぞ、治部少輔にはな」

不満そうに家康が言い返した。

「父上、治部少輔を誘い出したのは……」

「老いの毒じゃな。これ以上ときを過ごせば、太閤が撒いた毒が豊臣から消える。あと五年経てば、中納言に忠誠を誓う者も増えよう。藤堂や黒田のように戦国を生き延び、世のなかを見る目を持った者どもが、豊臣に戻りかねぬ。儂には未来がないと見てな」

天文《てんぶん》十一年（一五四三）生まれの家康は五十八歳になる。秀吉の死んだ六十二歳に近づいていた。

「それは……」

秀忠はおずおずと父の顔色を窺った。

「まちがうなよ。太閤と儂は違う。未来がないことへの焦りは同じだがな。思い出せ、太閤が朝鮮を攻めると言ったとき、中納言はいなかった。捨松《すてまつ》が死んだ直後であったろうが」

捨松とは、秀吉と淀の間に生まれた最初の男子であった。跡継ぎができたと狂喜した秀吉は、愛息の死を受け入れられず、悲しみを紛らわすために朝鮮侵攻を指示したと噂されていた。

「遺す者がいなくなった。養子の秀次《ひでつぐ》はいたが、あれは太閤の血を引いていない。男はな、吾が血を引いた子がおらぬとなれば、名を残したがる。太閤の戦は、己の名前のためだけであった。対して儂は違う。儂にはそなたや福松がおる。一人の名前など、他の者にとって、なんの価値もない。だが、徳川の家が栄えて続くためとなれば、話は変わる。徳川の家がよくなれば、家臣も裕福になる。儂に与した者も褒賞を得られる。わかるな。徳川のためではない。皆、子孫のために儂の毒を呑んだのだ」

そこで家康が大きく息を吐いた。

「わかっておろうが、儂の毒はまだ消えぬ。いや、消せぬ。少なくとももう一度、戦を興し、太閤の影を消すまではな」

「…………」

もう一度の戦、それがなにを意味するかを理解した秀忠は、声もなく震えるしかなかった。

第四章　命運の差

盛親編

己の実力を知るのは辛い。特に若い者には厳しい。

慶長五年（一六〇〇）九月二十七日に徳川内大臣家康が大坂城へ入城以来、戦勝を祝う人の波は、城の門から途切れることはなかった。

「臣　源《みなもと》家康……」

勝利を寿《ことほ》ぐ勅使下向もあり、家康の勢威はまさに天を衡《つ》くばかりであった。

「どうするかの」

そのすべてと会うはずもない。家臣に任せられるを任せ、二の丸御殿で家康は腕を組み悩んでいた。

「父上、いかがなされました」

同席していた秀忠が問うた。

秀忠はまもなく島津征討のため、大坂を発つ。そのあいさつのために家康を訪ねて、苦悩している父の姿に出会った。

「長松……」

家康が秀忠を見た。

「なにか」

秀忠が家康の言葉を待った。

「そなたに問おう。他人前《ひとまえ》で褒められるのと密かに認められる。どちらがよい」

「もちろん、他人の前で褒めていただくのがうれしゅうございまする」

訊かれた秀忠が素直に答えを返した。

「では、咎められるときはどうじゃ。他人前と密かのどちらがよい」

「それは、他人目に触れぬところで叱られるのがありがたく」

少しおどおどしながら秀忠が告げた。

「なぜじゃ。褒められるときは他人前を望んだであろう。咎められるときは密かにというのは、矛盾しておるであろう」

意地の悪そうな顔で家康が秀忠を見た。

「それは……」

本気で家康が尋ねていないと秀忠も気づいている。ただ、家康の意図がわからない
秀忠は戸惑った。

「他人の前で叱られるのは嫌なものじゃ」

「はい」

「当然、叱られたことを納得するより、叱った者を恨むほうが強くなる」

「……………」

家康が相づちや返答を求めていないと気づいた秀忠は黙った。

「恨まれるのを逃げるか、それとも恨みを受け止めても、見せつけるべきか……」

ふたたび家康が思案に入った。

「ふむう」

しばらくして家康が、秀忠へと目をやった。

「徳川の名を代々継がせていくには、儂が嫌われ者になってしかるべし……か」

「なんのことでございましょう」

こちらを向いての発言である。秀忠は己にかけられた問いだと思い、首をかしげた。

「恨みを溜めて、暴発させるのもよいな」

「父上……」

暴発がなにを指すかくらいは、秀忠でもわかる。秀忠は家康の顔色を窺った。

「おおっ。そなたはそろそろ出発であったな。島津のこと、預けるぞ」

家康が秀忠のことを思い出したかのような反応をした。

「……………」

聞きたかったことではない家康の返事に、秀忠は詰まった。

「行かぬか」

家康の声が低くなった。

「き、吉報をお待ちくださいませ」

秀忠が鎧の音を立てて、逃げるように出ていった。

「殿、ちとおかわいそうではございませぬか」

やはり同席していた本多正信がなんともいえない顔をした。

「これも勉強じゃ」

家康が秀忠の去っていった後へ目をやった。

「いささか覇気がなさすぎじゃ」

「どうなさいまする。今からでも忠吉さまをお世継ぎにお据え直しあそばしまするか」

本多正信が問うた。

「いいや。秀忠でなければ徳川は続かぬ」

はっきりと家康が首を左右に振った。

「秀忠は関ヶ原に間に合わなかった。そなたを含め、我が家臣のほとんどとともにな。そして忠吉は武勲を立てた。どちらに家臣どもは従うかの」

「…………」

「黙るな。そなたがわからぬはずはなかろう」

　じろりと家康が本多正信を睨みつけた。

「……同病相憐れむ」

　小さな声で本多正信が答えた。

「うむ」

「わたくしを始め、旗本のほとんどがお世継ぎさまに同行しておりましたゆえ、大事な合戦に間に合っておりませぬ。激戦をくぐり抜け、怪我をなされた忠吉さまへの後ろめたさを皆持っておりまする」

　本多正信が一度言葉を切った。

「徳川の天下を取った戦いになんの貢献もしなかった。忠吉さまが徳川の当主になられたとしたら、重用など論外、迫害されるとまでいかずとも白眼視されることは確実。しかし、お世継ぎさまならば、それはない。黙って口を噤《つぐ》んでいれば……」

「そうだ。秀忠と同行した三万の旗本どもは安心する。忠吉では、居場所がない。それこそ、第二、第三の石川数正《いしかわかずまさ》を生み出しかねぬ」

　家康が苦い顔をした。

　石川数正は、徳川家康がまだ今川義元《よしもと》の人質だったころから仕えていた譜代中の譜代であった。家康が独立してからも戦場、内政で活躍、西三河衆旗頭となった。家康の嫡男信康の補佐役を務めたが、その信康が自刃させられたのち、徳川家での居場所をなくした石川数正は豊臣秀吉を頼って、天正十三年（一五八五）に一族郎党を引き連れて出奔した。

一方の旗頭が寝返ったのだ。その影響は大きく、家康は家中を把握し直すために血の涙を流すほどの苦労を強いられた。

「家臣の居場所を奪ってはならぬ」

「かたじけなきお言葉」

本多正信が頭を垂れた。

「亡国の道だからな」

家康が冷たい表情で言った。

「さて、話を戻そう」

家康が、秀忠の話は終わりだと述べた。

「逆らった者どもへの罰だが、中納言の臨席を求めるか、儂が直接申し渡すか。どちらにすべきだと思う」

「おそれながら、中納言さまのご臨席はお求めにならぬほうがよろしいかと」

本多正信が家康を見た。

「中納言さまのご臨席を求めての下達は、殿への恨みが減る。それよりも、恨みを受けてでも天下は殿のものになったのだと見せつけるべきでございましょう」

「やはりか」

本多正信の言いぶんを家康が認めた。

「わかった。本丸御殿へ、一同を集めよ」

家康が指示した。


長宗我部盛親は、大坂屋敷から呼び出しを受けて登城した。

「お気を付けて」

「行って参る」

大坂屋敷を預けている立石助兵衛正賀の見送りに、盛親は手をあげた。

盛親は、本領安堵を信じていた。

「お任せあれ」

父長宗我部元親の知友で、幼少のころからかわいがってくれている井伊侍従直政が、盛親のことを請け合ってくれている。

「吾は、徳川と矛を交えていない」

石田治部少輔三成に与して、関ヶ原へと軍を進めたが、戦いには参加していない。

勝敗が決してからの追撃はあしらったが、これは降りかかる火の粉を払っただけで、罰せられる対象ではない。

「襲い来た者へ対するのは、軍勢のならい」

盛親は、安心していた。

「内大臣さまに手を突いて詫びれば……」

明るい展望を胸に、盛親は大坂城本丸御殿大広間へと伺候した。

「……吾だけか」

大広間下段の間に入った盛親は、一人きりだと気づいた。

「中納言さまがおられぬ」

盛親は上段の間に並ぶ武将たちが、徳川の家臣ばかりであることに首をかしげた。

「侍従さまがお出でじゃ」

そんななか、上座に近いところに頼みの井伊直政を見つけて、盛親はほっとした。

「長宗我部右衛門太郎《うえもんたろう》」

その井伊直政が口を開いた。

「えっ……」

盛親が名乗っている官名は宮内少輔である。これは父長宗我部元親の代を引き継いだときより使用しており、普段ならば盛親はこれで呼ばれるはずであった。

もっとも豊臣秀吉の推した兄たちを退けて家督を継いだ盛親には、官職の斡旋がなされていない。宮内少輔は僭称に違いなかった。

しかし、武家の礼儀として、僭称とはいえ官名を使用するべきである。それが違った。しかも親しい井伊直政が官名ではなく、盛親の通称を呼んだ。一瞬、盛親の脳裏に嫌な予感が走った。

とはいえ、いつまでも呆《ほう》けているわけにはいかなかった。

「はっ」

盛親も誰に向かって頭を下げればいいかわかっている。上段の間中央に座る家康へ向けて平伏した。

「逆賊石田治部少輔に与したはいかなる存念であるか」

厳しい声で井伊直政が糾弾した。

「わたくし儀、上杉討伐に加わるべく土佐より上坂《じょうはん》いたしましたが……」

言いわけは多いほうがいいと、盛親は話をかなり遡らせた。

「……あいにく土佐は遠く、内大臣さまの進発に間に合わず、お跡を慕わせていただくべく準備いたしておりましたところ……」

これは偽りであった。盛親は、慶長五年六月、家康に参加させて欲しいとの使者を出したが、軍勢はまだ土佐に置いたままであった。

「治部少輔が中納言さまの御命だと偽り……」

騙された結果での反抗だと盛親は責任を転嫁した。

「その証とまでは申しませぬが、関ヶ原でわたくし内大臣さまにお手向かいいたしておりませぬ」

戦意はなかったと盛親は付けくわえた。

「その後も大坂へ兵を残さず、国元へ戻り、身を慎んでおりました。わたくしに内大臣さまへの逆意はございませぬ」

「それだけか」

言い終わった盛親に、井伊直政が確認した。

「ございませぬ」

盛親がもう一度顔を伏せた。

「たしかに、右衛門太郎の申すとおりでございまする」

井伊直政が家康へ身体を向けた。

「うむ」

家康が首肯した。

「…………」

関ヶ原での責任は長宗我部にないと認められたのだ。盛親はほっと安堵の息を吐いた。

「右衛門太郎」

　家康が盛親を呼んだ。

「はっ」

「儂に思うところがないならば、なぜ、恭順を申し出た津野親忠を殺した」

「……それを」

　氷のような声で指弾された盛親が蒼白になった。

「知られぬと思っていたか」

　家康が笑った。

「このたびのこと、当初は減封で許してやるつもりであった。侍従の仲立ちもあり、和泉守の働きもあったゆえな」

「和泉守……藤堂どのが」

　盛親は驚いた。藤堂和泉守高虎は兄津野親忠と手を組み、土佐を吾がものにしようとしている。そう、盛親は久武親直から聞かされていた。簒奪《さんだつ》を防ぐために、盛親は気の進まぬままに兄津野親忠を誅した。はずであった。

「そうじゃ。和泉守は知己であった津野親忠の頼みを受けて、土佐一国の安堵を儂に求めて参った」

「土佐を奪うのではなく……」

思わず盛親は訊き直してしまった。

「無礼者」

本多正信が盛親を怒鳴りつけた。

罪人として呼び出されているのだ。盛親は許しなく発言してはならなかった。

「申しわけございませぬ」

俎上《そじょう》の鯉《こい》にすぎない盛親は謝罪した。

「……そうだ。和泉守は、侍従同然、そなたの擁護をしておった」

「なんということだ」

盛親は知らなかったことを慨嘆した。

「内大臣さま」

「申せ」

言いわけをさせてくれという盛親に、家康が許した。

「わたくしのもとには違って伝わっておりました。家臣が、久武親直が、津野親忠が藤堂和泉守どのを引き入れ、土佐を分割しようと画策していると申して参りまして……」

「情けない」

盛親の抗弁を断ち切ったのは、井伊直政であった。

「侍従どの」

あきれるような目つきで見る井伊直政に、盛親は唖然とした。

「兄を信じられぬのか。たった一人残った一族であろう」

「それは……」

「奸臣の言を見抜けぬとは……」

情けなさそうに井伊直政が首を横に振った。

「右衛門太郎」

家康が扇子の要《かなめ》で床を叩いた。

「はっ……」

慌てて盛親は井伊直政から、家康へと向きを変えた。

「四国の武門長宗我部の名前を残すつもりでおったが、奸臣に惑わされ、儂に恭順を示した兄を殺害するなど、言語道断である」

「…………」

盛親は頭をより強く床に押しつけた。

「長宗我部右衛門太郎。領国を召しあげる」

「なっ……」

家康の裁きを盛親は信じられなかった。

「城も明け渡せ」

冷酷な裁きが続いた。

「城までとはあまりな。浦戸城はご公儀から与えられたものではございませぬ。我が先祖が手にし大きくして参ったもの。それを取りあげるなど」

「黙れ」

本多正信が怒鳴りつけた。

「天下すべては豊臣家のものである。その差配を大老がお預かりしている。大老であった宇喜多、毛利、上杉が謀叛の咎で大老の職を奪われ、前田公が大坂におられぬ今、すべてのことは殿の手にある。殿のお言葉は公儀の命であると心得よ」

「なんと……」

盛親は家康が野望を露《あら》わにしたと知った。

「命は助けてやる。屋敷で身を慎んでおれ」

家康が宣し、盛親の罪は決まった。

「ああ……」

盛親は両手を突いて、愕然とした。

「……………」

もう目をくれることもなく、家康が大広間を出ていった。

「ふん」

鼻先で盛親を笑いながら、本多正信以下の諸将が続いた。

「右衛門太郎……しっかりいたせ」

徳川の家臣で一人残った井伊直政が、近づいてきた。

「侍従どの……」

盛親は泣いていた。

「なぜ、愚かなまねをした。所領すべては無理であったが、殿より浦戸の城とその周辺五万石を安堵いただくとのお言葉をもらっていたのだぞ」

井伊直政がたしなめた。

「たった五万石……」

土佐一国は二十万石以上ある。その太守が四分の一の小名へ落とされる。盛親は納得できなかった。

「それほどの罪を犯してはおりませぬ。それは侍従さまもおわかりでございましょう」

盛親が井伊直政を見た。

「たわけがっ」

井伊直政が怒鳴りつけた。

「そなたの父宮内少輔どのを思い出せ。四国を制覇していた宮内少輔どのであったが、豊臣秀吉さまの軍勢を受けて降伏、土佐一国へ封じられた。土佐、伊予、讃岐、阿波のほとんどを領していたのが、一国へ。そなたと同じであろう。敵対した以上、削られるのは当然だぞ」

「父と同じとは仰せられまするが、父は太閤殿下に刃向かい、何度も戦っておりまする。わたくしは違いまする。軍は出しましたが、内大臣さまに向けて鉄炮一発、矢一つ放ってはおりませぬ」

条件が違うと盛親は言い返した。

「はあぁ」

大きく井伊直政がため息を吐いた。

「時代が変わったことに気づいておらぬのか」

「……時代が変わったとは」

言われた盛親が首をかしげた。

「そなたの父宮内少輔どのが太閤殿下と戦ったとき、終息しつつあったとはいえ、まだ天下は戦国であった。力が正義であった。力ある者が強い。だが、今は違う。太閤殿下によって天下は統一された。それだけではないぞ。天下は太閤殿下から中納言さまへと継承された。この意味をそなたは理解していない」

「継承の意味……」

ますます盛親は混乱した。

「泰平に、世を乱す武力は罪なのだ」

「なにを……」

井伊直政の発言に、盛親は絶句した。

「では、徳川さまの興された軍勢は、罪ではないのでございまするか」

「……情けない」

もう一度、先ほどよりもはっきりと井伊直政が嘆息した。

「徳川の殿は、中納言さまより大老に任じられ、公儀を代行なされている。つまり徳川は、豊臣である。上杉も石田も公儀に手向かいしたのだ。それを誅するのは公儀の仕事だ。これは戦国の領土争いとは違う」

「なにが違うと」

「泰平の安寧を護るための軍は、私欲ではない。いや、軍と言うのもまちがいである」

「…………」

井伊直政が一度間を挟んだ。

空いた間に、盛親が息を呑んだ。

「公儀の軍勢は神罰を与える者である」

「神罰……なんと傲慢な」

盛親があきれた。

「口を慎め、右衛門太郎」

井伊直政が叱りつけた。

「はっ、申しわけありませぬ」

その勢いに、盛親は射竦められた。

戦場往来を重ねてきた武将の放つ気迫というのは、死を思わせる。盛親も大名として恥ずかしくないだけの修練を積んではいる。だが、実戦は関ヶ原が最初に等しい。徳川家康が関東二百五十万石の大名に成りあがるまで、幾多の戦場を駆け回り、数え切れぬ敵兵を討ち取ってきた井伊直政の前では赤子同然であった。

「次はないぞ」

もう一度失言すれば殺すと井伊直政が告げた。

「………」

その迫力に、盛親は無言で首を縦に何度も振った。

「よいか。二度と徳川に逆らうな。おとなしくしていたら、時期を見て、儂がまた取りなしてやる。あと、和泉守どのには詫びをしておけ。そなたの勘違いで和泉守どのの努力を無にしたのだ」

「はい」

盛親がうなずいた。

「これはかならずじゃ、国元の家臣どもを抑えよ。儂が城を受け取りに行く。そのときに籠城するようなまねをしたら……」

「二度と長宗我部の復興はない」

最後まで言わなかった井伊直政の言葉を、盛親が続けた。

「よいな」

最後の念を押して、井伊直政も大広間を出ていった。

大手前で待っていた立石助兵衛は、大坂城を下がってきた盛親の様子を見て、顔色を変えた。

「殿……」

「……駄目であった」

肩を落とした盛親は、駆け寄ってきた立石助兵衛に小さく首を振った。

「馬鹿な。井伊侍従さまはお引き受けくださいましたのに」

立石助兵衛が呆然とした。

「すまぬ」

盛親が頭を垂れた。

「殿、なぜそのような羽目になったのでございましょうや」

「津野親忠、兄の件が……知られていた」

問いつめるような立石助兵衛に、盛親が応じた。

「当家は、長宗我部は、土佐は……どうなるのでございまするか」

立石助兵衛が盛親に迫った。

「……長宗我部は改易、浦戸城は明け渡しと決まった」

「そんな……」

盛親の説明に立石助兵衛がくずおれた。

「そして吾は大坂屋敷で謹慎せよとのことじゃ」

「これから……」

衝撃のあまり盛親の処遇が聞こえなかったのか、立石助兵衛が先行きの暗さに頭を抱えていた。

「国を失うとは……これからどうすればよいというのだ」

「…………」

困惑する立石助兵衛に、盛親はなにも言えなかった。

「助兵衛、屋敷へ戻るぞ。侍従どのが浦戸城の受け取りに出向かれる。そのとき、籠城などされてみよ。徳川軍が、いや天下の兵が土佐に向けられる」

　盛親が立石助兵衛を急かした。

「天下の兵が土佐に……」

「土佐が血で染まる」

　啞然とした立石助兵衛に、盛親が告げた。

「勝てるか」

「無理でござる。土佐の兵は郷士《ごうし》まですべて動員したとして、一万に足りませぬ。阿波と伊予から山越えし、浦戸湾へ水軍に押し寄せられたら……」

　想像した立石助兵衛が首を大きく横に振った。

「吾の首も飛ぶ」

　小声で盛親が呟いた。

「そうなっては困る。なんとしてでも家臣どもの暴発を防がねばならぬ」

「はい」

「国元の家臣どもへ宛てて書状を認める。それを御座船に乗せて運べ」

　盛親が指示した。

「殿が国元へ直接お出でになり、皆をご説得なされればすむことではありませぬか」

立石助兵衛が盛親へ言った。

「やはり聞いていなかったか……」

盛親があきれた。

「さきほど申したであろう。吾は大坂屋敷での謹慎を申し渡されておる。国元へ行くなど論外、屋敷から、いや慎みの部屋から出ることも遠慮せねばならぬのだ」

「殿が謹慎でございまするか」

今知ったとばかりに立石助兵衛が驚いた。

「ゆえに急げ」

吾が将来が気になり、主君の処遇を忘れる。あらためて家臣たちの忠義が吾が身になかったことを知った盛親は立石助兵衛から目をそらした。

長宗我部の大坂屋敷は大坂城の西、天満《てんま》にあった。すぐ近くに大坂城の堀を兼ねる淀《よど》川が流れている。瀬戸をこえる軍船が入るほどではないが、小早《こばや》ていどならば横付けできた。

屋敷に帰った盛親は、事情の説明と処罰の内容、決して受城使に逆らわず、粛々として退城し、屋敷か領地で謹慎しておくようにとの指示を書状にまとめた。

「これを侍従さまにお預けせよ。助兵衛、ともに土佐へ行け。御座船を使え。御座船で行けば、いきなり矢弾を撃ちかけられる心配はなかろう」

盛親は立石助兵衛たち家臣の心が、己ではなく長宗我部の家に向いていると気づいたお陰で、領土を奪われたという衝撃から回復できていた。

「国元も……」

立石助兵衛が、不安そうな目をした。

「状況の見える大坂とは違うのだ。関ヶ原で負けた長宗我部がどうなるか、己の禄は、身分は大丈夫なのかと、皆震えておるはずじゃ」

冷めた言い方で盛親が述べた。

「わかりましてございまする」

国元の重臣一同へ宛てられた書状を持って、立石助兵衛が井伊侍従のもとへ急いだ。

「ご苦労である」

井伊直政はすぐに立石助兵衛へ目通りを許した。

「右衛門太郎よりの書状は持参いたしたのだな」

「こちらに」

井伊直政の求めに、立石助兵衛が書状を差し出した。

「あらためるぞ」

井伊直政が書状を開いた。

「しかるべく」

立石助兵衛が頭を垂れた。

当然の行為であった。慰撫《いぶ》の書状と偽って、その実は大坂へ兵を出せという内容が書かれているかも知れないのだ。国が滅ぶならば、すべてを捨てて、徳川に一矢を報いてやるとなっても不思議ではない。

「よろしかろう」

井伊直政が書状を認めた。

「平兵衛《へいべえ》をこれへ」

書状をたたんだ井伊直政が近習に命じた。

「ただちに」

近習が座敷を出ていった。

「立石。残念である。なんとか先代宮内少輔どののご友誼《ゆうぎ》にお応えしたいと思ったのだが……あのようなまねをされてはどうしようもない」

「申しわけもございませぬ」

立石助兵衛が謝罪した。

「そなたが付いておれば……いや、繰り言じゃな。そなたを大坂に残した右衛門太郎の判断も正しかった。ただ、国元が愚かすぎる」

井伊直政が糾弾した。

「お恥ずかしい限りでございまする」

平伏した立石助兵衛が、目だけで井伊直政を見上げた。

「なんとか徳川内大臣さまへお取りなしを、今一度お願いいたしたく」

「今は無理じゃ」

立石助兵衛の願いをあっさりと井伊直政が断った。

「そこをまげて、なんとかご尽力をいただきますように」

立石助兵衛が縋りついた。

「まだ関ヶ原で叛逆した者どもの始末を終えておらぬ。長宗我部だけにかかわっているわけにはいかぬ」

井伊直政が述べた。

「…………」

力なく立石助兵衛が顔を伏せた。

「今は無理だ。殿のお怒りも新しい。このようなときに話をしてもろくなことはない。それほど右衛門太郎のしたことはまずい」

苦い顔を井伊直政がした。

「今はとの仰せ……それは」

しっかりと立石助兵衛が井伊直政の言葉の裏を読んでいた。

「おとなしくしておれ。それだけしか言えぬ」

井伊直政は断言しなかった。

「お呼びでございましょうや」

そこへ平兵衛が顔を出した。

「うむ。そなた、武太夫《ぶだゆう》を連れて、土佐へ参り、浦戸の城を受け取って参れ」

「わかりましてございまする」

平兵衛が受けた。

「立石、この者は鈴木《すずき》平兵衛といい、心ききたる者である。あともう一人、松井《まつい》武太夫を使者として出す。二人を案内して、土佐へ参り、国を落ち着かせておけ」

「はっ」

立石助兵衛が応じた。

「平兵衛、そう遠くないうちに、新しい土佐の国主が決まろう。その者が土佐へ着くまで、しっかりと抑えよ」

「心いたしまする」

鈴木平兵衛がうなずいた。

土佐では、浦戸城にて家臣たちの鳩首《きゅうしゅ》会合が連日繰り返されていた。

「我らは負けたわけではない。徳川の言うがままになる理由はない」

「土佐へ兵を送るのは困難じゃ。地の利を生かして対抗すれば、天下の兵が集まろうともそうそうにやられはせぬ」

「一領具足ある限り、土佐は安泰である」

主戦を唱える者たちは威勢のよい声をあげた。

「待っているなど性に合わん。兵を集めて阿波へ攻めこむべきだ。蜂須賀ごとき野武士あがりなぞ鎧袖一触じゃ。四国を席巻し、我らの武勇を世に見せるべきである」

なかには隣国への侵攻を唱える者までいた。

「馬鹿を申すな。天下の兵を向けられては、とても勝てぬわ。数を考えろ」

「ここはおとなしく頭を垂れ、お家を残すことに腐心すべきである」

「殿の御安泰こそ、第一であろう。長宗我部の名前なくして、なんの土佐ぞ」

対して恭順派は、軽挙妄動すべきではないと主張した。

「黙って首を差し出すと言うか、この臆病者が」

「なにを抜かす。戦うことしか能のない猪《いのしし》が。戦ってどうするというのだ」

「我らの武勇が身に染みれば、徳川も無体を押しつけてはこまい。我らが本気になれば、どれだけの被害が出るかを見せつけてこそ、罪科を軽く、いや、なしにできる」

「それを口実に滅ぼされたらなんとする」

主戦、恭順ともに一歩も引かなかった。

「大坂からの報せはまだ来ぬのか」

埒の明かない議論を繰り返す群臣に池内内蔵助が苛立った。

「殿のお身柄は御無事でしょうや」

五百蔵左馬進が不安気に尋ねた。

「立石も横山もなにをしておる。当座の状況だけでも報せてくるべきであろうに」

池内内蔵助が大坂屋敷を預かっている二人を罵った。

「………」

そんな城中を一人冷めた目で久武親直が見ていた。

「殿のお言葉によると、井伊さまがお引き受けくださっているとのこと。騒ぎさえせねば、長宗我部は残る」

久武親直が呟いた。

「そして殿の邪魔者を排除した儂は、重用される。宿老になれば……」

小さく久武親直が口の端をつりあげた。

「船だ、船が見えたぞ」

その大広間に、物見櫓番が駆けこんできた。

「どこの船だ」

「まだそこまでは」

問うた池内内蔵助に、物見櫓番が確認できていないと応えた。

「内蔵助どの」

「うむ」

促すような五百蔵左馬進に、池内内蔵助が首肯した。

「惣触れ太鼓を鳴らせ。敵襲に備えよ」

池内内蔵助が万一に備えた。

惣触れ太鼓は、長宗我部家の臣すべてに登城を命じるものである。まさにいざ鎌倉というときに鳴らされるものであった。

「太鼓じゃ」

「惣触れぞ」

太鼓の聞こえた者はすべて、その場から武具を身につけて城へ駆けつけなければならない。畑仕事に出ていた一領具足が、畝《うね》に突き刺していた槍を担ぎ、鎧兜を身につけて駆け出した。

「当家の紋を確認。船は大坂よりの御座船にて候」

惣触れ太鼓で家臣たちが続々と登城してくるなか、物見櫓番が船に掲げられた旗を確認した。

「御座船にまちがいないか」

池内内蔵助が確認を命じた。

「まちがいございませぬ」

物見櫓番が保証した。

「殿のご帰還だ」

五百蔵左馬進が歓喜した。

御座船には当主しか乗れない。もちろん賓客のために御座船を貸し出すことはあるが、そのときは盛親が乗っていることを表す旗は揚げなかった。これは水軍としての心得であり、将旗の揚がっている船の指示に従うことで軍事行動をすみやかにするためであった。

「お迎えにあがらねば……」

盛親の側近である五百蔵左馬進が駆け出した。

長宗我部の御座船は安宅船《あたけぶね》である。鉄炮や弓の被害を避けるため、舷側は高く、直接岸に着けることはできなかった。沖合で碇《いかり》を降ろし、陸から迎えに出る小舟あるいは、随伴している小早へ乗り移って上陸する。

「立石どの……」

小舟で盛親を出迎えようとした五百蔵左馬進は、移乗してきた立石助兵衛に不審な顔をした。

「殿は」

「話は皆の前でする。急いで城へ行かねばならぬ」

問うた五百蔵左馬進に答えず、立石助兵衛が早足で城へ向かった。

「殿は御無事か」

五百蔵左馬進が、立石助兵衛に追い縋りながら訊いた。

「御無事である。大坂屋敷におられる」

立石助兵衛が、振り返りもせず告げた。

「なにがござった」

「一同の前で説明いたす。今、ここで話すのは二度手間じゃ」

にべもなく立石助兵衛が拒んだ。

「…………」

そこまで言われては、どうしようもない。五百蔵左馬進は黙って、立石助兵衛の背中を追った。

浦戸城は、桂浜《かつらはま》の北端、浦戸山に築かれた山城である。浦戸湾に向かって大きく城下町が拡がり、四国の覇者長宗我部氏にふさわしい名城であった。

「立石氏ではないか」

「どうなさった。大坂におられたのではないか」

城に入るなり、顔見知りの者たちが、立石助兵衛に声をかけてきた。

「一同、大広間にお集まりあれ。そこで話す」

立石助兵衛は一々応対せず、本丸表御殿へと進んだ。

本丸表御殿大広間は、正月や祝日の目通りや、軍評定に使われる。間の襖を取り払えば、かなりの数の家臣たちが入れたが、それでも全員は無理であった。

「吾も」

「拙者も」

惣触れ太鼓が鳴らされたこともあり、浦戸城には普段の数倍に及ぶ家臣たちが集まっている。

「一領具足は、庭で聞け」

土佐藩は厳密な身分制度を取っている。大広間でも家格や石高で座れる場所が決められていた。この騒動でも、格式にはうるさかった。

「なにがあった」

「やはり徳川と戦か」

「いや、家存続の代わりとして島津征討を命じられたのではないか。島津は強兵じゃ。

まともに戦えるのは、我ら土佐の兵くらいだからの」

口々に家臣たちが、己の推測を語り、大広間はざわついた。

「一同、鎮まれ」

大広間上段に立石助兵衛が現れた。

「立石どのが、話されるのか」

「静かにせい。殿のご諚であるぞ」

一向に治まらない喧噪に、立石助兵衛が怒鳴り声をあげた。

「…………」

殿のご諚という言葉に、皆が注目した。

「…………」

立石助兵衛が、一同をゆっくりと見回した。

「ご公儀の裁決が下った。長宗我部の家は改易、殿は大坂屋敷で謹慎となった」

大声でゆっくりと立石助兵衛が告げた。

戦場往来の胴間声である。大広間はもちろん、庭にひしめいていた一領具足にも立石助兵衛が口にした内容は伝わった。

「なんだ……」

「どういうことじゃ」

あまりの内容に、最初は誰もが理解できなかった。

「……家が潰れた」

大広間に座している誰かが、発言した。

「馬鹿な……」

「そんなわけはない」

とたんに座が爆発した。その場にいた全員が信じられないと叫びをあげた。

「偽りではない。まことじゃ。その証拠に御座船には井伊家からの受城使どのが乗っておられる」

立石助兵衛が真実だと述べた。

「ふざけるな。土佐の地は、豊臣からもらったものではないわ」

「そうじゃ。我らが血を流して得たものぞ。それを勝手にされてたまるか」

皆、納得などするはずはなかった。

「ご公儀の定めぞ。逆らえば討たれる」

立石助兵衛が落ち着けと手を上下させた。

「おおっ。天下の兵を引き受けるなど本望じゃ」

「そうよ、そうよ」

勝ち目はないと言った立石助兵衛に、より反発が強まった。

「一つ訊きたい。長宗我部の後に入るのは誰じゃ」

久武親直が問うた。

「まだ決まっておらぬ」

立石助兵衛が首を横に振った。

「空きにする気か」

「豊臣の蔵入地《くらいりち》になぞ、されてたまるか」

蔵入地とは、豊臣家の直轄領を示す。豊臣家の内政、あるいは家臣たちの禄に充てられた。

「待たぬか。決まっておらぬということの裏を見よ」

立石助兵衛が、ふたたび大声をあげた。

「裏……」

皆が怪訝な顔をした。

「次が決まっておらぬということは、長宗我部の復活もあるとの意味じゃ」

「なるほど」

「たしかに」

立石助兵衛の言いぶんに家臣たちが少し落ち着いた。

「井伊さまが、復活に尽力してくださると仰せであった」

「それは心強い」

続けての報告に、一同がかなり鎮まった。

「そのまま土佐一国を復活してくださるというのかの」

池内内蔵助が質問をした。

「それは……」

立石助兵衛が詰まった。

「無理であろうな。でなければ、咎めにならぬ。ご公儀はどうか知らぬが、徳川さまはそれほど甘くはなかろう。よくて半国、悪ければそれ以下」

「余計なことを」

冷静に推察する池内内蔵助に、立石助兵衛が苦い顔をした。

「半分以下だと。では、我らの禄はどうなる」

「重臣方は半減でも生きていけようが、我ら少禄の者はやっていけぬぞ」

またもや騒動が始まった。

「一領具足はどうなる。己で開いた土地ぞ」

庭から悲鳴が聞こえた。

「一度取りあげられてしまえば、返ってはこまい。返ってきても半分以下では、とても喰えぬ」

「我らを見捨てるつもりだな」

一領具足たちが不満を膨らませた。

「そのようなことはない。殿は、皆のことを思っておる。なればこそ、儂を土佐へ寄こされたのだ」

立石助兵衛が必死に一同を宥めた。

「殿のご処遇が決まるまで、辛抱してくれ。ここで、皆が叛乱を起こせば、長宗我部の復活はなくなる。だけではない。殿のお命まで危なくなるのだ」

「むう」

声をからして説く立石助兵衛に、重臣たちが怒りを飲みこみ始めた。

「これを見てくれい」

手にしていた書状を立石助兵衛が、高く掲げた。

「殿からのご通達である。一同、軽挙妄動せず、粛々と井伊さまのご指示に従えと仰せである。ご回覧申しあげる」

立石助兵衛が、書状を隣にいた池内内蔵助に渡した。

「……たしかに。ご覧あれ」

書状が池内内蔵助から、隣の家臣へと渡された。

「殿のご指図に従わぬ者は、長宗我部の家来ではないぞ。ここを耐えてこそ、真のもののふである」

「………」

重臣たちが書状に興味を示している間も、立石助兵衛はしゃべり続けた。

「皆、堪忍してくれ」

「今は、辛抱のときじゃ」

やがて、盛親の書状を読んだ重臣たちが、周囲を慰撫し始めた。

「そこまで言われるならば」

「ここはご貴殿の顔に免じて、引きましょう」

この場には、盛親の書状を手にできる身分ではない者たちのほうが多い。重臣たちの説諭に理解の輪が拡がり、ようやく家臣たちは冷静に話を聞ける状態へと戻った。

「今より、井伊家のご重臣お二方をご案内する。決して粗相のないようにの」

立石助兵衛が馬鹿な真似をするなと念を押した。

「井伊さまは、徳川家でも格別のお方じゃ。井伊さまが願われたら、内大臣さまといえども無下にはできぬ。よいな、決してお二方に無礼をするな」

「承知」

井伊と長宗我部の交流は皆が知っている。一同が唱和した。

「……久武」

立石助兵衛が久武親直を睨みつけた。

「…………」

「そなたが殿に要らぬことを吹きこまねば、長宗我部の家は潰れなかった」

衆人の前で立石助兵衛が、久武親直を糾弾した。

「拙者は殿のご指示に従ったまで。津野親忠さまに自害を命じられたのは殿でござる」

久武親直が責任を盛親に押しつけた。

「きさま……よくもそのようなことが言えたな。そなたが津野親忠さまを讒《ざん》したのであろうが」

立石助兵衛が憤怒した。

「濡れ衣を着せるのはお止めいただきたい。なんの証拠があって」

久武親直が激した。

「黙れ。殿の御命である。屋敷にて禁足しておれ」

主命だ、と立石助兵衛が怒鳴りつけた。

なんとか浦戸城が治まりを見せたころ、大坂では土佐の処遇が決定していた。

大坂城本丸御殿大広間に座した家康が、盛親に対したときとは逆に、満面の笑みで山内対馬守一豊を迎えた。

「土佐一国を与える」

家康が山内一豊へ告げた。

「と、土佐……一国」

予想以上の褒美に、山内一豊が驚愕した。

「対馬守、励んだ甲斐があったの。小山でのそなたの一言、儂は忘れておらぬぞ。このたびの戦、そなたのお陰で勝ったようなものじゃ」

家康が山内一豊に話しかけた。

「かたじけのうございまする」

家康から褒賞を受けた山内一豊が感激で震えた。そなたというあきらかな格下扱いも、山内一豊は気にしなかった。

「これからも、天下のために励めよ」

「承知いたしましてございまする」

山内一豊も臣下としての礼をとり、床に額を押しつけるようにして平伏した。

「家臣が足らぬわ」

家康がいなくなったとたん、山内一豊が笑った。

遠江掛川五万九千石から、土佐一国の主である。石高の加増もかなりだが、なによりも大名としての格が違う。国は天下に六十余しかない。徳川家康や前田利長《としなが》、島津義久のように一人でいくつもの国を持つ者、あるいは数人に分割されている国も多い。一国丸々を手にする国主は二十人もいない。大出世であった。

山内一豊も数奇な運命をたどって来た。

尾張の地侍から前野長康《まえのながやす》、山岡景隆《やまおかかげたか》らを経て、織田信長に属した。本能寺の変の後も豊臣秀吉、秀次、秀頼へと移り、じつに九回も主君を変えている。不幸のように見えるが、豊臣秀次切腹の余波からも逃れるなど世渡りもうまく、関ヶ原の合戦の前、小山評定では、真っ先に家康へ味方することを表明し、居城を明け渡している。関ヶ原の合戦では、目立つほどの活躍もしていなかったが、去就に迷っていた豊臣恩顧の大名を家康に与するように後押ししたことで大きな褒賞を得た。

それに合わせるように、長宗我部の大坂屋敷へ使者が訪れた。

「申し渡す」

使者が立ったままで口を開いた。

「ははっ」

下座で盛親は、平蜘蛛《ひらぐも》のようにして控えた。

「長宗我部右衛門太郎、召し放ちを命じる」

「召し放ち……」

盛親が啞然とした。

このまま屋敷で謹慎をしていれば、そう遠くない日に赦免されると盛親は考えていた。石田三成や、宇喜多秀家とは違うはずであった。自ら立った者と巻きこまれた者とでは、処分に差が出て当然である。

「挽回の余地もなしか……」

伝えるだけ伝えて、さっさと使者は出ていった。一人になった盛親は瞑目した。

「島津征討、立花追討を任され、その手柄をもって許されるのではなかったのか」

これもままあることであった。関ヶ原で寝返った者が石田三成の居城佐和山攻めの先鋒を命じられたのと同じである。決死の抵抗をする敵にぶつけられるだけに損害も多いが、そのぶん手柄も立てやすい。

一度敵に回った者を免ずる口実ともなり、力を削ぐこともできる。勝った側としては、両得になる。なにせ敵対する武力と気力を奪えるのだ。

「いや、まだ望みはある。侍従さまがきっと」

盛親は最後の希望を見つめた。

「……藤堂和泉守さまにお詫びとお願いをせねばな」

いつのまにか、盛親は井伊直政と藤堂高虎にさまを付けていた。

「殿、屋敷を明け渡さねばなりませぬ」

いつまで経っても座敷から出てこない盛親のもとに、家臣が顔を出した。

「そうか。屋敷もなくなるのだな。ここも今日までか」

盛親が懐かしむような目で居室を愛《め》でた。

己の実力を知るのは辛い。とくに若い者には厳しい。

大坂城二の丸に徳川家康が、西の丸に徳川秀忠が入った。

「徳川のお世継ぎは変わらじ」

これがなによりも雄弁に、秀忠が家康の跡継ぎだと語っていた。

もともと大坂城二の丸には毛利権中納言輝元が入っていた。関ヶ原の合戦の端緒となった徳川家康征討軍の総大将として、本陣たる大坂城に毛利輝元は腰を据えた。ここから毛利輝元は、東へと進む軍勢に命を出していた。

とはいえ、毛利輝元は飾りであった。

そもそも家康追討を言い出したのは、もと豊臣五奉行の石田治部少輔三成であり、それに乗ったのが豊臣五大老の宇喜多備前宰相秀家であった。

「このままでは家康に天下を奪われる」

「家康は太閤秀吉さまのご遺言をないがしろにし、恣に振る舞っている。あれを放置していると上様のお名前に傷が付く」

家康に近い大名たちが上杉征伐に従って関東へ出兵、大坂の守りが薄くなったところを狙った石田三成の策は、そのまま豊臣中納言秀頼の認可を受け正式に公儀の命となった。

そして家康追討の総大将に選ばれたのが、大老の一人毛利輝元であった。

毛利は豊臣にとって格別の家柄であった。毛利は秀吉に大きな恩を着せていた。本能寺の変である。

まだ織田信長の一部将にすぎなかった豊臣秀吉、当時の羽柴筑前守秀吉は、本能寺の変のおり、中国攻めの途上にあった。

秀吉は備中《びっちゅう》で毛利に与している清水宗治《しみずむねはる》の籠もる高松《たかまつ》城を水攻めにしていた。その高松城を救うべく、毛利も大軍を備中へ向けて発した。

水攻めで湖に浮かぶような形となった高松城を挟んで、羽柴秀吉率いる織田軍と毛利の軍勢が対峙していた。

ともに数万という大軍である。火蓋が切られれば、毛利と織田の決戦になる。そのときに本能寺の変が起こった。

天正十年（一五八二）六月二日未明、秀吉と並ぶ織田の重臣明智日向守光秀が、突如謀叛を起こし、京本能寺で休んでいた織田信長を襲殺した。

天下六十余州のうち十五ほどしか手にしていなかったとはいえ、戦国最大の大名であった織田家の当主が配下によって討ち取られた。これは大事であった。

当時、織田家は長年の宿敵であった摂津大坂の石山《いしやま》本願寺を下し、その勢いをますます盛んにしていた。秀吉の中国攻めだけでなく、柴田勝家の北陸攻め、神戸信孝の四国攻め、滝川一益《たきがわかずます》の関東攻め、光秀の山陰因幡《さんいんいなば》攻めなど多方面に軍勢を派遣していた。

これらすべてで勝利を収めれば、信長が天下人になる。

織田家に属している者は皆、その先に待つ栄誉を楽しみにしながら戦場へ出た。秀吉もその一人であった。

織田家の小者、足軽を経て一手の将に出世した秀吉の出自は怪しい。天下を取ってから、母親が御所に奉公していたとき、時の帝の寵愛を受けて生まれたなどと主張したが、もとの身分は百姓である。百姓から部将へ出世できるなど、天下広しといえども信長のもとくらいであった。その大恩ある信長が光秀に討たれた。

本能寺の変を聞いた秀吉はただちに信長の仇を討つべく、軍勢を取って返した。

そのとき、毛利は秀吉からの和議を受け、大慌てで背中を見せる秀吉の軍勢に襲いかからなかった。

「この恩は生涯忘れぬ」

山崎の合戦で光秀を討ち取り、天下人へ名乗りをあげた秀吉が、後日毛利輝元に深く感謝した。

これらの経緯もあり、毛利は秀吉の天下で五大老の一つとして重用された。石高も百十二万石と、前田家の八十三万五千石、伊達家の五十六万六千石を抑えて、徳川に次いで天下第三位であった。他に分家の小早川にも三十五万七千石という大大名の禄が与えられている。

この二つからでも、毛利がどれだけ豊臣家に厚遇されていたかがわかる。

上杉征伐は五大老の一人、徳川家康が総大将になった。これは上杉景勝がやはり五大老であるため、格を合わせたからである。そして、今回もそれが適用され、毛利輝元が総大将になった。

宇喜多秀家でなかったのは、まだ若く貫目が足りないと判断されたからである。

こういった事情で、毛利輝元は大坂城二の丸で総大将の任についた。

もっとも、担ぎ出されたに等しく、自ら望んで徳川家康征討を言い出したわけではなかった。

そこに毛利家の有力な一族である吉川広家がつけこんだ。一門の経家《つねいえ》を鳥取《とっとり》城で干《ひ》殺《ごろ》しにされたというのもあり、吉川は代々の豊臣嫌いであった。信長を討った光秀と組み、中国大返しをしようとした秀吉の背後を突くべきだと主張した父元春《もとはる》の影響もあり、広家は豊臣よりも徳川に寄っていた。

「家康さまに異心なし」

関ヶ原の合戦の前から家康に通じていた吉川広家は、前日にも起請文《きしょうもん》を送り、戦いには参加しないからなんとか毛利を残してくれと頼んだ。

「家康は輝元を粗略に扱わない。同様に広家たちも忠節を尽くしてくれるので大切に考えている。輝元が家康に忠節を誓うならば、判物《はんもつ》を送れ。さすれば毛利の領土はそのままにしておく」

広家の願いに返ってきたのは、本多忠勝、井伊直政連名の書状であった。

「これで安堵」

こうして広家は関ヶ原で毛利家の前に陣取り、その進軍を阻害して、合戦への不参加を成し遂げた。

「約束を果たした以上、本領安堵はまちがいない」

関ヶ原の直後、黒田長政、福島正則の連名で書状が届いた。

「このたびの戦では、毛利は担ぎ出されただけで、名目上の大将でしかない。徳川に二心を抱かぬという起請文を出し、大坂城から退去すれば、咎めはしない」

ここまでの遣り取りは、吉川広家と黒田長政、井伊直政らの間でおこなわれており、毛利輝元は一切知らなかった。

関ヶ原で味方総崩れ、戦に負けたとの報告で大きな衝撃を受けていた毛利輝元は、井伊直政が出した注文に応じた。

九月二十四日、毛利輝元は大坂城を出て木津《きづ》の屋敷に移った。そして翌二十五日、輝元のもとに一通の起請文が届けられた。

「本領安堵まちがいなし」

池田輝政、黒田長政、福島正則、浅野幸長、藤堂高虎の署名が入った起請文は、大いに毛利輝元を喜ばせた。

そして、徳川に臣下の礼を取った毛利輝元のもとへ、家康から命が下った。

「権中納言を総大将とした島津征討軍を出す。広島にて合流、その命に従え」

「承知」

戦いに負けて許してもらう側である。輝元に拒否はできなかった。ただちに輝元は、総大将として後詰めするためと呼び寄せていた軍勢を安芸広島へと返した。

十月一日、落ち武者狩りで捕まっていた石田三成、安国寺恵瓊、小西行長らが、洛中引き回しのうえ、六条河原で斬首された。

徳川家康に敵対した者への断固たる意思の発現は、大名たち、とくに石田三成に与していながら、罰を与えられていない連中の肝を冷やした。

「まずいことになった」

翌日、黒田長政から吉川広家に詰問状が届いた。

「名目上の総大将だということで家康公は毛利家の所領安堵をお認めになったが、大坂城を調べたところ出てきた連判状に毛利権中納言の花押が見つかった。これでは改易とするしかない。もちろん、広家どのの功績は皆わかっている。今、毛利の領国の内、一カ国か二カ国を貴殿にという話をしている。井伊侍従どのから呼び出しがかかるだろう。そのときは槍など持たず、身の回りの者だけ連れて急いで行かれるよう」

「馬鹿な……」

広家が絶句した。

吉川広家は、老練な家康の罠にはまっていたのだ。

端から家康は、毛利を見逃すつもりはなかった。上杉と合わせれば二百四十万石、徳川に匹敵する領土と兵を持つことになる。単独でも領国に戻れば徳川の兵と互角以上に戦える毛利である。今回の関ヶ原での合戦は、徳川に敵対するだけの力を持つ大名たちを潰す好機であった。

「今までいただいた証文は……」

広家が急いで過去の書状を取り出した。

「……ない。家康公の名前で出されたものが一通もない」

ようやく広家は気づいた。

「初めから騙されていたのか……毛利が得たのは動かずの汚名だけ」

広家が肩を落とした。

大坂城二の丸に伺候した秀忠は、家康からの指示を受けた。

「新十郎《しんじゅうろう》たちを付ける。安芸の広島まで行ってこい」

家康が告げた。

新十郎とは大久保忠隣のことである。秀忠に付けられた家老であり、相模《さがみ》小田原六万五千石の大名でもあった。

関ヶ原でも、秀忠に付き添い、中仙道を進軍した。

「毛利でございまするか」

広島といえば毛利である。秀忠は確認した。

「いいや、敵は島津じゃ」

家康が首を横に振った。

「わかりましてございまする」

秀忠は首肯した。

「お世継ぎさま、おわかりであろうとは存ずるが……」

いつも家康の側にいる本多正信が口を出した。

「負けぬ」

秀忠が言い返した。

この島津征伐の総大将とすることで、関ヶ原遅参の失態を帳消しにしようと家康が考えているとと秀忠は理解していた。

「けっこうでござる」

本多正信が退いた。

「では、用意がございますので」

秀忠が家康に一礼して、退出の許可を求めた。

未だに家康は秀忠を幼名で呼んでいた。

「ああ、待て。長松」

「なんでございましょう」

立ちあがりかけていた秀忠は、もう一度座り直した。

「準備はのんびりとな」

家康が妙な注文を付けた。

「急がねば、島津に戦の準備をさせてしまいましょう。それに島津と同様、我らに刃向かった立花や長宗我部などと手を結ばれても面倒に」

「ならぬ」

秀忠の危惧を家康が一蹴した。

「もう、儂に刃向かおうという者はおらぬ。皆、必死に儂の機嫌を取ろうとしておるわ」

　家康が手元に積まれた書状の束を秀忠へ押しやった。

「拝見……」

　父宛のものである。秀忠は軽く頭を下げてから受け取った。

「これは……島津のものでございまするか。伏見城の合戦で生じた齟齬《そご》が……」

　秀忠が島津義久から出された書状を読んだ。

「……まあたしかに、儂は島津に伏見城の援軍を頼んだがの。鳥居元忠が頑固一徹の者すぎたわ」

　家康が苦笑した。

　関ヶ原の合戦の端緒とされるのが、伏見城の戦いである。家康から一千五百ばかりの兵を預けられ、伏見城の守衛を命じられた鳥居元忠は、石田三成らの開城要求を拒絶、籠城した。

　そのとき、島津義久の弟義弘が家康との約定に従って、伏見城へ入ろうとしたのを、鳥居元忠が拒んだ。

「内府どのから頼まれたのだ」

「殿より、何人《なんぴと》も城門を通すなと命じられておりますれば」

島津義弘は鳥居元忠の拒絶によって、石田三成の軍勢に加わらざるを得なくなった。

「関ヶ原での戦いは義弘独断のもので、義久にかかわりのないこととも申しておりますな。これはあまりに……」

書状の中身に秀忠は頰を緩めた。

「通らぬ理屈だな」

家康も笑った。

「次は……」

そうやって積まれた手紙を読んだ秀忠は、石田三成に属したほとんどの大名が、詫びてきていると気づいた。

「最後のこれは……」

ひときわ分厚い書状に手を伸ばした秀忠は、差出人を見て絶句した。

「山城……まさか」

秀忠が家康を見上げた。

「直江《なおえ》じゃ。上杉の家老のな」

なんでもないことのように家康が告げた。

「…………」

秀忠は、無言で文字を追った。

直江山城守兼続《かねつぐ》は、軍神と崇められている上杉謙信以来の家臣である。もとは微禄の藩士であったが、その才を見こまれて宿老の家へ婿養子に入った。

「儂にくれ」

直江兼続の器量に惚れこんだ豊臣秀吉が、直臣として欲しがったほどの人物であり、上杉景勝の懐刀であった。

「関ヶ原の戦いの原因であろうに」

読みながら秀忠が呟いた。

今回の大戦は、徳川家康が上杉景勝に上洛を求めたことに始まっている。

五大老の一人として大坂に留まっていた上杉景勝が領国へ戻った後、城や砦を整備、牢人を大量に抱えているという噂が走った。

「謀叛だという声もある。上洛して弁明なされよ」

家康が上杉景勝を召喚した。

「長年大坂にあり、領国の政がおろそかになっている。来春には上洛するのでお待ちあれ」

それに対し、景勝は後日と答えた。

「槍や鉄炮を集めているというが、それは泰平の世に不穏を招く」

上杉の行動を家康が咎めた。

当然のことながら後々のこともある。直接家康が書状を出すのではなく、京の相《しよう》国寺《こくじ》の僧侶西笑承兌《さいしょうじょうたい》を通じての詰問であった。

「前田のように、上杉も徳川に膝を屈し、江戸へ人質を差し出せ」

何カ条も書かれているが、西笑承兌の書状は突きつめていけばこの一つに集約された。

加賀一国を領し、五大老の一人として豊臣を支えていた前田利長も関ヶ原の前年慶長四年（一五九九）に、やはり領国へ帰ったところで謀叛の疑いをかけられていた。豊臣家へ援軍を求め、家康と一戦交えようと考えた前田利長だったが、石田三成や宇喜多秀家らに冷たく断られ孤軍となったことで折れた。利長は実母で初代前田利家の正室お松《まつ》の方を江戸へ人質に出し、家康に膝を屈した。

要は家康は前田の次に、上杉を標的にしたのであった。

「屈すればよし、逆らうなら討つ」

西笑承兌を通じて、家康は上杉を脅していた。

それに対して直江兼続が返した文章が、かの有名な直江状であった。

一応、西笑承兌への返書の形を取っているが、直江兼続の文章はあからさまに家康を当てこすっていた。

「上杉の領国は北国で十月から三月までは雪に埋もれなにもできないことは子供でも

知っている。それを家康さまほどのお方がわからないはずはない。上杉に謀叛の思いがないとの起請文を出せと言うが、何度出しても反古《ほご》にされている。今さら意味などない。上杉に逆心などございませぬ。あると讒言している者を取り調べず、そちらを信じられるようならば、家康さまに表裏あると思うしかありません。武器を揃えているのは、上方あたりの大名が茶器を好むと同じで、上杉武士は槍などを支度するのが国柄でございまする……」

家康に見せられるとわかったうえで、直江兼続が認《したた》めたのは、十五条にも及ぶ弾劾状であった。

「陪臣の身で傲岸不遜なり」

家康が激怒したのも当然であった。

この直江状が、上杉征伐の、ひいては関ヶ原の合戦の一因となったのはまちがいない。その直江状を書いた直江兼続からの手紙に、秀忠が驚くのは当然であった。

「……戦勝を祝っている。そんな馬鹿な」

秀忠は最初に書かれている文字を疑った。

「なにが馬鹿なのだ」

家康が笑いを浮かべながら訊いた。

「なにがと仰せでございまするが、上杉は石田治部少輔と組んで、徳川を東と西から挟み撃ちにしようとしたのでございましょう」

秀忠が述べた。

事実、秀忠は中仙道を進むにおいて、上杉と佐竹が手を組み、軍勢を関ヶ原へ向けてくるのを防ぐよう、家康から指示を受けていた。その結果、真田安房守昌幸の籠もる信州上田城を攻略せねばならぬと奮戦、ときを使いすぎて関ヶ原に遅参するという恥を掻いた。

「挟み撃ちではない。儂が気にしていたのは、上杉の追撃じゃ」

「同じでございましょう」

前に石田治部少輔率いる軍勢、後ろに上杉勢。間に挟まれる形になる。秀忠は、言い返した。

「挟み撃ちなどできぬわ」

家康が断言した。

「なぜでございましょう」

秀忠が問うた。

「上杉のおる米沢《よねざわ》と、治部少輔の近江佐和山、どれだけ離れている」

「詳しくはわかりませぬが、かなり」

訊かれて秀忠が応じた。

「同じ軍勢でも二手に分けて、敵を左右、前後から挟み撃ちにするのは難しい。なぜだかわかるか、長松」

家康が教えるように尋ねた。

「同時に襲いかかるのが困難だからでございましょう」

「まあ、正確には同時でなくともよいのだがな。一方が崩れる前に、もう一方が間に合えば、挟み撃ちは効果を発揮する」

秀忠の答えを家康が訂正した。

「では、挟み撃ち成功の要はなんだ」

もう一度家康が質問した。

「それは連絡を密に取ることでございましょう。もう一手の味方が、今敵からどのあたりに位置し、どのくらいで到達できるかを把握していれば、襲いかかる機をはかれまする」

「そうじゃ」

今度は家康が認めた。

「できるか、近江と米沢でそれが」

「…………」

言われて秀忠は黙った。

「近江から米沢まで、なんの障害もなく行くとして、馬を駆っても三日はかかろう」

「三日では無理でございましょうなあ」

本多正信が要らぬ口を挟んだ。

「たとえじゃ、たとえ」

家康がうるさそうに本多正信を見た。

「たとえならば、けっこうでございまする。しかし、できるだけお世継ぎさまには正確な形でおわかりいただきたい」

本多正信が一言付けくわえて下がった。

「三日では無理だが、まあ、三日が五日でも同じだ。三日かかって、使者が着いた。現在我が軍はどこどこにおりまする。敵はどこにおるようでございまするとと報告されたとして、長松、そなたならどうする」

「報告にあった味方の位置から敵までの距離を、双方が動く速さで勘案して、そこに我が方の足並を加味いたし、どこで合流するかを推測いたしまする」

秀忠が述べた。

「ほう」

少しだけ家康が感心した顔をした。

「………」

「そなたにしては、まともだの。少しは学んだか」

得意げな秀忠に、家康が感心した。

「父上さま……」

関ヶ原での失敗以来、人の、家康の機微に敏感になっている秀忠である。家康の言葉のなかに含まれた嘲笑をしっかりと感じ取っていた。

「雨は、風は考案に入れたか」

「そのようなもの、実際に当たってみなければ、わかりませぬ」

天候は人の力ではどうしようもないものである。利根川の増水で手痛い目に遭っている秀忠がすねた。

「たしかにそうじゃの。だがの、長松。雨や風は戦につきものだ。雨が降っては道がぬかるみ、速度が落ちる。さらに火縄が濡れて鉄炮が使えなくなる。他にも衣服が濡れて重くなり、動きが鈍くなるなどの弊害が出る。もちろん、これは敵も同じだ。風はいささか違う。背中から風が吹けば勢いが増し、向かい風になると目も開けておれぬ。鉄炮や弓矢の飛距離にも影響が出る」

「殿。いささか違う向きになっております る」

話がずれてきていると、本多正信が注意した。

「これも戦話じゃわ。細かいことを申すな」

家康がうるさいことを言うなと、本多正信を睨んだ。

「論点がわかりにくくなりましょうほどに」

ちらと本多正信が秀忠を見た。

「……ふむ。長松ではまだ無理か」

「なっ」

理解できないと二人に宣言されたに等しい。秀忠が気色ばんだ。

「怒るな。初陣をようやくすませたところだ、そなたは。我々から見れば、まだ尻に卵の殻を付けた雛《ひな》でしかない。生まれたての赤子から、ようやく立てるようになったかどうかじゃ。これから歩き方、走り方を覚えていかねば一人前にはなれぬ。古老、先達の話には真摯に耳を傾けよ。そこにある教えをしっかりと嚙み砕け」

怒りを見せた秀忠を、家康が叱った。

「……はい」

秀忠は退くしかなかった。

「なんの話であったかの。おう、上杉と石田が手を組んでいたかどうかであったな」

家康が話を戻した。

「すぐに使者を出し、打ち合わせできる状況でも、雨風が加われば予想できない事態に陥る。ましてや近江と米沢だ。いついつ軍を大坂から出すということくらいしか正確なことは言えまい。何月何日に関ヶ原で戦うなど神でもない限りわからぬ。たとえ、上杉に関ヶ原で何日に決戦すると伝えていたところで、意味はない」

「…………」

「わからぬか」

黙った秀忠に、家康が嘆息した。

「伏見城を思い出せ」

「あっ」

言われて秀忠が気づいた。

「わずか一千五百しか守兵がいない城など、鎧袖一触だと誰でも思うであろう。なにせ、味方は十万と号する大軍ぞ」

家康が瞑目した。

「彦右衛門……」

「まさに」

家康の口から出た名前に、秀忠も頭を垂れた。

彦右衛門とは鳥居元忠のことである。家康が今川氏の人質として駿河に留め置かれていたときから仕えたといわれ、秀吉からの召喚にも二君なしとして応じなかったほどの忠義者であった。

上杉征伐のために大坂を離れた家康が、敵中に残すこととなる伏見城を鳥居元忠に預けた。

「吾にはこれで十分。殿は戦で勝たねばなりませぬ。一人でも多くお連れくだされ」

籠城に耐えうるだけの兵を配置しようとした家康へ鳥居元忠が首を振った。

「ここにて天下の勢を引き受け、百分の一にも対し難き人数をもって防ぎ戦い、目覚ましく討ち死にいたしましょうほどに」

「任せた」

「すまぬ」

死を覚悟している忠臣に、家康はただ頭を下げるしかなかった。

家康は、己が近しい大名たちを引き連れて大坂を離れれば、石田三成たちが暴発すると読んでいた。そうなれば、家康の上方における居城である伏見城が、最初に攻められるのはまちがいない。家康もわかっていて鳥居元忠を残した。

そして慶長五年（一六〇〇）七月十八日に始まった伏見城を巡る合戦は、二日、三日で落ちるだろうという大方の予想に反して、じつに十四日かかった。

「裏切らねば、妻子をむごたらしく殺す」

どうしても落ちない伏見城に業を煮やした長束正家が、籠城している甲賀《こうか》者の家族を捕縛、人質とした。こうして甲賀者が寝返り、城門を開いたことでようやく伏見城は落ちた。鳥居元忠を含めた家康の家臣は、全員が壮絶な討ち死にを遂げ、城中の廊下は血で染まった。

「伏見城が予想以上に手間を喰わせた。これのお陰で儂に大きなときができた」

「はい」

十日という余裕は、家康に上杉征伐に加わった諸将を完全に掌握させるだけでなく、日和見《ひよりみ》をしていた大名たちを味方にする交渉の時間を生み出した。

「彦右衛門が三日と耐えられなければ、関ヶ原で負けていたのは儂であったかも知れぬ」

家康がしみじみと言った。

「まことに忠臣でございました」

秀忠も鳥居元忠の冥福を祈った。と同時に、先ほどの本多正信との遠慮ない遣り取りができる信頼や、命も捧げた鳥居元忠の忠義を受けている父家康のことを秀忠はうらやましく思った。

「そなたも相応の苦労をいたせば、こやつや彦右衛門のような家臣を得られる。主君というのは、その家に生まれただけではなれぬのだ。家臣とともに苦労を重ね、少しずつでも領土を増やし、生活を楽にしてやって初めて主君として扱ってもらえる」

しっかりと家康は、秀忠の気持ちを見抜いていた。

「またも本筋からずれるが、これは肝心なことだ。心して聞け、長松」

「はっ」

家康の重い口調に、秀忠が背筋を伸ばした。

「主君は家臣がいてこそである。どれほどの偉丈夫であろうとも、家臣がいなければ主君ではない。そして家臣がいるだけでは主君たりえぬ。忠義を捧げてくれぬ家臣しかおらぬ者は、主君ではない。ただの冠じゃ」

「冠……」

「そうよ。我が家でいうならば、徳川という名跡だ」

「…………」

「まだわからぬといった顔をしておるの」

黙った秀忠に、家康があきれた。

「主君は、かけがえがない。その者にとって代わりはおらぬ。だが、名跡は違う。徳川と名乗る者なら誰でもなれる。ああ、一つだけ条件がある。儂の血を引く男子であるという条件さえ満たせばいい」

「つっ……」

秀忠が頬をゆがめた。

家康には、元服をすませただけでも秀忠の他に兄の秀康と弟の忠吉、信吉という男子がいる。兄の秀康は、関ヶ原に参加せず、江戸に残って上杉を抑えている。信吉も同じく江戸城で留守居をし、この場にいない。問題は忠吉であった。

四男の忠吉は、秀忠と母を同じくする。多くの側室を抱える大名にとって、母を同じくする男子というのは少ない。まず、ほとんどの兄弟が腹違いになった。

秀忠と忠吉は一年しか歳が離れていない。ために、今回の関ヶ原がともに初陣となった。

中仙道を進む軍勢を預けられた秀忠と同様、忠吉も東海道をのぼる徳川の兵の総大将を任じられていた。もっとも数が違いすぎ、総大将としての格でいけば、はるかに秀忠が上であった。

そんな事情も、九月十五日で変わった。

秀忠はまだ中仙道にあったが、忠吉は決戦の場にいた。いただけではない。敵中突破を狙った島津軍を追撃、傷を負いながらも、一門の島津豊久の首をあげるという大手柄を立てた。

「武門の主にふさわしい」

同道していた諸大名は、忠吉を称賛、たちまちその陣屋は見舞いの客と品で溢れた。

真田昌幸の上田城を落とすこともできず、決戦に遅参した秀忠にとって、忠吉は徳川の家督を争う敵となった。

幸い、家康は忠吉の手柄を褒めはしたが、嫡男を交代させなかった。その理由は、徳川の主力である旗本のほとんどが、秀忠の麾下《きか》に置かれ、関ヶ原で手柄を立てられなかったからであった。

日陰に置かれた者は、光を浴びている者をねたむ。

家康は、忠吉を当主にしたとき、旗本たちがすんなり従うかどうかを懸念した。まだ大坂に豊臣は健在、今回は家康に与したとはいえ、福島や黒田などの諸大名もいつ叛旗を翻すかわからない。もし、徳川が秀忠、忠吉で割れては、家康の願いである天下を手にすることはかなわなくなる。

博打《ばくち》を避けた家康のお陰で、秀忠は世継ぎでいられる。

それに胡座《あぐら》をかくなと家康は言ったのである。

「そなたはまだ冠じゃ。家臣が掲げる冠よ」

そう断じた家康が苦い顔をした。

「と偉そうなことを言っておるが、儂も主君になれたのは三十歳をこえてからよ。のう、弥八郎」

家康が隣の本多正信に笑いかけた。

「さようでございますな。桶狭間で今川義元公が織田信長公に討たれ、三河に戻られたころは、まだまだでございました」

堂々と本多正信が主君を批判した。

「無礼であろう、佐渡守」

さすがに許し難いとして、秀忠が叱責した。

「よい、よいのだ。そのとおりであったからの。だから、三河一向一揆で、儂は家臣のほとんどに裏切られた」

思い出すように、家康が瞑目した。

「儂も若かった。今川の人質として長く駿河にいたため、三河のことがわかっていなかった。儂が戻れば、三河はすぐに従うと思いこんでいた」

家康が反省の弁を続けた。

「しかし、三河にいた者たちは儂では不足であったのだ」

「なぜでございましょう」

父家康と家臣たちの仲は、天下に響くほど強固である。徳川が強いのは三河以来の譜代が一枚岩で支えているからだと、世間の誰もが認めている。それを家康が否定したことに、秀忠は黙っていられなくなった。

「一緒に苦労をしてきていなかったからじゃ」

家康が秀忠へ告げた。

「儂も駿河で辛い思いをしていた。なにせ当主が人質なのだ。普通は、兄弟、あるいは子供がなる人質に当主が出された。これは、徳川が完全に今川の支配を受けたとの証じゃ。多くの今川家臣たちが儂を嘲り、冷遇してくれたわ」

家康が表情を険しいものにした。

「まあ、しっかりと恨みは晴らしたがの」

家康が小さく口の端をつりあげた。

今川氏が滅んだ後、家康はその旧領地駿河を支配した。旧今川家臣も多く徳川に抱えられたが、かつて人質のころ辛く当たった者たちを家康は雇い入れていない。また、今川滅亡の後、武田へ仕官した者にはとくに厳しく当たり、人質時代の怨恨を抱えていた孕石主水《はらみいしもんど》に至っては、生け捕りにしたものをわざわざ打ち首にせよと命じている。武士にとって罪人と同じ打ち首は、最大の不名誉とされており、いかに家康の恨みが深かったかを示している。もっとも実際は孕石主水を哀れに思った家臣が、打ち首ではなく切腹をさせていた。

「そんな駿河での儂の苦労など、三河に残っていた者から見れば、ぬるま湯でしかなかったのだ。今川に支配された三河はその年貢のほとんどを取りあげられ、徳川の家来だった者は米を喰えず粟《あわ》や稗《ひえ》で飢えをしのぐしかなかった。そのうえ、今川の戦いでは、いつも先陣を務めさせられる。矢弾除《よ》けよ。喰いものもなく、戦場ですり潰される。これがどれほど厳しいか、儂にはわかっていなかった。信長どのが今川義元公を討ち取ってくれたお陰で三河に帰れた儂は、己の人質としての苦労ばかり話し、皆の辛苦をわかろうとしなかった」

「辛かったであろうと言ってくだされば、あのようなまねはいたしませんでしたものを。苦労した、馬鹿にされた、悔しいなどの愚痴ばかりを聞かされては、我らの臥薪《がしん》嘗胆《しょうたん》はなんだったのかと思ってもいたしかたございませんな」

またもや本多正信が言った。

「あいかわらず遠慮がないの、そなたは」

家康があきれた。

「その結果が、三河一向一揆じゃ。岡崎へ戻った儂が、三河は吾がものじゃと、一向宗の寺に税を課そうとした。とたんに家臣が裏切った」

大きく家康が息を吐いた。

「あれはこたえたぞ。儂が岡崎城へ入ったとき、涙を流して喜んでくれた家臣が、いきなり槍を向けてきた。あれほどの悪夢はなかった。本能寺の変のとき、堺から三河へ戻る伊賀越えなど、あれから比べたら、物見遊山同然じゃ」

「それほどに……」

豪胆で知られる父家康が震えていた。秀忠は啞然とした。

「なんとか乗り切った儂は、それ以降、家臣たちの話を聞くようにし、ともに泣くことにした」

「それが今の徳川を……」

「うむ。儂はようやく冠から主君になった」

　確かめるような眼をした秀忠に、家康がうなずいた。

「きっと覚えておけよ。そなたと苦労をともにした者は、決して裏切らぬ。今度の戦で、そなたが率いた者たちを大事にしろ」

「わかりましてございまする」

　秀忠が首を縦に振った。

「で、だ。上杉と石田治部少輔が手を組んでいなかったというのは、わかったな」

「はい。挟み撃ちというのは無理だと承知いたしましてございまする。しかし、なんらかの連絡はあったはず」

　秀忠はまだこだわった。

「連絡はあって当然じゃ。なにせ、治部少輔は天下すべての大名、小名に檄文を送り、儂を討てと言ったのだぞ。上杉が治部少輔の決起を知っているのは当たり前だ」

「というより、上杉が治部少輔に利用されたと見るべきでございましょう」

　本多正信が見解を述べた。

「上杉と治部少輔、直江兼続と治部少輔、どちらでもよろしいが、手を組んでいたならば、上杉討伐は違った形になりましたでしょうな」

「違った形とは、なんだ」

　秀忠が訊いた。

「治部少輔は、福島、黒田、加藤などの豊臣恩顧の諸大名と仲違いを起こし、五奉行を解任されておりましたが、それでもかなりの力を有しておりました。また、今回敵対した宇喜多備前宰相、毛利権中納言ら大老もいたわけでございまする。上杉征伐を殿が言い出されても、それを止める、あるいは公儀の命としないことはできたはず。少なくとも、今少し延期させられたでしょう」

「たしかにな」

　上杉と石田三成らが手を組んでいたならば、もう少しときを稼いだはずであった。冬になれば、米沢は雪に閉ざされ、北国に慣れていない西国の大名たちの戦力は大いに減退する。寒さで震えあがっている兵など、数倍いてもものの数ではない。冬の戦いに慣れた上杉に翻弄されれば黒田や福島など、直接上杉に恨みがない大名たちは、戦に飽きる。なにせ領国から遠い羽州《うしゅう》まで来ているのだ。兵糧、武器弾薬の補給もままならない。

　豊臣によって天下は統一されたが、秀吉の死後、家康は野心をあからさまにした。まちがいなく、次の天下を巡る争いはある。そのとき、兵と武器を失っていては、戦で活躍するどころか参加さえできない。

下手をすると、戦力低下を見抜いた隣国から侵略を受けかねない。

被害が増えていけば、やがて戦場を離脱する大名も出てくるのは当然であり、一人が逃げ出せば、もう雪崩《なだれ》のように止められなくなる。徳川の家臣以外、誰もいなくなることもあり得た。

そうなれば、家康の求心力は一気に低下してしまう。

「少し考えればわかることでございまするが、治部少輔はそうは思わなかったようでござる」

豊臣の知恵袋と言われていた石田三成を、本多正信が鼻先で笑った。

「戦を兵や矢弾の数だけで考えるような奴じゃ。血を吐き、泥を啜《すす》ってどうやって勝ちを拾うかなど考えてもいないのだろう。そのお陰で、儂はここにおられるのだがな」

家康も笑った。

「これで治部少輔と上杉が一体でなかったとわかろう」

「では、これを受けつけると」

秀忠が、上杉家から出された祝勝の手紙を振った。

「祝いを受けるのに問題はなかろう。いろいろと今回の言いわけも書いてあるが、それを認めるかどうかは、儂次第じゃ」

「では、これらの返書については」

「儂は出さぬ」

家康が本多正信を見た。

「わたくしの名前で、上洛を促しまする」

本多正信が告げた。

「上洛させぬとな。領国に籠もられては、そこまで行かねばなるまいが。地の利を持ち、このままでは潰されるとわかっている連中の相手など勘弁だ。勝つには違いないが、こちらの損害も馬鹿にはならぬ。その点、長宗我部のようにのこのこ大坂へ出てきてくれれば……こちらの思うがままじゃ」

にやりと家康が歯を見せた。

「長宗我部はどうなりましょう」

秀忠が質問した。

「見せしめよ。儂に逆らった者がどうなるかのな。土佐一国のほとんどを取りあげてくれるつもりでいる」

はっきりと家康が言った。

「宇喜多と毛利は、儂に敵対した。宇喜多は直接、儂と矛を交えたし、毛利は名目とはいえ総大将じゃ。総大将はなにかあったときに責任を取るためにある。そうであろう」

「…………」

中仙道を進軍しながら遅刻した秀忠は言われてうつむいた。

「これも負けなかったからだと肝に銘じておけ。もし、関ヶ原で儂らが負けていたら……儂とそなたは徳川の名跡を残すために、切腹せねばならぬところであった」

「わかっておりまする」

いろいろな要因が重なっての失態とはいえ、その責任は総大将にある。手柄は欲しいが、失敗は他の者にと言うような武将に、配下は付いてこない。

「宇喜多と毛利はわかりました。では、上杉と前田はいかがなさいましょう」

秀忠は残り二つの大老の処遇について訊いた。

「儂と戦ってはおらぬが、上杉も敵対した。とはいえさすがに関ヶ原の連中と同じにはできぬ。大幅な領土削減で許してやろうと思っておる。問題は前田じゃ」

家康が額にしわを寄せた。

「前田に傷を付けるだけの理由がない」

「どころか、今回石田治部少輔に与しようとした丹羽長重《ながしげ》と戦い、その関ヶ原出陣を妨げておりまする。手柄でござる。咎めるわにはいきませぬな」

嘆息した家康に、本多正信が付けくわえた。

「………」

露骨に嫌そうな顔を家康は見せた。

「信賞必罰は天下人の義務でございまするぞ」

本多正信が家康に追い討ちをかけた。

「前田には加増せねばならぬか」

「それも他人が目を剝くほどの褒賞を与えねばなりませぬ。次のために」

「懐の大きさを見せつけろと申すのだな」

本多正信の助言を家康は受け入れた。

「はい。今回は殿のご器量を広く天下に知らしめなければなりませぬ」

「太閤殿下よりも太っ腹だと見せねばならぬのだな」

家康が瞑目した。

織田信長の小者から天下人に成りあがった秀吉は、譜代の家臣というのを持たない。秀吉の天下取りを支えたのは、織田家で同僚だった前田利家、池田恒興《つねおき》、丹羽長秀たちを中心に、従属させていった黒田如水、毛利輝元、宇喜多秀家たちである。皆、秀吉になんの恩もない者ばかりであった。

恩のない者を使うには、それに応じるだけの褒美が要る。裸一貫で生きてきた秀吉は、ものへの執着が薄かった。

「これほどの……」

秀吉に与した大名たちの誰もが、その褒賞の多さに目を剝いた。

「なんの、おぬしの働きからすれば少ないくらいじゃ」

首を左右に振りながら相手の背中を叩く。こうして秀吉は味方を増やし、天下を手にした。

「いたしかたないの。天下を取るまでは辛抱するか」

家康がしぶしぶ認めた。

本多正信が言うように家康は渋かった。小田原北条氏を滅ぼした後関東に二百万石をこえる領地を得た家康だったが、家臣への封地分けは少なく、万石以上を与えられた者は数えるほどしかいなかった。また、大名格になった家臣のほとんども、一万石あるいは二万石ていどで、十万石をもらえたのは、井伊直政、本多忠勝、榊原康政の三人だけであった。

「儂に味方してよかったと思わせるには、相当な領地が要る」

家康が考えこんだ。

「徹底して潰すか」

冷たく家康が目を光らせた。

「石田治部少輔の首と領地はすでに吾が手にある。となれば、次は総大将だった毛利の番じゃ。百万石からあるな」

　家康が算段を始めた。

「宇喜多は五十万石ほどであったか。島津や立花、その他の有象無象を合わせて、三百万石は出る」

「豊臣家の預かり領もございます」

　本多正信が述べた。

「あれもよいのか」

　うれしそうに家康が身を乗り出した。

　豊臣の預かり領とは、秀吉が天下を取ったときに手にした領地のうち、大坂城から離れたものをいう。どれも稔《みの》りのよい土地ばかりで、そこからの上がりと豊臣が直接支配している全国の鉱山の収入とで秀吉、秀頼の二代は天下に覇を唱えていた。

　当然のことながら、大坂から遠いため豊臣家が支配するには不便すぎ、周囲の大名に領地を預け、年貢を集めさせて大坂へ送らせていた。

　要は豊臣家の領土である。

「預かり領も潰す大名のものと見なしましょう」

　本多正信が策を話した。

「さすがに豊臣が黙っておるまい」

懐を勝手に探られて、なかにあるものを持っていかれるも同じなのだ。豊臣が苦情を申し立てるのはまちがいなかった。

「脅してやればよろしい」

「前のようにか」

あっさりと言った本多正信に、家康が確認した。関ヶ原から大坂へ着いた家康と秀忠は、豊臣が石田三成の行為を認めていたのだろうと迫った。

「この家康にご不満ならば、一戦まみえましょうや」

さすがに本気ではない。まだ、豊臣は徳川の主君であり、福島や加藤など豊臣恩顧の大名も、石田三成相手なればこそ家康に与したが、大坂城を攻めるとなれば話は変わる。

いわば一種の脅しであったが、二十万からの兵が激突した大戦で圧勝したばかりの家康の気迫に、初陣さえすませていない秀頼やその母淀が対抗できるはずもなく、家康の行動を是とするしかなかった。

「謀叛を起こした者どもの手助けになっていたとでも言えば、黙りましょう」

預かり領である。いかに天下人たる豊臣でも無料で配下に管理させるわけにもいかず、そのうちの幾ばくかについては預けている大名の領地として収入を得させていた。

その責任を問えばいいと本多正信が提案した。

「預かり領からの収入で武器弾薬を揃えて、関ヶ原に来たと言えばよいのだな」

「さようで」

家康の言葉に本多正信がうなずいた。

「それに預かり領を管理していた五奉行も関ヶ原でほとんど消し去れましょうし。今ならばうやむやにできまする」

本多正信が続けた。

「できれば、この話をする前に、もう一度……」

ちらと本丸のほうに本多正信が目をやった。

「力を見せつけておくべきじゃな。長松」

「はっ」

あらためて家康に呼ばれた秀忠が、応じた。

「島津征伐は口実じゃ。毛利を潰すときの抑えとして、そなたに軍勢を預け広島に行かせるつもりであった。とはいえ、吉川広家がなにやら駆けずり回っておるゆえ、どうなるかわからぬがの。戦の用意はせねばなるまい。いささか強引な手を使ったしな」

家康が苦笑した。

「大坂で軍勢を整えよ」

「追手門《おうてもん》前で馬揃えをいたしましょう」

秀忠も家康の意図を理解した。

追手門は大坂城の西北にある。ここからならば毛利の木津屋敷も近い。本丸にある天守からもよく見える。

「長松。そなたは徳川を継ぐ。これからは己のことではなく、徳川を大事にせよ。太閤が、その死後すぐに影響力を失ったのは儂を残したからだ。豊臣に取って代われる徳川をな。何度か徳川を潰せる機はあった。だが譜代の家臣を持たぬがゆえ、もう一度天下を二分する戦を起こして勝てるかという危惧が太閤をもって踏み切らせなかった。その結果がこれじゃ」

「…………」

口を挟まず、秀忠は聞いた。

「やれるときには徹底してやる。敵対した者は滅ぼして当然」

一拍おいて、家康が重く言った。

「情など不要。人ではなく神になれ。誰を犠牲にしても心痛まぬ神にな。それが天下人じゃ」

「誰を犠牲にしても心痛まぬ……」

「いずれ、そなたの娘を秀頼にくれてやる。徳川は豊臣と縁を結び、一枚岩になったと見せて豊臣恩顧の大名たちを黙らせる」

秀忠には慶長二年（一五九七）に娘が生まれていた。

「千《せん》を豊臣に……」

四歳になったばかりの娘さえ巻きこんでいく。天下の怖ろしさに秀忠は震えた。

第五章　流動の先

盛親編

他人の悪意は気づかぬうちに近づく。

父親とどれほどの交流があろうとも、負けた者に殉ずるわけにはいかない。終わりに近づいたとはいえ、世は乱世なのだ。

井伊侍従直政は、友人だった故長宗我部元親の跡継ぎ宮内少輔盛親を見捨てた。

「なにとぞ、内府公にお取りなしを」

土佐一国を取りあげられた盛親の嘆願を井伊直政は受け流した。

「おとなしく身を慎んでおれば、機を見て殿にお願いをしよう」

「よしなに、よしなに。お願いいたしまする」

「あまり大坂におられるのはよろしくない。あの戦の残党との関係を疑われてはおおごとじゃ」

何度も頭を下げる盛親を井伊直政は親切そうに諭した。

「そのようなまねをいたすつもりはございませぬ」

慌てて盛親が否定した。

関ヶ原での戦いは、大名を大きく二つに分けた。勝者と敗者である。敗者は勝者になにも言えない。敗者はただすべてを奪われるだけである。財はもちろん、領地、城、そして命まで勝者に差し出すことになる。石田治部少輔三成、安国寺恵瓊らは、首を討たれた。

国を取りあげられたが、盛親は生きている。石田三成、安国寺恵瓊に比べればはるかにましであった。

「土佐一国をなんとしてでも、無事に接収せねばならぬ」

先ほどまで盛親がいた下座を見ながら、井伊直政が呟いた。

井伊直政にとって、盛親のことなどどうでもよかった。

「権中納言さまがお世継ぎと決まってしまった。このままでは、大久保の後塵を拝することになる」

徳川内大臣家康は、関ヶ原の合戦の後、跡継ぎを三男秀忠だと宣言した。

「下野守さまは……負けた」

井伊直政は、家康の四男で秀忠の同母弟松平下野守忠吉の後見であった。さらに井伊直政は娘政子《まさこ》を忠吉の正室として出している。

「権中納言さまが関ヶ原に来られていないと知ったゆえ、抜け駆けまでして下野守さまに手柄を立てていただいたのだが……殿のご判断は違った」

井伊直政が嘆息した。

家康には有力な男子が五人いた。そのうち嫡男であった信康は、自害させられ、次男秀康は豊臣秀吉への人質に差し出された。

死んだ嫡男は当然として、人質に出された結果、結城家の養子となった次男も、名門武田の名跡を継いだ五男信吉も家督相続の資格を失った。

残るは三男秀忠と四男忠吉であった。

ともに家康の側室西郷局が産んでいる。生母による差はなく、歳も一歳しか違わない。どちらが家康の跡継ぎとなっても不思議ではない。

「徳川はもう、豊臣の大老ではない。天下人だ」

一代の英雄豊臣秀吉は出が卑しすぎて譜代の家臣がおらず、その天下を忠実に支えてくれる家臣に恵まれなかった。そのうえ跡継ぎたる秀頼が、戦国乱世を乗り切ってきた大名たちを抑えるには幼すぎた。

命の奪い合いを繰り返してきた戦国大名たちが、秀吉の死で泰平は終わると感じたのは当然であり、賢《さと》い者は次の天下人が家康だと確信した。

井伊直政を始めとする徳川の家臣は全員が、主家康が天下を取ると信じて疑っていなかった。

となると問題はそれ以降になる。

豊臣秀吉が天下を取ったことで、加藤清正、浅野長政、前田利家など麾下の大名は、大きな封地を得た。正確に言えば前田利家は家臣ではなく、秀吉の与力大名であったが、八十万石をこえる領土が与えられている。

徳川の家中は家康が天下人になることで、その恩賞が己たちにも来ると信じた。そして、少しものごとを見る目を持つ者たちは、その先を見た。

すでに家康も老齢にさしかかっている。次代は誰が継ぐのか。

うまく二代目と繋がれば、ますますの出世、家運隆盛が望める。

候補は秀忠と忠吉の二人である。

井伊直政は忠吉を選んだ。

しかし、賭けは外れた。関ヶ原で功績を立てた忠吉ではなく、家康は遅参した秀忠を代えずに跡継ぎであると世間へ公表した。

「失態は犯せぬ」

夢破れた井伊直政は、家中での敵となりそうな秀忠の側近たちを警戒せざるを得なくなった。

井伊直政がそうであったように、大久保忠隣や本多正純らも立身を狙っている。なにより、徳川が手にしている領地には限界がある。家臣すべてに気前よく分配するわけにはいかない。誰かに多く渡すならば、どこかで削られる者が出てくる。

一杯の茶碗《ちゃわん》に盛られた飯を数人で喰うのと同じなのだ。一人が多く喰えば、割を喰う者が出る。

「それだけは避けねばならぬ」

井伊直政は、つけいられる隙をなくさねばならなかった。

遠江国井伊谷を領する小大名だった井伊家は、今川家の庇護を受けていた。その今川家が桶狭間の合戦で当主を討たれて衰退したため、徳川に鞍替《くらが》えした。

もとは徳川家と同格の今川被官であったことから家康の家臣としての歴史は浅い。極端に言えば、徳川家臣のなかの外様である。それでいながら、家臣のなかでも指折りの領地を与えられている。これに反発を覚えている三河以来の譜代たちは多い。

井伊直政は将来を見据えて娘を差し出して松平忠吉との縁を結び、徳川に溶けこもうとした。しかし、それも秀忠が世継ぎになったため、悪手となりつつあった。

「すまんの、宮内少輔どのよ。儂は井伊の家を守らねばならぬでな」

泉下の友人に井伊直政は詫びて、盛親の手助けを止めた。

「あと、利用できるところはさせてもらう」

どころか井伊直政は、盛親を土佐平定の交渉材料にした。

「山内どのに、土佐は与えられた。山内どのが来られるまで、拙者が一切を差配する」

「承知いたしましてございまする」

一廉《ひとかど》の武将と言われる者たちは、天下の趨勢《すうせい》もよく見ている。また、一気に領国が増えた大名は、人手不足を補うために、潰れた家の家臣たちを仕官させる。これは地元の反発を避けるためにも必須であり、どの大名もまずそうしている。長宗我部でも部将たちのなかには、反発するより恭順して、あらたな主君を迎えようと考えている者も多い。

井伊直政の派遣した代官鈴木平兵衛の指示に従い、土佐では粛々と浦戸城の明け渡し準備に入った。が、一領具足と呼ばれる下級の兵たちが納得しなかった。国主が代われば、今までとは違う知行分配がおこなわれる。もっともその煽りを受けるのは、百姓ではなく、吾が手で開拓した土地を知行として保証されている一領具足であった。

一領具足は土佐長宗我部家独自の身分で、それをあらたな支配者が認めるかどうかわかっていない。もし、一領具足を侍あるいは郷士と認めず、百姓扱いにされれば、苦労して得た田畑から年貢を徴収されることになる。

「土佐半国を殿に残し、長宗我部の家名を存続させよ」

土地と身分を保証してくれていた長宗我部の存続を求めて一領具足が蜂起した。

稲の刈り入れが終わったこともあり、半農半士の一領具足が土佐全土から集まって、恭順派の重職たちを抑え、浦戸城に籠もった。

「手兵をお貸しいただきたく」

　鈴木平兵衛に続いて土佐入りしようとした山内一豊が、井伊直政に援軍を求めた。

　早くから家康に与することで、掛川五万九千石から一気に土佐一国の太守となった山内一豊は、その石高に見合うだけの兵を準備できていない。長宗我部のほぼ全軍に等しい一揆勢を鎮圧することはできなかった。

「兵を出してよろしゅうございましょうや」

　勝手に軍を興すわけにはいかなかった。家康の許可を求めた井伊直政は、十月十九日に軍勢を土佐へと送った。

「力ずくだと。ふざけるな」

　これがさらに一領具足と一部長宗我部旧臣の反発を煽った。

「土佐は、豊臣からもらったものでも、徳川から恵んでもらったものでもない。我らが血を流し、手に入れたものだ。それを負けてもおらぬのにすべて奪うなど認められるものか」

　浦戸城に集まっていた一領具足たちは、逆に鈴木平兵衛たちの宿所となっていた雪《せっ》蹊《けいじ》寺を襲った。

「しのげ。かならず援軍は来る」

　一領具足を中心とする一万七千からの兵の包囲を受けながら、よく鈴木平兵衛たちは耐えた。

「許すまじ」

状況を聞いた家康が激怒した。

当たり前である。関ヶ原で勝って、天下人と名乗りをあげ、ようやく思うがままに振る舞えるようになったのだ。

まず逆らった大名を潰し、奪った領地を配下の部将たちに与え、天下を豊臣から己の色に染めようと考えた家康の最初と言ってもいい仕置き、土佐での反抗は一つまちがえば他にも飛び火しかねない。

できるだけ早く、自らの力を見せつけ、他の大名たちへの見せしめにしなければならない。ここでしくじれば、すでに抑えてある大坂より東、関東より西、はまだいいにしても、備前岡山、筑後《ちくご》柳川など石田三成に与した西国大名の領地を始めとして、今は降伏して従っている毛利権中納言輝元らも、動き出しかねない。

西国での火種を消し損ねるなど手間取るようならば、関ヶ原の勝利を見て恭順しようとしている上杉景勝、佐竹義宣《よしのぶ》らがふたたび敵対するどころか、今は家康に従っている伊達政宗《まさむね》や前田利長らが動き出すかも知れない。

「四国の武将たちに兵を出させよ」

家康は土佐以外の三国へ出兵を命じた。

「これはまずいぞ」

井伊直政の顔色が変わった。

土佐を抑え切れなかった責任は、長宗我部との対応を一手に引き受けていた井伊直政にかかってくる。

「国元へ手紙を書いてくれ」

井伊直政が大坂屋敷を出て京へ隠棲していた盛親を訪ねた。

「国元で騒動が……一領具足どもが、吾の復帰を願ってくれているとは。なんともうれしい限りでござる」

事情を知らされた盛親が感涙にむせんだ。

敗軍の将というのは惨めなものである。命があればましという状況になり、領土はもちろん城も財産もすべて失う。そのなかには家臣も入っている。

当然、家臣たちも主家の存亡につきあうことになる。主家が大きくなれば、己たちも知行を増やせるが、滅びてしまえばそれまでであった。

武士の知行は、主君から与えられるものであり、自らのものではない。主家の保護があればこそ、何百石だ、何千石だと知行を誇れる。主家が保護してくれなければ、領地は意味をなさなくなる。

家臣は主家と一心同体であるだけに、家を潰した主君への恨み辛みはきつくなる。

盛親は、家臣たちから罵詈雑言を浴びせられると思いこんでいた。

それが、盛親を慕って、山内の支配を拒んでいる。

そう盛親は受け取った。

「まさに忠義な者どもであるが、よろしくない。徳川に刃向かうことは、長宗我部の命運を断つと同義である」

わざと事情を教え、現況がまずいと井伊直政は盛親を誘導した。

「刃向かった者を助けることはできぬ。さすがに足軽どもまでは咎め立てはせぬが、一手の将となると首を討つしかなくなる。いずれ、貴殿が封地を得たとき、仕えてくれる譜代の臣たちが要るであろう」

「……たしかに」

主君だけで家は成り立たない。家臣がいてくれてこそ、大名であった。

「このまま公儀の兵が土佐を抑えこめば、もう儂でもどうにもできぬぞ。土佐は血で染まり、長宗我部の名は二度と世に現れぬ」

さっさと説得しろと井伊直政が盛親を脅した。

「……わかりましてございまする」

盛親は家中の重職に宛てて、このままでは長宗我部が潰れる、盛親のことを考えるならば、抵抗を止めて城を明け渡してくれるようにと手紙を書いた。

「これで、よろしゅうござろうか」

「うむ。儂にできるだけのことはいたそう」

手紙を見せた盛親に、井伊直政が首肯した。

「侍従さま。わたくしは内府さまに思うところはなにもございませぬ。兄を誅したのも、土佐一国を安定させ、内府さまにお手数をおかけせぬようにとの考えからでございました。いささか、その考えが浅すぎましたことは承知いたしておりまする。ゆえに今、土佐一国をお取りあげになられたことを恨んでもおりませぬ」

盛親がこの機を逃さぬとばかりに語った。

「もし、一万石でもお取り合っていただければ、かならずや内府さまのために働きまする。どうぞ、御前体《ごぜんてい》お取りなしを」

もう一度と盛親が願った。

「わかっておる。時期を見てな。今はまずい。今、長宗我部のことを言い出せば、お怒りを買うだけである」

「……はい」

手向かいしている者がいる。そのときに慈悲を求めても無理だと盛親もわかっていた。

「土佐が落ち着き、殿にお暇ができたころを見計らってからになる」

「一年ほどでございましょうか」

大名から落人《おちうど》へ転落したのだ。盛親はできるだけ早く復権をと焦っていた。

「無理であろう。此度《こたび》は何十という大名どもを仕置きせねばならぬ。一年ではとてもとても。もし、ふたたび上杉征伐の軍勢を起こすようなことになれば、数年はかかろう」

「数年……いや、上杉征伐」

聞いた盛親が一瞬落胆しかけて、顔をあげた。

「是非、そのおりには、わたくしめをお加えいただきますよう」

盛親が手を突いた。

戦場での失敗は、戦場で取り返す。これが武士の姿である。戦で手柄を立てれば、かならず褒賞は与えられる。上杉との戦いで功をあげれば、盛親は返り咲けると考えた。

「陣場借りでもよいと言うか」

井伊直政が驚いた。

陣場借りとは、牢人が合戦に参加するための手段であった。

戦があるからといって、いきなり縁もゆかりもない牢人が参加することはできなかった。いつ裏切るかわからない牢人に入りこまれては、安心して兵を動かせない。かといって兵は一人でも欲しい。

一方、牢人としては、どうにかして他人目に付くだけの手柄を立てて、身を起こしたい。それにはなんとかして戦に参加しなければならない。

この両者の考えが一致した結果が陣場借りであった。牢人は伝手を頼って一手の武将に陣場借りを求める。牢人ではあるが、その武将の配下として戦うのだ。

戦いに勝ったとき、陣場借り牢人がめざましい働きをしていれば、そのまま家臣にしてもらえる。敗戦でもそれなりの働きをしていれば、減った将兵の代わりとして召し抱えられることもある。

命をかけなければならないが、牢人にとって陣場借りは起死回生の一手であった。

また武将にしても、陣場借り牢人を加えることで数が増え、戦いが少しでも有利になる。さらに働きが気に入らなければ放逐すればいいし、討ち取られようが、怪我をしようが、一切その後の責任を負わずにすむ。

ただ、陣場借り牢人は使い捨てであり、名のある者の選ぶ手段ではなかった。たとえ、改易されても名のある武将ならば、戦のおりに支度金を持った使者が勧誘に来る。

それを待たずに、盛親は陣場借りでよいから機を与えて欲しいと井伊直政に縋った。

「見事な覚悟じゃ。この侍従、感じ入った。さすがは四国の虎と呼ばれた長宗我部宮内少輔どののお血筋よ」

井伊直政が大仰に感嘆した。

「かならず、そのときはお報せしよう。槍一本で来られるがよい。兵糧などは、こちらで用意しておく」

「かたじけない」

牢人の身を気遣った井伊直政に、盛親が礼を述べた。

「急ぐゆえ、これでの。手遅れになってはたいへんじゃ」

井伊直政が腰を上げた。

「お願いをいたしまする」

深々と頭を下げて盛親が井伊直政を見送った。

「皆が余の戻るのを待ってくれている」

盛親は、土佐で起こっている騒動が、己のためだと信じていた。

「戻るぞ。かならず、土佐に返り咲いてみせる」

強く盛親が誓った。

盛親の書状は、浦戸城まで届けられた。己たちの将来が不安であるとあらたな支配者である井伊や山内の兵と戦っているとはいえ、名分は盛親の待遇改善なのだ。

その盛親の書状となれば、受け取らないわけにはいかなかった。

「内府どのにお任せすれば、なにごとも悪しきことにはならず。かならずや吾《あ》も土佐に帰るゆえ、今は平らかに過ごしてくれるよう」

盛親の書状を読んだ旧臣たちが困惑した。

「なんの保証も書かれておらぬ」

「我らの身分はどうなるのだ」

一領具足たちが不満を露わにした。

「まだ抗うと言うならば、宮内少輔どののお身柄にもかかわると思われよ」

手紙を届けた使者が、逆らうならば盛親にも責任を負わせると脅した。

「それはよろしくない。殿のおんためと思えばこそ、兵を挙げているというに、それが逆に足を引っ張ってはならぬ」

「いや、ここで我らが不退転の決意を見せることこそ重要である。我らが決意を示すことで、公儀の譲歩を引き出すべきだ」

重臣の意見も二分した。

「土佐を尾張の出の者などに治められるはずはなし」

「我らの力を見せつければ、尾を巻いて逃げ出そう。さすれば、公儀も土佐は長宗我部でなくばならぬと気づくはずだ」

だが、戦が有利に運んでいることが、一領具足たちを勢いづけていた。

「毛利の二の舞はごめんだ」

他にも家康に騙された毛利輝元のことが大きく影響していた。

「徳川に忠誠を誓ったのに、毛利は滅ぼされた」

関ヶ原の総大将であったことを責められた毛利輝元は、その所領を取りあげられた。約束が違うなどという苦情は誰にも響かず、ただ関ヶ原の敗戦を演出した吉川広家への恨みとなった。本領安堵を口実に本家を押さえた吉川広家は、その責任を取って、己に与えられた褒賞の領土を差し出してなんとか毛利の家名を存続させていた。

「分家の領地を受け取って生き延びるなど、恥ずかしいまねをさせられるとは」

直情が特徴の土佐一領具足である。家康の毛利への対応が酷評を生み、井伊の説得も届かなくなっていた。

「なにより井伊がもう少し働いてくれるべきであろう。先代さまとの交流をなんだと思っている」

「長宗我部をかばうどころか、殿をだますようにして大坂へ連れ去った。殿が土佐にいてくだされば、長宗我部の武勇を天下に見せつけられるものを」

「井伊は敵じゃ。兵を寄こした。徳川はやはり信用できぬ。殿のご書状とて、本当に御自ら書かれたものとは限るまい」

井伊直政がなにもしてくれていないことへの不満も一領具足を頑《かたく》なにしていた。

「今は動けぬ。少し待て。かならずや仲介の労を執るゆえ。こういったものには時期がある。落ち着いてからでなければ、功を奏さぬ」

「このままでは長宗我部だけでなく、土佐の将すべてが滅ぼされるぞ」

鈴木平兵衛は、交渉で顔を合わせる旧長宗我部家臣のなかでも大きな力を持つ重職たちを説得した。

「まだ他国の軍勢が浦戸に届いていない。ここで兵を退いたら、小競り合いだったですませることもできまする」

「ご貴殿のお名前を殿にお伝えいたしましょうほどに」

硬軟合わせた鈴木平兵衛の言葉が、長宗我部旧臣たちに染み通っていった。

「殿のためだ」

書状という名分が、さらに旧臣たちを揺るがした。

「このままでは土佐は滅びる」

浦戸城に籠もっている重臣たちの意見が変化した。

「殿しか長宗我部の嫡流はおられぬ。たとえ、土佐半国でも名跡を残すことこそ、重要である」

重臣たちの意見が一致した。

「しかし、一領具足どもは、聞く耳を持っておらぬぞ」

「このままでは、殿だけでなく、我らも巻きこまれる」

乱世である。己の身を守るのは、己だけである。

盛親への忠義から城を明け渡すべきという者もいたが、その多くは己がどうやって生き残るかを優先した。

「まずは城からあやつらを追い出さねばならぬ」

重臣たちが策を練った。

雪蹊寺を囲むのに一万七千も兵は要らない。山内と井伊の兵を合わせても二千ほどである。三千もあれば十分であった。

残り一万四千のうち、半数は伊予、阿波から侵攻してくるであろう公儀の軍勢に備えて浦戸を離れている。

浦戸城に残っているのは四千だが、この半分は重臣たちが率いてきた兵であり、一領具足は二千しかいなかった。

「偽りの総攻撃をすることにいたそうぞ」

重臣の一人が策を呈した。

雪蹊寺は落とせていないのではなく、落としていないのだ。直情な性格の多い土佐人とはいえ、さすがに井伊家の使者を殺すことがまずいことくらいはわかっている。脅しをかけて逃げ帰らせるというより、土佐の意志の強さを大坂にいる家康に伝えさせるのが目的であった。

鈴木平兵衛らを討てば、井伊直政が敵に回る。それこそ土佐は終わる。

重臣たちは、一領具足たちの暴発を防ぐのに苦労していた。

「総攻撃だと言って一領具足を城から追い出す」

「なるほど」

他の重臣たちも了解した作戦は、実行された。

「ご公儀に、土佐の覚悟を示すぞ」

重臣が先頭に立って気炎をあげた。

「おう」

「天下の兵を迎えても土佐は負けぬ」

一領具足たちの士気が高まった。

「雪蹊寺総攻撃は明日、十二月一日とする。各自、指示された陣に急げ」

浦戸城に残っていた一領具足たちが出ていった。

「城の門を閉じよ」

重臣の指示で城門が閉ざされた。

「なんだ」

「なにがあった」

閉め出された一領具足たちが動揺した。

「かかれっ」

そこへ重臣たちの命で城外に伏せていた兵が襲いかかった。

「年寄り衆が裏切った」

「我らを捨てた」

仲間の背信に、一領具足たちは満足に対抗できず、潰走した。

「城を明け渡しまする」

十二月五日、浦戸城は鈴木平兵衛たちに引き渡された。

土佐での騒動は、京まで届かなかった。

「落ち着いた」

すべてが終わった後、盛親には井伊直政から一本の手紙が届いただけであった。

「………」

盛親はそれで納得するしかなかった。

「侍従さまにお尋ねしても無駄であろうな」

詳細を教える気があれば、一枚の書状ですませるはずはない。土佐の者たちを宥める盛親の書状を求めて京まで来たのだ。報告をしにくることくらいできる。

「となれば……」

すでに長宗我部家の大坂屋敷は収公されている。そこへ行っても意味はなかった。

「藤堂どのに、和泉守どのにお目にかかるか」

盛親は別の人物を思い出した。

藤堂和泉守高虎、浅井家から織田、豊臣、徳川と主君を変えて生き残ってきた戦国大名である。豊臣秀吉からも重用され、今は伊予板島八万石を領していた。

板島から宇和島へと城の名前を変えているが、土佐とは隣国であり、盛親の兄津野親忠とも親しかった。

「お邪魔をいたしたい」

盛親は藤堂高虎の伏見屋敷へと書状を出し、面談を望んだ。

「お出であれ」

土佐の騒動が収まったこともあり、藤堂高虎は家康のいる大坂に出ていた。

返事を受けて盛親は、供も連れず伏見の藤堂屋敷を訪れた。

「お邪魔をいたしまする」

通された座敷で盛親は手を突いた。

「ようこそのおこしでござる」

年が明けて四十六歳になる藤堂高虎が、若い盛親を歓迎した。

「まず最初にお詫びを申しあげる。和泉守どののご温情を知らず、兄を死なせてしまいました。まことに恥じ入るばかりでございまする」

盛親が頭を垂れた。

「……津野どのは、無念でござった」

下手な慰めを藤堂高虎はしなかった。

「…………」

盛親は無言で頭を下げ続けた。

「しかし、それもすんだことでござる。津野どのを死なせた罰を、貴殿は受けられた。土佐一国を失った」

「はい」

藤堂高虎の言葉が、盛親の心に刺さった。

「領国をなくす。これは大名としての死である。津野どのと貴殿は同じ死人じゃ」

遠慮なく藤堂高虎が口にした。

「死人でございまするか」

「違うかの」

「いいえ。国もなく、家臣もおらぬ大名など、張り子の虎より情けない。死んでいると言われても当然でござる」

盛親は受け入れた。

「本日は詫びに来られたのかの」

本題はなんだと藤堂高虎が訊いた。

「土佐の情勢をお聞かせ願いたく、参りましてございまする」

盛親が願った。

「土佐の情勢か。侍従どのは教えてくれぬのだな」

すぐに藤堂高虎が、盛親の事情に気づいた。

「よろしかろう。今は違うとはいえ、貴殿は土佐の国主であったのだ。貴殿の判断の結果がどうなったかを知る義務がある」

藤堂高虎が盛親を厳しい目つきで見た。

「十二月一日、土佐の重職たちが一領具足を裏切って……」

「……つうう」

一部始終を聞かされた盛親が呻いた。

「先日、大坂の内府さまのもとに届けられた土佐一領具足の首は、全部で百七十からあったそうだ」

「百七十……」

盛親は泣きそうであった。己を支持してくれた一領具足を、長宗我部の重臣が討った。しかもこれさえ盛親をなんとか復帰させようとした重職たちの考えである。盛親は己の罪深さに落ちこんだ。

「池内内蔵助、五百蔵左馬進らは無事であろうか」

盛親は近臣のことを気遣った。

「家臣を気遣うのは無意味である。もう貴殿は主君ではないのだぞ」

藤堂高虎が追い討ちをかけた。

「主君の仕事はただ一つ。家を潰さぬことだ。それを貴殿はできなかった。貴殿は関ヶ原で内府公の敵に回った。それがすべての原因である。天下を狙えるほどの武将でないならば、誰に付くかを真剣に考えなければならぬ」

「しかし、あのときは……」

上杉征伐に参加するつもりだった盛親はわずかな遅れで従軍できず、そのまま石田三成の挙兵に巻きこまれた。

「後々のやりようはござったろうが。関ヶ原に陣を布かず、そのまま東進して内府公のもとへ走るとか、小早川どののように、戦で返り忠をするなり、勝敗が決まってからも関ヶ原に残り、その場で内府公に膝をつくなど、やりようはいくらでもあったはずじゃ」

「……」

指摘する藤堂高虎に、盛親は反論できなかった。

「表裏者、裏切り者なぞと罵られようとも、後ろ指を指されようとも、主君は家を保たねばならぬ。小早川中納言どのはお見事である」

藤堂高虎が小早川秀秋を称賛した。

「最初から内府さまにお味方しておりませぬぞ」

主君として正しいというならば、そうあるべきだろうと盛親が口にした。

「豊臣の一族じゃ。それは無理というものよ。なにより上杉征伐に出ておらぬ。九州の兵は、基本免除されていたからの」

二度にわたる朝鮮の役で、主力となった九州の諸大名は、その戦費の捻出に苦労していた。勝ったのならば、褒賞で埋め合わせもできるが、寸土も得ずに秀吉の死を好機とばかりに撤退したのだ。戦費は完全に持ち出しである。

その傷跡がまだ癒えていないというように、九州から朝鮮よりも遠い米沢への出兵はあまりに酷である。家康は、そう言って上杉征伐の軍から九州勢を除いた。

そして小早川は、筑前名島《なじま》城主である。兵を出さなくていいうえに、出すとしても大坂を経ないと関東へ届かない。端から一万からの兵を家康に加えるに等しいまねを、石田三成らが許すはずはなかった。

「わかったかの」

「不明でございました」

考えが浅かったと盛親が詫びた。

「本日はこれにて御免を」

これ以上は辛いと盛親は辞去を告げた。

「ああ、もう一つ。土佐のことをお報せしておこう」

腰を上げかけた盛親を藤堂高虎が止めた。

「まだなにか……」

怪訝な顔をしながら、盛親は座り直した。

「蜷川新右衛門《になかわしんえもん》どのをご存じであろう」

「幕府政所代をなさっておられた蜷川さまでございましたら、親しくおつきあいを願っております る」

訊かれた盛親は答えた。

蜷川新右衛門親長《ちかなが》は、室町幕府の政所代であった。梟雄松永久秀《まつながひさひで》に所領を奪われ、妻同士が姉妹という縁を頼って土佐へ落ちてきた。有職《ゆうそく》故実に通じていたことで長宗我部元親に重用され、盛親との面識もある。

「新右衛門さまがなにか」

関ヶ原の合戦以降、翻弄され続けてきた盛親の頭のなかから、蜷川親長のことはすっかり抜け落ちていた。

「内府さまがな、新右衛門どのに土佐の後始末をお任せになった」

「土佐の後始末……」

意味を盛親は理解できなかった。

「浦戸城や支城に残された金や財などを調べあげ、公儀へ納める役目だ。このたびの土佐での戦いでも金がかかっておろう。まあ、責任を負うべき井伊どのと山内どのには補塡されまいが、吾が宇和島を始め、阿波の蜂須賀どの、伊予の加藤どのも戦ってはいないが、兵を出している。公儀の命ゆえ、なにもなしでも文句は言わぬが……の」

微妙な言い方を藤堂高虎がした。

「反発を買わぬように……」

戦費の補塡があるかどうかは大きな違いになる。大名といえども、家臣の不満を完全に抑えこむことはできない。兵糧や矢弾などの一部は家臣が用意しなければならない。公儀が大名に命じるのと同じく、大名が家臣に戦の用意をさせる。もちろん、これも主君に対する家臣の義務である。金を出さなくても問題はないが、吝嗇《りんしょく》だと思われたら家臣の心が離れていく。主君が豪傑を抱えたいと考えているように、家臣はよりよい主君に仕えたいと思っている。藤堂高虎を言うまでもなく、主君を変えるのは当たり前である。ただ家臣に去られた主君は、世間から嘲笑される。

「仕えるには値しない男だ」

「人を惹きつけるものを持たない」

悪評がついて回り、それこそ大名の間で相手にされなくなる。それを避けるだけでなく、家中での騒動を防ぐ意味でも、幾ばくかの金を家臣に渡さなければならない。

これは、家康も同じであった。

「いわずもがなだが、その財には一切口出しをなさるな」

「……重々承知いたしております」

一拍遅れたが、盛親はうなずいた。

「けっこうだ」

藤堂高虎が満足そうに首を縦に振った。

「ありがとうございまする」

もう一度礼を述べて、盛親は立ちあがった。

「……宮内少輔どのよ。もう、井伊どのに頼るのはお止めなされ」

少しだけ間を置いた藤堂高虎が、盛親に忠告した。

「なにを……」

藤堂高虎の言葉に盛親は戸惑った。

「井伊どのに長宗我部家を助けるだけの余裕はござらぬ」

「……どういう意味でござろう」

盛親が訊いた。

「関ヶ原で、豊臣に忠誠を尽くしていた大名は滅びた」

「…………」

盛親はなにも言えなかった。

もともと豊臣の天下での大名には三種類あった。

豊臣秀吉が天下人となる前から大名としてあり、その膝下に属した者。上杉や島津、毛利がそうであり、長宗我部もその一つであった。

次が天下人となる前の豊臣秀吉と同僚だった者である。前田や丹羽、黒田などがそれになる。

最後が豊臣秀吉によって大名に取り立てられた者だ。石田三成、大谷吉継、加藤清正などがそうであった。藤堂高虎も入る。

その大名が今回二つに分かれた。

豊臣を押しのけ、天下人への道を進もうとする徳川家康に与するか、敵対するかである。豊臣秀吉に引き立てられた大名だとか、豊臣に負けてその配下となった恨みのある大名とかいう区別ではなかった。

そして関ヶ原が終わった結果、後者の大名たちは全滅した。

もちろん、皆殺しになったわけではない。家康に敵対した大名でも、処世によっては生き残る者もいる。さすがに関ヶ原以前と同じというわけにはいかないだろうが、大名として存続できる者はある。

だが、その者ももう豊臣のもとへ戻ることはない。

天下には二つしかなくなった。

豊臣秀頼一人と徳川家康に膝を屈した大名である。

「これからの天下は徳川家を中心に動く。それはわかっているであろう」

「もちろんでございまする」

盛親が強く首を縦に振った。

「では、次に始まるものがわかるかの」

藤堂高虎が問うた。

「豊臣家を……」

「違うな」

答えかけた盛親を藤堂高虎が制した。

「やれ、四国の虎と言われ、一時は天下を窺うほどの勢いを誇った長宗我部元親どのも、後継の育成は不得手であったか。いや、大坂に出さなかったからだな。天下というものを見せておけば、今回のようなまねはしなかったであろうに」

藤堂高虎が盛親にあきれた。

「和泉守どの。あまりに無礼でございましょう」

父まで馬鹿にされたと盛親が怒った。

「事実を受け入れられぬようでは、この先生きていけぬぞ」

盛親の憤怒を気にすることなく、藤堂高虎が続けた。

「これから先始まるのは、徳川のなかでの勢力争いじゃ。かつて太閤殿下のもとでの石田治部少輔、安国寺恵瓊らと福島侍従、加藤肥後守らのことを思い出せ」

藤堂高虎が厳しい口調に変わった。

「……では、侍従さまも……」

「一番最初に脱落じゃ。井伊どのは権中納言さまではなく、下野守さまを擁した。しかし、関ヶ原の結果、権中納言さまがお世継ぎになられ、下野守さまは一門と決まった」

「……むううう」

そこまで言われて気づかないほど盛親は暗愚ではなかった。

「これからは権中納言さまにずっと従ってきた大久保どのが隆盛を迎えよう。代わって井伊どのは……」

「侍従さまは、没落せぬよう己のことで手一杯になると」

「うむ」

藤堂高虎が正解だと告げた。

「では、どなたにお縋りすれば……」

「それくらいは考えろ。甘えるな。そんな風であればこそ奸臣の言に左右され、兄を討ち、国を失ったのであろう。しっかりと己で判断し、悔いぬようにいたせ」

冷たく藤堂高虎が拒んだ。

「……さようでございました。お邪魔をいたしましてございまする。ご厚意忘れませぬ」

深く礼を述べて、盛親は伏見から京へ戻った。

盛親は京で新設された京都町奉行板倉《いたくら》伊賀守勝重《かつしげ》の監視を受けた。

相国寺に近い柳ヶ厨子《ずし》の陋屋を借りた盛親は、まず頭髪を剃《そ》って僧体となった。こうすることで俗世への欲望、徳川へ刃向かう意思のないことを示した。

また、長宗我部盛親の名前を捨て、大岩幽夢《たいがんゆうむ》と号し、近隣の子供たちを相手に手習いの師匠を始めた。

もちろん、それだけで喰えるはずはない。

盛親は妻の母の実家である石谷《いしがい》家や旧臣たちの扶助を受けながら、長宗我部家再興を模索し続けた。

しかし、盛親は厳しい京都町奉行所の管理を受け、陋屋からの遠出を禁じられた。陋屋に近い糺《ただす》ノ森《もり》の河合《かわい》神社の宮司溝口八左衛門《みぞぐちはちざえもん》の見張りのもと、盛親は京都町奉行、のちに京都所司代になった板倉勝重のもとへ決められた日毎に出向き、謀叛の気持ちなどないことを説明する日々を送った。

「徳川に恨みはないか」

「今はもう後悔だけでござる」

野心など欠片も見せず、板倉勝重の詰問に耐える。

「国に帰りたいであろう」

「土佐のことは山内どのがよくしてくださっていると聞いておりまする」

故郷への思いも封じた振りをするしか盛親にはなかった。

もう盛親は井伊直政との縁を切った。もっとも辛いときに、見放すどころか利用されたのだ。いかに徳川へ従順な振りをしようにも、辛抱できなかった。また、関ヶ原での傷が悪化したこともあり、井伊直政の影響力が落ちているのも一因になっていた。

「なにとぞ、御前体をよしなに」

盛親は井伊直政に代わるあらたな嘆願相手として、蜷川親長を頼った。

長宗我部の後始末の手腕を認められ蜷川親長は徳川家康から旗本として抱えられ、山城国綴喜《つづき》郡で五百石を給された。さらにお伽衆《とぎしゅう》として家康の話し相手に選ばれてもいる。盛親の持つ伝手のなかでも家康に近い筋になる。

なにより蜷川親長とは姻戚でもあり、落魄《らくはく》したときに長宗我部が支えたという貸しもあった。

「おりを見ての」

「まだ早いと勘案する。いずれな」

直接に会ってお願いしたいという盛親の求めを蜷川親長はのらりくらりとかわした。

「恩知らずが」

あからさまに嫌がっているとわかる蜷川親長の返答に、盛親は憤怒した。

「領地を追われ、襤褸《ぼろ》を身に纏って土佐を頼ってきたおまえに、父がした厚遇を忘れたというか。館を与え、すべての衣類を新調してやり、所領もくれてやった。誰のお陰で生きてこられたと思っている」

盛親が蜷川親長を罵った。

そんな盛親の心を傷つけるばかりの日々に、一つの慶事があった。

「お前さま」

土佐に残してきた正室が、京まで連れられてきた。

「よくぞ、来てくれたの」

陋屋に華が咲いた。盛親は妻を歓迎した。

盛親の妻は兄長宗我部信親の娘であった。血筋からいけば叔父と姪になる。本来ならばまず認められる婚姻ではなかった。

これは信親討ち死にの後、盛親に土佐を譲るについて、父の元親が家臣の反発を防ぐためとしておこなったものであった。

いずれ信親の血を引く男の子ができる。そうすればいずれ長宗我部嫡流が土佐を継ぐ。こう元親は信親に近かった家臣たちを説得し、盛親の家督相続を認めさせた。

十歳しか歳の離れていない兄の娘である。盛親との歳の差はかなりあった。もともと兄の遺した娘ということもあり、盛親は妻を慈しんできた。

「土佐には居場所がございませぬ」

天下の罪人の妻として、あらたな国主山内家から邪魔にされたのだ。

「すまぬ。吾がいたらなかったために、苦労をかける」

盛親は情けなさに涙した。

「征夷《せいい》大将軍に任じる」

慶長八年（一六〇三）二月十二日、後陽成天皇は勧修寺《かじゅうじ》参議光豊《みつとよ》を伏見城に勅使

として向かわせ、徳川家康を征夷大将軍に任じた。

「めでたい」

伏見城に全国の諸大名が祝賀を述べるために集まった。

「新しい天下ができる。これで乱世は終わった」

京も喜びで溢れた。

「恩赦があるのではないか」

陋屋で盛親は期待した。

徳川家康にしてみれば、念願の将軍である。将軍は幕府を開いて天下へ号令する権利がある。天下人になりたくて仕方なかった家康の念願であった。

すでに天下人として政務を執っていたが、それはあくまでも豊臣家の大老としてのものであった。家康の出す政令すべてには、形だけとはいえ秀頼の認可が要った。

それが不要になった。

朝廷は豊臣家に預けていた大政委任を取りあげ、正式に家康に与えた。これで家康は秀頼を気にせずに、天下を動かせるようになった。

「念願かなった内府さまは、きっと寛大なお心を示されるはずだ」

家康は将軍になる前でも、石田三成に与して戦い改易された滝川雄利《かつとし》と来島康親《くるしまやすちか》を大幅に所領を減らしたとはいえ、復帰させていた。

復活がある。

これは盛親を始めとする牢人大名への大きな抑止力になった。おとなしくしていれば、家名復興が許される。となれば、無謀なまねをしなくなる。

盛親だけではなかった。関ヶ原で家康に敵対し、盛親と同じように家を潰された立花宗茂、丹羽長重、新庄直頼《しんじょうなおより》ら牢人大名は皆望みを繋いだ。

たしかに恩赦はあった。

立花宗茂はかつての所領九州とは正反対の奥州棚倉《たなぐら》に一万石、丹羽長重も北陸から遠い常陸古渡《ひたちふっと》に一万石を与えられた。

それから一年遅れたが、新庄直頼も常陸麻生《あそう》に三万石余りで召し出された。

「なぜじゃ、なぜ、吾には声がかからぬ」

しかし、盛親には朗報は届かなかった。

盛親は愕然とした。

「おとなしくしておれば、いつかはよいこともあろう」

板倉勝重が会うたびに盛親を宥めても無駄であった。盛親の落胆は日に日に強くなっていった。

さらに盛親を悲しみが襲った。

土佐から京の陋屋まで出てきて、ともに過ごしていた妻が慣れない異境の生活、厳しい監視のもとでの日々に弱り、他界してしまった。

「子もなせなかった」

大声で盛親が泣いた。

「せめて土佐の海をもう一度見せてやりたかった。いや、腹一杯喰わせてやりたかった」

盛親が後悔の叫びをあげた。

「おとなしくしている意味はあるのか」

年若い妻の死は、己の寿命がいつ尽きてもおかしくないことを盛親に教えた。じっと待っているのは簡単だが、生きている間に復活できるのか。盛親は疑念に襲われた。

その間も天下は動いた。

念願の征夷大将軍になった家康は、わずか二年と二カ月で将軍を辞し、秀忠に譲った。

秀忠は十六万人の大軍を引き連れて関東から上洛、朝廷や庶民を威圧、天下が完全に豊臣から徳川へ、そして徳川の世襲になったと示した。

この祝賀からも盛親は漏れた。

「関東へお召し出しを願いたく」

ついに盛親は土佐への復帰をあきらめ、秀忠の旗本でいいと板倉勝重に願った。

「今は待て」

板倉勝重の返答は同じであった。

「これ以上、待たせるわけにはいかぬ」

盛親は長宗我部の復帰を信じて山内にも仕えず、土佐で帰農している家臣たちの行く末を案じた。

「お願いをいたしまする」

関ヶ原の功績で今治《いまばり》を加増され二十万石という大大名になっていた藤堂高虎に、盛親は家臣たちの面倒を頼んだ。

「心中お察しする」

藤堂高虎は、盛親の願いを受け入れ、豪傑でならした桑名吉成《よしなり》らを高禄で召し抱えてくれた。

「後顧の憂いなし。もう夢は見ぬ」

盛親は安堵し、牢人らしく落魄していこうとした。髪やひげを伸ばし、規律正しくしていた生活を自堕落なものへと変えた。

これには豊臣秀頼が家康の招きに応じ、京で面談したというのも影響していた。豊臣と徳川が和解してしまえば、もう戦はない。秀吉の死が戦の原因になったのは、跡継ぎ秀頼が天下を維持できる年齢ではなかったからだ。将来に不安を感じた諸大名が家康に与した結果、関ヶ原は起こった。

なれど今回は違った。すでに天下人たる証の征夷大将軍位は秀忠に移り、幕府はしっかり機能している。

「戦がなくば、牢人の出番はない」

盛親があきらめたのも無理はない。

だが、家康は豊臣との和解では満足しなかった。

立派に育った秀頼の器量を見て、徳川の行く末を怖れたとも言われているが、家康は豊臣を滅亡させるために動いた。

慶長十九年（一六一四）、秀吉追善のため秀頼が建立した京の方広寺《ほうこうじ》の鐘に刻まれた銘文に家康が文句を付けた。

「君臣豊楽、国家安康の文字は、家康の名前を割り、呪いをかけるものである」

どう考えても難癖でしかない。とはいえ、これを押し通すだけの力を家康は持っていた。

「大坂城を明け渡し、伊勢へ移れ。淀を証人として江戸へ差し出せ」

「ふざけたことを申すな。大坂城は太閤殿下が築かれた城。徳川にどうこうされる筋合いはない。それに母を差し出してまで生き長らえようとは思わぬ」

徳川幕府の要求を豊臣秀頼は一蹴、両者は決裂した。

「豊臣が天下を取り戻したときは、望むままの恩賞を与える」

慶長十九年十月二日、豊臣秀頼の書状を持った勧誘の使者が長宗我部盛親のもとを訪れた。

「土佐一国を賜るならば与力いたしましょう」

最後の機会が与えられた。盛親はもう一度夢を見る気になった。

秀忠編

他人の悪意は気づかぬうちに近づく。

結局、徳川権中納言秀忠は備前まで出かけただけで、薩摩へ遠征することはなかった。

島津は万一を考えて領国防備の体制を整えつつも徳川との和睦を模索し、家康も黒田長政、加藤清正、鍋島直茂らに出兵を命じ、三万をこえる軍勢で薩摩との領境を抑えさせたが、そこで膠着《こうちゃく》状態となり、結局和睦になった。

「なぜだ」

戦で武を見せつけ、関ヶ原での失態を払拭《ふっしょく》する機を失った秀忠は地団駄を踏んで悔しがった。

「割が合わぬと考えられたのでございましょう」

秀忠の補佐として付けられていた大久保治部大輔忠隣が述べた。

「……割が合わぬとはどういうことぞ」

秀忠が問うた。

「島津は石田治部少輔に与したとはいえ、領地が遠いこともあって、出した兵は大坂に駐留させていた一千五百ほどの小勢《こぜい》」

「それがどうした。少なかろうが多かろうが、徳川に反したのはたしかであろう。負け戦をしたのだ。すべてをなげうって勝者に憐憫《れんびん》を乞うべきであり、そうでなくば誅殺されてしかるべきである」

大久保忠隣の説明に秀忠は不満であった。

「たしかにお世継ぎさまの仰せられるとおりでございまする」

一度大久保忠隣が認めた。

「しかし、損得を考えなければなりませぬ」

「損得だと。戦に金勘定など不要であろう。勝てばよい」

秀忠が反発した。

「金も大事でございまするが、それ以上に重要なものがございまする」

「なにが大事だと申すか」

苛立ちを見せながら秀忠が訊いた。

「まず兵の命でござる」

「兵だと。そのようなものが重要だと申すのか。兵などいくらでも都合できよう。徳川は今や天下人なのだぞ。三万で足りぬのなら、五万、それでも足りぬなら十万と諸大名どもに申しつければ、いくらでも集まる」

秀忠が反発した。

「いいえ。兵は大事にせねばなりませぬ。兵を無駄に浪費すれば、それだけ力が落ちまする。戦場に慣れた兵は貴重でございまする。初めて戦場に出た者など、大概が小便を漏らし、震えているだけか、頭に血がのぼって無謀に突っこみ、命を落とすか。それを生き残り、幾度も戦場を駆け、一廉の働きができるようになる者は、半分もおりますまい」

大久保忠隣が首を横に振った。

「島津は、関ヶ原にさほどの兵を出しておりませぬ。おそらく二万は薩摩、大隅に残っておりましょう」

「たかが二万……」

「数のうえで申せばでございまする。此度の関ヶ原にて、徳川に刃向かった者のなかで、唯一勝者と言えるのが薩摩」

「なにを申すか。薩摩が勝者だと」

思わぬ評価に、秀忠は驚いた。

「はい。関ヶ原で負けたのは石田治部少輔に与した者。これはまちがいございませぬ。ただ、個別の戦いと考えてみれば、薩摩は兵のほとんどを失いましたが、大将は無事に国元に帰っただけでなく、井伊侍従どの、松平下野守さまを傷つけておりまする。侍従どのは一手の将、そして下野守さまはご一門。数万の軍勢に守られていたお二人を、状況の助けがあったとはいえ十分の一に満たぬ兵で負傷させた。これら二つがどれほど薩摩の武名を高めたか」

「むう」

弟松平忠吉を見舞った秀忠は、その傷がどれほど深いかをよく知っている。己にも直衛の馬廻り、近習が付いている。これらを突破して大将に傷を付けるのがどれほど難しいかもわかっている。

それだけでも十分な手柄であるが、薩摩はさらに上をいった。

島津義弘率いる一千五百の島津兵は、石田治部少輔が組織だった抵抗をしている間はまったく動かずに静観し、味方が総崩れになるなり動き出した。

まず現況を摑めていないだろう土佐の長宗我部盛親に撤退を勧める使者を出す余裕を見せつけた後、完膚なきまでに敵軍を叩いて意気軒昂たる徳川家康率いる諸侯軍へと突っこんだのだ。

普通、負け戦となれば、手にしていた武器や旗印を捨て、少しでも身軽になって逃げ出すものである。

その反対を島津はしてのけた。

「かかれ、かかれ」

敗走した石田治部少輔らを勢いに乗って追撃しようとした福島正則、黒田長政らの軍勢に向かって島津が攻撃をしかけた。

「馬鹿な」

「なにがどうなっている」

戦でもっとも楽で手柄を立てやすいのが追撃である。鎧は前からの攻撃には十分対処されているが、背中は甘い。

また、負けたと意気消沈した敵は反撃してこない。少しでも遠くへ逃げようと前しか見ない。追う側は命の危険も少なくなる。

それこそ狩り放題である。雑兵まで戦後の褒美を考えて浮かれている。

そこへ精強で鳴る島津が襲いかかった。

「た、助けてくれ」

「死にたくない」

うかつに島津勢へ近づいていた雑兵の首がいくつか飛んだところで、空気が変わった。

狩る者だったはずが、狩られることになった。

肚の据わっていない雑兵などは、一気に血の気を下げる。

少しでも離れようと雑兵たちが逃げ惑う。

「鬼、島津だああ」

わずかに開いた隙間、そこを島津義弘は抜けた。

「揉みこめ」

予想外の事態に人は弱い。とはいえ、一軍の将ともなると、我を取り戻すのも早い。

「相手は少数じゃ。落ち着け。包みこんでしまえば、そこで終わる」

「矛先だけ避けよ。道を譲り、先頭が行き過ぎたところで脇腹を食い破れ」

すぐに的確な指示が出る。

上がしっかりしていれば、下は安心する。

たちまち戦場を支配しかけた島津の勢いは落ちた。

「死ねや、死ね」

しかし、それさえも島津の考えのうちであった。

島津の兵は精強無比、そのうえ、命を惜しまなかった。

「腹切れ」

大将を討たれ、あるいは残して戦場から離脱した者は、一族からつるしあげを食らい、死を押しつけられる。

国元で恥を晒し、家族にも卑怯者の血筋と汚名を着せられ、無理矢理殺されるよりは、潔く戦場で散ったほうがはるかにましである。

「後は頼み申した」

軍勢の後ろにいる者、傷を負った者が進軍から外れていく。薩摩島津家独特の戦法、捨てかまりである。

残った者は、死を覚悟して敵兵の前に立ちはだかる。刀があれば刀で、腕がなくなれば嚙みついてでも敵を討つ。

一人が死ぬことで、大将島津義弘を一尺（約三十センチメートル）でも先へ進める。

島津は死兵であった。

命を惜しまぬ者は、痛みでは止まらなかった。

痛みは命の危険を知らせる合図である。これ以上血を流せば死ぬなど、動物としての本能への恐怖を訴えるために痛みがある。

だがそれは命を少しでも惜しいと思う者にしか有効ではない。死の覚悟をした島津兵にとって、腹を貫かれようが、腕を肩から切り落とされようが無意味であった。

死兵とは死者なのだ。

「先へ行かせるか」

死人に理屈は通じない。

人を含めて、動物は無意識に死を怖れる。

「冗談じゃない」

「こんなところで死んでたまるか」

勝ち戦で浮かれた兵たちが島津兵の放つ殺気を怖れ、追撃の手が緩くなる。

「待てや、島津。吾が相手だ」

そこへ馬を突っかけたのが初陣の松平忠吉であった。井伊直政とともに抜け駆けを果たすべしと前線へ出たが、戦の開始とともに寝返った小早川秀秋の軍勢によって、石田三成らの陣形は崩れ、松平忠吉は手柄らしいものを立てられていない。

天下を狙う武将徳川家康の息子として恥じぬようにとの思いが松平忠吉を奮い立たせ、無謀な追撃に出てしまった。

結果、松平忠吉は島津の一門豊久を討ち取ったが、慌てて追従した井伊直政ともども捨てかまりの反撃を受けて大怪我を負った。

もし、島津義弘が討ち取られていたならば、島津の行動は愚行として嘲笑され、武名を地に落とすことになっただろう。だが、島津義弘は生き延び、無事に薩摩へ帰還した。

「関ヶ原で、徳川は島津に武名をあげさせてしまった、と申すか」

「はい」

秀忠の言葉に大久保忠隣が首肯した。

「それがどうしたというのだ。島津は寸土も得ておらぬのだぞ」

名をあげたていどならば、どうというほどのことではなかろう、と秀忠が述べた。

武士は戦で勝って土地を得てこそ強くなる。秀忠は大久保忠隣の危惧を理解できなかった。

「武名は人を集めまする。いや、人を魅了いたしまする。おそらく、今、天下の耳目は島津を徳川がどうするかに集まっておりましょう」

大久保忠隣が続けた。

「もし、島津との戦いを開始したとして、緒戦で圧勝できなければ……」

「なにを言うか。徳川が負けると」

「お世継ぎさま、戦うのは我らではございませぬ。直接兵を出すのは、黒田、福島たちでございまする。どちらも関ヶ原で島津に痛い目に遭った者たち」

むっとした秀忠に、大久保忠隣が諭すように言った。

「臆すると」

「…………」

無言で大久保忠隣がうなずいた。

「……もし、島津領へ侵攻した黒田や、福島の兵が駆逐されるようなことになれば、関ヶ原の勝利が吹き飛びかねませぬ」

そこまで言った大久保忠隣がちらと目を西へと向けた。

「毛利も動く」

「はい。毛利は改易処分と決まりましてございまする。もちろん、これは家名断絶ではなく、殿もあるていどのところで家名を存続させるおつもりだとは存じますが……。潰されるとなれば、毛利が暴発いたしかねませぬ。今度は吉川も徳川に従いますまい」

毛利の本領安堵を条件に、関ヶ原で吉川広家は兵を動かさなかっただけでなく、毛利本隊の足止めまでした。だが、家康はその約束を反故にした。

「儂は認めておらぬ」

吉川広家との遣り取りは何度もおこなわれたが、本領安堵と記した手紙は黒田長政らの名前で、家康の署名はない。

「大坂城に毛利権中納言の花押が入った石田治部少輔への密書が残されていた」

もう一つ家康は難癖を付け、毛利を潰しにかかっている。

毛利は百万石をこえる大藩である。関ヶ原の合戦で一兵も失っていない。それこそ数万の兵を未だに擁している。島津との戦いの最中に毛利が兵を挙げれば、遠征している福島や黒田は腹背に敵を受ける形になる。

「我らがおるではないか」

徳川の旗本からなる三万の精鋭が毛利の喉元に切っ先を突きつけている。秀忠は毛利が謀叛を起こしても鎮圧できると誇った。

「戦は勝てましょう。ただ、地の利は向こうにございまする。我らは兵糧、弾薬を大坂からそこまで運ばねばなりませぬ。不利な戦では、勝っても傷跡は大きくなりましょう。毛利を滅ぼしたが、旗本の半数が討ち死にしたとなっては……」

「豊臣が息を吹き返す」

秀忠はようやく真実を知った。

「父の天下は、一大名によって揺らぐぐらい脆《もろ》いのか」

がっくりと秀忠は肩を落とした。

「大事ございませぬ。この切所《せっしょ》をこえられれば、徳川は盤石になりまする」

大久保忠隣が慰めた。


家康は毛利と上杉の所領をほぼ四分の一にまで削ったが潰さずに許し、島津を咎めず、戦を避けた。

「生き残れるとわかれば、誰もが命は惜しい」

家康は、抵抗されてはまずい者を宥めたが、ひともみに潰せるていどの大名小名たちには厳しい処断を下した。

「そんな……」

とくに厳しく処断されたのが、当日小早川秀秋の寝返りに応じて、石田三成らを裏切って攻撃した大名たちであった。

本来ならば返り忠として褒賞を受けるか、少なくとも本領安堵になるべきものを、家康は許さなかった。

「遅いわ」

すでに戦が始まる前から寝返ると約束していた小早川秀秋とは違うと、家康は当日裏切った赤座吉家《よしいえ》と小川祐忠《すけただ》を改易した。同じく当日の裏切り組の朽木元綱《もとつな》、毛利広《ひろ》盛《もり》らは大幅な減封となった。

もっとも哀れだったのは、増田長盛であった。増田長盛は石田三成の檄文に署名していたが、早くから家康に内通、軍議などの情報を漏らしていた。増田長盛のお陰で家康は、いち早く石田三成の行動を知ることができ、十分な対応を取れた。

それこそ小早川秀秋が三十五万七千石から五十一万石に加増されたほどではないにせよ、相応の処遇を受けて当然だったが、なぜか家康は増田長盛を嫌い、所領を取りあげた。

となれば、関ヶ原で戦った相手に遠慮などしない。

家康は八十八人の大名を改易、毛利輝元を代表とする五人の大名を大幅に減封し、六百三十二万石以上を取りあげた。

さらに豊臣家が蔵入地として、近隣の大名へ預けていた所領や鉱山も取りこんだ家康は、豊臣家を天下一の裕福な大名から六十万石余りの一大名へと突き落とした。

そのうえで家康は味方した黒田長政、福島正則、浅野幸長らに惜しみない加増をしつつ、要路から僻地へ移し、譜代の家臣たちをその後釜に据えた。

結果、天下は豊臣から徳川へと色を変えた。

大名の強さは、いかに勇猛な部将を抱えているか、どれだけの兵を動員できるかにかかっている。鉄炮を何万丁持っていようとも、扱う兵がいなければ宝の持ち腐れである。

所領を減らされた毛利や上杉は、収入以上の軍備を維持できず、その力を大いに落とし、二度と家康に立ち向かえなくなった。

大幅に所領を増やされた大名たちも街道を扼《やく》する要地から、京、大坂から遠い遠隔地へ移され、増えた軍事力を使うことができなくなった。

「長松。儂は将軍になる」

慶長八年（一六〇三）の正月、年始のあいさつに出た秀忠に、家康が宣告した。

「征夷大将軍に就任される」

その意味を秀忠は理解していた。

「幕府をお開きになられるおつもりでございまするな」

「ああ」

秀忠は家康がうなずくのを確認して続けた。

「豊臣を公家として祭りあげる……」

「うむ」

満足そうな目で家康が秀忠を見た。

「そのていどは読めるようになったな。のう、佐渡」

家康が絶えず側にいる軍師本多佐渡守正信へ同意を求めた。

「ご立派かと」

感情のこもらない声で本多正信が首肯した。

「関ヶ原から二年半近い。儂に牙剝いた馬鹿どもは滅ぼした。尻馬に乗った愚か者どもは身代のほとんどを奪ってやった」

家康がにやりと笑った。

「もう豊臣に忠義を尽くす者はおらぬ」

「肥後の加藤、安芸の福島、紀伊の浅野など豊臣秀吉公によって引き立てられた者がまだおりましょう」

秀忠が異を唱えた。

「ふん。皆、吾が身がかわいいだけの連中よ。石田治部少輔憎しで関ヶ原のおり、儂に味方したと世間には申しておるようだがの、それは主家を見捨てた後ろめたさへの言いわけじゃ。儂を勝たせたら、豊臣がどうなるかくらいわからぬようで、大名などしておられるわけはなかろう。豊臣の天下を儂が奪うとわかっていながら、すり寄ったのだ。あやつらは、秀頼を見捨てた」

鼻先で家康が嘲った。

「…………」

秀忠は黙った。

「大名というのは、生き残ってこそのものだ。潔さなど犬に喰わせてしまえばいい。吾が身が生き、所領が残るならば敵に膝を屈する。それが当たり前のこと」

家康が述べた。

「殿も秀吉公に頭を下げられましたな」

「嫌なことを思い出させるな」

本多正信へ家康が苦い顔をした。

「そういえば、織田信長さまへもそうでございました。同盟とは名ばかりの従属。その証拠に嫡男信康さまを……」

「黙れ、佐渡」

語る本多正信に、家康が低い声で命じた。

「知らせておかれたほうがよろしいかと存じまする」

ちらと本多正信が秀忠を見た。

「…………」

家康が口をつぐんだ。

「幕府を開かれるおつもりならば、世襲を考えねばなりませぬ。過去、鎌倉も足利も失敗しておりますぞ。鎌倉は三代で血筋を絶やし、足利はあっさりと力を失って飾りになった。徳川もそうなさるおつもりか」

本多正信が家康へ苦言を呈した。

「世襲か……」

難しい表情で家康が腕を組んだ。

「…………」

それ以上言い募らず、本多正信が家康を見守った。

「……わかった」

しばらくして家康が目を開いた。

「長松、儂が幕府を開くのは、徳川が天下を取ったことを広く知らせるためと、大名たちに名分を与えるためじゃ」

「名分でございますか……」

秀忠は意味が理解できなかった。

「将軍は武家の統領である。すなわち、すべての武士は将軍に仕えなければならぬ」

「なるほど」

家康に言われて秀忠は飲みこめた。

「豊臣に恩のある大名といえども、将軍には従わねばならぬ。なにせ儂が将軍に任じられるのは、叡慮《えいりょ》によるものだからな。なにより、豊臣も朝廷の臣じゃ。正二位権大納言という高位高官だが、もし秀頼が儂の将軍就任に異を唱えたり、大名どもが儂に跪《ひざまず》くのを禁じようとしたら、天皇の怒りを買う。儂が征夷大将軍になるのは勅命ぞ。逆らう者は朝敵になる」

関ヶ原の合戦以降、家康は朝廷への工作に本腰を入れていた。有力な公家たちに金を撒き、馬揃いを見せつけるなどして朝廷を脅しあげた。また、関ヶ原の合戦の結果を見た朝廷も、すでに天下の武が豊臣から徳川へ移ったと見て、家康を厚遇している。

それを利用して家康は、秀頼の官位をあげさせ、豊臣の機嫌を取っていた。豊臣の力は削いだとはいえ、まだ天下は固まっていない。大名のなかには徳川が豊臣にしたように、家康亡き後は秀忠から天下を奪おうと考えている者もいる。

これに対して、徳川が武家の統領たる征夷大将軍になるのがもっとも有力な対抗手段であった。

「これで大名どもは、吾が門前に馬の轡《くつわ》を繋ぐ」

馬の轡を繋げるとは臣従を意味する。

「残るは、儂の後、徳川の天下をどのように維持していくかじゃ。それをしっかりと作りあげておかねば、豊臣の二の舞を演じることになる」

「太閤殿下もそれはなさっておられたのでは。秀頼を守るために、五大老、五奉行、三中老を設けたと聞きまする」

家康の懸念に秀忠は疑問を呈した。

「秀吉は学がない。いや、それよりも覇気がなかった」

「覇気が……天下を一度手にした秀吉公が」

家康の言葉に、秀忠は絶句した。

「天下を取るまでは覇気があったと言い換えるべきだと言うか。違うぞ、秀忠。秀吉に覇気など最初からない。あやつは信長の死に乗じて人をだまし、そのまま天下人に押しあげられただけの男だ。武将と言うのもおこがましいわ」

憎々しげに家康が吐き捨てた。

「……………」

「わからぬようだな」

沈黙した秀忠に、家康が嘆息した。

「本当に覇気があるならば、奥州を征伐した後、徳川を滅ぼすか、大幅に減じておかなければならぬ」

「なっ……」

自らを殺しておくべきだったと言ったに等しい家康に、秀忠は絶句した。

「わからぬか。儂は秀吉の主君織田信長と同盟していたのだ。そのじつは従属であったとしてもな。形だけとはいえ、儂は秀吉にとって主筋じゃ。天下人の主筋などあり得るか」

「では、信長公のご遺児も同じでございましょう」

秀忠が反論した。

信長の弟や孫などを秀吉は大名として遇していた。

「秀吉に対抗できるほどの者はおるまい。信長の三男で勇猛だった信孝と次男で凡庸な信雄くらいぞ、所領が数カ国をこえた者は。あとはせいぜい二万とか三万、酷い者など千石だ。そして、信孝は賤ヶ岳の合戦に負けて自刃、信雄は小田原攻めの後難癖をつけられて改易されている。織田で秀吉に対抗できた者はおらぬ」

「徳川だけ……」

「そうだ。徳川だけが関東で二百万石をこえる領地と十万と号する精悍《せいかん》な三河兵を誇っていた。徳川だけが豊臣に比肩できた」

「島津、毛利、伊達、上杉などは」

「どれも天下には遠すぎじゃ。島津は精強だが、京へのぼるのに手間がかかりすぎる。毛利は所領から出ないというのを家訓にしている。伊達は若すぎる。天下を取るにはもっと老獪《ろうかい》でなければ無理じゃ。それに奥州は京へ遠い。上杉は律儀なだけで、天下への野心はない」

「……むうう」

父の説明に秀忠がうなった。

「もっとも、秀吉が朝鮮へ兵を出さねば、儂はおとなしくしているつもりであった。相手は天下人じゃ。本気で戦えば、徳川とて負ける。江戸は平野ぞ。南の海に水軍を浮かべれば、四方どこからでも攻められる。あの小田原でさえ味方がなかったゆえに保たなかった」

「朝鮮侵攻が契機だと」

「そうよ。愚かな夢を見た秀吉が、海の向こうへ兵を出した。地の利のまったくないところでの戦はきついぞ。食いものや矢弾の現地調達ができぬのだ。言葉も違えば、食いもの、水も異なる。一々日本から運ばねばならぬ。それだけでも大変な苦労だというのに、どこまでやれば戦が終わるかわからぬのだ。秀吉は朝鮮の後明まで征服すると嘯いていたが、少しものの見える者には無理だとわかる。徒労と知りながら兵を出さねばならぬ。その負担がどれほど大きいか」

「わかりまする」

戦には参加できなかったとはいえ、秀忠も三万からの兵を率いて中仙道を関ヶ原へ向かったのだ。行軍の苦労は経験していた。

「勝ったところで、異国など治められるわけもない。大名どもは見返りのない戦にうんざりだったろうな」

「厭戦《えんせん》の気分が拡がった」

「それもある。だがそれ以上のものがあった。なにせ、朝鮮へ行かされたのは豊臣でも大きな勢力を誇っていた連中ばかりだ。加藤、宇喜多、小早川、黒田などな」

「はああ」

家康の意図がわからず、秀忠は曖昧な返事をした。

「豊臣に手を貸す連中の兵と名のある将が、異国で散ってくれた」

「あっ」

口の端をゆがめた家康に、秀忠は息を呑んだ。

「そうだ。有力な西国大名の力が落ちた。さらに金と人を浪費し、それに見合うものを補填されていない。表だって文句は言えないが、連中の肚の底に恨みという澱《おり》が溜まったのはたしかだ。なにより悪いのは、そこで秀吉が死んでしまった。まだ秀吉が生きていて、朝鮮から兵を退いたならば、あの人たらしだけで天下を取った秀吉のことだ。皆を宥めるくらいのことはしたろうよ」

家康が朗らかに笑った。

「だから儂は朝鮮から兵を退かせただけで、褒賞のことを秀頼に進言しなかった。いや、取り仕切らなかった。あの段階で儂がそれをしたところで、多少の恩は感じても、出所は豊臣だ。さほどの効果はなかっただろう」

「わざと大名たちのなかに不満を残したのでございまするな」

「たった二年で、見事に豊臣の足下は崩れたわ」

楽しそうに家康が頰を緩めた。

「殿、話がずれすぎておりまする」

本多正信が口を挟んだ。

「なんのことであったかの」

「信康さまのことでございまする」

忘れた家康に本多正信があきれた。

「……そうであったな」

家康が笑いを消した。

「信康のことは知っているな」

「はい。武田との内通を疑われて、切腹を命じられたとか」

確認された秀忠が答えた。

「武田との内通などあり得ぬわ。あれは信長の娘五徳《ごとく》の嫉妬がきっかけよ。それに信長が乗った」

「女の嫉妬で兄上は……」

あまりの話に、秀忠は唖然とした。

「そうよ。五徳は美しい女であったが、質が信長と同じでな。すぐに怒る。怒れば他人の言うことを聞かぬ。面倒な女であった。そんな女を妻に迎えなければならなかった信康には悪いと思っておる。が、あのときの徳川では仕方がなかった。織田の手助けなくば、武田に食い散らかされていただろう。まあ、織田も徳川がいなければ、本願寺との戦い、浅井、朝倉《あさくら》との戦で滅んでいたろうがの」

皮肉げな顔を家康がした。

「長松、婚姻とはなんだと思う」

「大名同士のものであれば、互いの絆《きずな》を強くするためにおこなうものだと」

「そうだ。家と家を結びつけるのに、血を混じらせる以上の方法はない。だがの、嫁入りと嫁取りは違う。嫁入りは人質である。娘を相手方に預ける形になるからな。そして人質を出すというのは、相手に対し下手に出るということだ」

　秀忠の回答に家康はうなずいた。

「つまり織田と徳川の最初は、織田が下手に出た。同格の同盟をしたいのならば、次はこちらが向こうの言うことを吞まねばならぬ。断れる状況ではなかった。すでに織田と徳川では力が違いすぎた。儂が武田への抑えとなっている間に、信長は西へと手を伸ばした。こちらが武田という強敵を牽制するのに精一杯で領土拡張などできぬ間にな」

　悔しそうに家康が表情をゆがめた。

「信康と信長の嫡男信忠《のぶただ》を比べて、信忠が劣っていると知った信長が、織田家の将来を考えて徳川発展の芽を潰すため信康を死なせたという噂もあるが、それは違う」

　はっきりと家康が否定した。

「武将としての素質ならば信康は信忠以上だった。自ら先陣を切り、敵将を屠《ほふ》る。まさに武将であった。だが、信康は政ができぬ。政を学ぼうともしていなかった。その点、信忠は優秀な家臣に支えられていたとはいえ、内政もできた。もし、本能寺の変で信忠が死ななければ、天下は織田のものであったろう」

　家康が信忠を褒めた。

「また話がずれたな」

家康が苦笑した。

「信長は試したのだ。徳川を、いや、儂を。信康が死んだ天正七年（一五七九）は織田家にとって最悪な年であった。武田信玄は死んでいたが、本願寺は攻勢を強め、将軍足利義昭は裏で信長の足を引っ張っていた。毛利も上杉も織田を攻め、波多野秀治《はたのひではる》、松永久秀、荒木村重《あらきむらしげ》、別所長治らが寝返った。信長からしてみれば、誰も信じられなかったのだろう。そこで信長は信康を殺せと言い、儂が従うかどうかを見極めようとした。よほど追いつめられていたのだろうよ」

「揺るがぬ同盟を続けてきた徳川を試すなど……」

秀忠もあきれた。

「心しておけ。信長ほどの男でも心に余裕がなくなれば、やっていいことと悪いことの区別が付かなくなる」

「気を付けまする」

説教された秀忠は、おとなしくうなずいた。

「だが、その試しに応じなければならなかった」

怒りと哀しみの混じった複雑な表情に家康が変化した。

「あのとき、織田を裏切り武田へ付くという選択はなかった」

「なぜでございますか。織田の東を守っていた徳川が敵になれば、四方を敵に回すことになった織田は滅びましたでしょう」

　秀忠が理由を尋ねた。

「そして徳川もな」

　家康が冷たい声を出した。

「なぜに」

　意外な返答に、秀忠は戸惑った。

「当時の織田は強かった。でなければ、あの忌々しい一向宗相手に戦い続けられるはずがない」

　悔しげに顔をゆがめながら家康が言った。

「武田に降伏すれば、織田攻めの先陣は徳川になる。織田の持つ鉄炮はあのころ五千丁をこえていた。我ら徳川は、武田のための弾よけじゃ。多くの将兵を死なせることになったろう。織田が滅んだとして、満身創痍《そうい》になった徳川がいつまでも無事でおられるはずもない。狡兎《こうと》死して走狗《そうく》烹《に》らるという故事もある。武田にとって長く抗った徳川は憎い敵だ。弱り切ったところで止《とど》めを刺すのをためらってはくれまい」

「…………」

　秀忠はなにも言えなかった。

「徳川の家を守るには、そうせざるを得なかったのだ」

「殿……」

思い出して泣きながら叫ぶ家康を本多正信が気遣った。

「すまぬな」

家康が本多正信へ謝意を示した。

「家のためには子を死なせることもある。これが大名というもの。おまえもその覚悟をしておけ」

落ち着いた家康が、秀忠に告げた。

「はい」

秀忠は家康への尊敬を一層のものとした。


慶長八年二月十二日、伏見城に滞在していた家康のもとに後陽成天皇からの勅使として参議勧修寺光豊が訪れた。

「徳川内大臣家康を右大臣に昇叙し、征夷大将軍に宣する」

吉例に伴い、家康と秀忠、配下の諸大名が待ち受けている大広間へ庭から駆けあがった勧修寺光豊が宣旨を読みあげた。

「謹んで承りまする」

家康が平伏して受諾のあいさつを返した。

征夷大将軍は、慣習として淳和《じゅんな》奨学両院別当、左馬寮御監《さまりょうごげん》、源氏の長者に任じられ、牛車《ぎっしゃ》に乗ることと兵仗を手に昇殿する権利が与えられる。

家康の後ろで平伏しながら、秀忠は天下が吾が手の届くところに来たと実感していた。

そこからは大忙しであった。

征夷大将軍に任じてもらった御礼を言上しなければならない。家康はその手配をおこなうため、伏見城から洛中二条城《にじょう》へ移動、秀忠もそれに従った。

「長松」

ふたたび秀忠は家康に呼び出された。

「なんでございましょう」

伺候した秀忠を家康は一人で出迎えた。

「…………」

「佐渡は遠慮させた。この話は儂とそなただけでしたいと思ったのでな」

座敷に入ってきて意外そうな顔をした秀忠に、家康が応じた。

「座れ。楽にせよ」

「…………」

家康が促した。

秀忠が腰を下ろし、話を聞く姿勢を取ったが、家康はなかなか口を開かなかった。

「父上……」

焦《じ》れた秀忠は急かした。

「……秀頼の正室として千を大坂へやる」

重い声で家康が宣言した。

「千はまだ七歳になったばかり、月のものさえ未だ見ておりませぬ。輿入《こしい》れなど早すぎまする」

驚愕した秀忠が反対した。

「それに今さら落ち目の豊臣に輿入れさせるなど、意味はございませぬ。承伏いたしかねまする」

「わかっておる。だが、そうせねば豊臣が暴発する。今はまだまずい。先日も申したように、儂の征夷大将軍就任は豊臣から徳川へ天下が移ったと世間に知らせるためのもの。そこに横槍は入れられたくなかろう。豊臣から異論を出されては面倒じゃ。かなり削いだとはいえ豊臣はまだ朝廷に大きな力を持っておる。さすがに儂の征夷大将軍任官を撤回はできまいが、一部の公家がその代償に秀頼を太政《だじょう》大臣へあげよくらいは言い出しかねない」

将軍任官と同時に家康は内大臣から右大臣に昇格した。その右大臣よりも太政大臣は格上になる。もし、秀頼が太政大臣になれば、家康はその配下になる。それは未だに徳川家康が豊臣秀頼の下にあると天下に公言するに等しい。

「なんとか儂からそなたへ将軍を譲るまでは、豊臣を宥めておかねばならぬ。将軍を徳川が家職としたと天下に見せつけるまでは」

拒む秀忠を家康が説得した。

「千を嫁にすることで豊臣が黙ると」

「ああ。千は儂の孫でもある。千を正室にすれば、秀頼は儂の義理の孫じゃ。このことで豊臣は安心しよう。身内を滅ぼすようなまねはしまいと。なにせ人質がおるのだからな」

「それはそうでございましょうが……」

「……それにな」

不満を消せない秀忠に、家康が続けた。

「千を嫁に出すのは、儂が秀頼を次の天下人として指名した、こう豊臣方に勘違いさせるためでもある」

「むうう」

家康の遠謀に秀忠は感心した。

「ですが、それならば適当な譜代の娘を養女にして、輿入れさせてもよろしいのではございませぬか」

形だけでもよかろうと秀忠は反論した。

「それでは浅いのだ。そなたも知ってのとおり、豊臣は秀頼が幼いこともあり、生母淀が仕切っておる。淀は猜疑心の強い女じゃ。あやつは何度も痛い目に遭っておるからな」

「浅井家のことでございまするか」

秀忠が確認した。

「ああ。かつて信長は京への通路として近江を確保すべく妹市を浅井長政の継室に差し出した。いわば人質じゃ。それでいながら信長は浅井を攻めた。理由はどうあれ、浅井が織田を襲ったのが最初で、裏切ったのは長政のほうゆえ、信長が責められる謂《い》われはない」

「はい」

秀忠も同意した。

世間では、浅井と織田が同盟を結ぶとき、浅井の恩人たる朝倉を攻めるときには前もって知らせるという一条があったのを、信長が無視したのが原因だと言われている。が、これはいきなり背後から織田へ襲いかかることの免罪にはなり得なかった。報告しなかっただけで、織田は浅井に兵を向けていない。

また、信長は形式だけとはいえ、ときの征夷大将軍足利義昭の命を奉じて朝倉征伐に出向いたのだ。公儀の軍勢である。これに刃向かったのは朝倉であり、咎められるは裏切った長政であった。

「妹と姪、甥がいるにもかかわらず、信長は浅井の籠もる小谷城を攻めた。そのときの恐怖を淀は忘れておらぬ。実の妹でさえ見捨てられるのだ。義理の娘の価値など、紙一枚ほどもないとわかっている」

「だから千だと……」

「そうだ。儂とそなた、両方の血を引く女ならば、淀も納得しよう」

家康が首肯した。

「…………」

秀忠は苦慮した。

千は秀忠と正室江の間に生まれた長女である。秀忠は初めての子供である千を目のなかに入れても痛くないほどかわいがっていた。

「安心せい。千は淀の姪でもある」

江は淀の末妹である。淀は秀吉の側室でしかなかった。しかし、子を産み、実質の正室として君臨している。いわば、秀忠は秀吉と相婿の関係になった。

「千になにかあれば、豊臣は終わる。それくらいは、あの淀の頭でもわかろう」

命は大丈夫だと家康は保証した。

「……父上」

しばらく思案した秀忠が家康を見上げた。

「なんだ。なにを訊きたい。ここには儂とそなたしかおらぬ。遠慮はするな。言いたいことを言え」

家康が秀忠を促した。

「父上は、豊臣をどうなさるおつもりでございましょう」

秀忠が家康に問うた。

「豊臣をどうしたいか……か」

家康が腕を組んだ。

「本音を知りたいのだな」

「はい」

確かめる家康に、秀忠は大きくうなずいた。

「……本音としては滅ぼしたいと思っておる。儂をさておいて、たかが小者あがりの分際で天下人などおこがましいにもほどがある。どれだけ肚のなかで悔しい思いをしながら、秀吉の前に手を突いていたか。今日こそ、明日こそ、刺し殺してやろうとそればかり思っていた」

家康が呪うように言った。

「では……」

滅びる家に娘はやりたくない。秀忠が腰を浮かせた。

「だが、それはできぬ」

「えっ」

首を左右に振った家康に秀忠は気を削がれた。

「豊臣を滅ぼす戦は、かなり大きなものになる。なにせ大坂城は太閤秀吉が金を湯水のように遣って建てさせた天下の堅城だ。そう簡単に落ちはせぬ。それこそ、小田原攻め以上のものになろう。そうか、そなたは知らぬな」

「存じませぬ」

小田原北条攻めは天正十八年（一五九〇）のことであり、秀忠はまだ十二歳であった。

「あの小田原攻めは、余裕で勝ったように見えているが、じつは薄氷を渡るような危ないものであった。あのとき秀吉の天下は、関東まで届いておらぬ。一応上杉と最上《もがみ》は秀吉に通じていたが、伊達も佐竹も南部《なんぶ》もどうなるかわからなかった。もし、それら奥州の諸将が小田原の後詰めとなり、戦が長引けば……降伏した島津、長宗我部などが動き出したかも知れぬのだ。幸い、伊達が馬鹿ではなかったお陰で無事にすんだがな」

思い出すように家康が語った。

「それと同じよ。今、大坂城に籠もられてはまずいのだ。秀吉によって引き立てられた大名どもは、西国に多い。細川は大丈夫だろうが、肥後の加藤、薩摩の島津、安芸の福島、萩《はぎ》の毛利、紀伊《きい》の浅野などが、豊臣の滅びを許さぬかも知れぬ。そして、大きく所領を削ったとはいえ、上杉も健在、若いだけに野望を我慢できない伊達もある。筑前の黒田も怪しい。あの官兵衛《かんべえ》の血を引いているのだからな。もし、徳川が大坂を攻めている最中に寝返られてみよ」

「関ヶ原で父上に味方した者まで敵に回るなどあり得ませぬ」

家康の危惧を秀忠は否定した。

「もう豊臣恩顧の大名を儂の味方にしてくれた嫌われ者役の石田治部少輔はおらぬのだ」

家康が加藤清正や福島正則の感情を指摘した。

「儂はそう長くはない。もう六十二歳になった。いつ死んでもおかしくはない」

「そのようなこと仰せられまするな」

家康の諦観を秀忠は抑えようとした。

「落ち着け。こればかりはどうなるかわからぬ」

力む秀忠を家康は手で宥めた。

「織田と今川に翻弄された幼少から織田に使い減らされた成年、秀吉に出し抜かれた壮年を経て、儂はここまで昇った。あとはこの地位をそなたに受け継がせるだけ。ここまで来て画竜点睛《がりょうてんせい》を欠くわけにはいくまい」

「父上……」

親は子へよりよいものを残したいのだと告げた家康に、秀忠が感動した。

「ゆえに豊臣を儂は認める」

「では、あのまま大坂で」

「いいや、違う。豊臣は武家から外す。秀吉は死後豊国《とよくに》大明神になった。豊臣の始祖が神として祀《まつ》られた。それだけのことをしたと儂も認める。ならば、豊臣には神の面倒を見てもらおう」

「神の面倒とは、どういったものでございましょう」

秀忠が尋ねた。

「公家でいう家職だ。飛鳥井《あすかい》の蹴鞠《けまり》、嵯峨《さが》の筆、冷泉《れいぜい》の歌と同じだ。天下の武は徳川の家職とし、将軍を代々世襲していく。そして豊臣は神事を家職とする。ああ、それでは神祇《じんぎ》官の吉田家と重なるか。ならば仏も付けてやろう。豊臣は天下の神と仏を預かる公家にする」

「そうだ。それを豊臣が受け入れれば、徳川の一門として保護してやればいい。もちろん、神や仏の面倒を見るに大坂城は不要だ。城を明け渡し、そうよなあ、伊勢あたりにでも移れば、十万石くらいはくれてやる」

家康が述べた。

「もし、豊臣がそれを拒んだときは」

「そのときは滅ぼすだけだ。差し伸べた手を摑まなかったのは向こうだ。こちらに責はない」

冷たく家康が言い切った。

「いつごろに、それをご提案なさるおつもりでしょうや」

表情を強《こわ》ばらせながら秀忠は問うた。

「そなたに征夷大将軍を譲り、徳川が代々天下の武を担うと宣言してからだ」

「どれくらい先で」

「まずは三年。その間に、豊臣恩顧の大名の力を削るぞ。徳川のために城を造らせるなどあらゆる方法を使ってな。いわずもがなだが、豊臣の金も浪費させる。寺でも造らせるか。秀吉の追善と言えば、拒めまい。武器弾薬を買い、牢人を雇うための金を奪うのだ」

はっきりと家康が宣した。

家康の征夷大将軍就任、千の秀頼との婚姻、二つの慶事に天下は沸いた。

「徳川さまと豊臣さまが一つになった」

「これで天下は治まった」

庶民たちは、徳川と豊臣が縁戚になることで、大坂での戦はなくなったと安堵した。その恐怖から解き放たれた庶民たちの狂喜は、大坂城内にも伝染した。

「秀吉さまの次が家康。天下は持ち回るもの。当然、次は秀頼さまじゃ」

大坂城内の雰囲気も緩んだ。

しかし、それは三年しか保たなかった。

「将軍を秀忠に譲り、儂は大御所になる」

慶長十年（一六〇五）四月十六日、家康は天下を秀忠に譲ったと宣言した。

「なんだと、次は秀頼さまであろう」

「家康め、だましたな」

たちまち大坂城内は怨嗟《えんさ》の言葉で満ちた。

「落ち着かれよ。家康はもう老齢。家康が死ねば、関ヶ原に遅参するような世継ぎでは天下が保たぬ。放っておいても天下は秀頼さまのもとへ来る」

豊臣恩顧の大名が、淀たちを宥めた。

「そうじゃ。待っているだけで天下は秀頼さまのものになる」

都合のよいことを人は信じたがるものである。淀は頼りにしている豊臣恩顧の大名たちの言葉を信用した。武士は将軍に従う者ということを豊臣家は忘れていた。秀吉が征夷大将軍ではなく関白を選んだときに、この運命は決まっていたのかも知れなかった。

「一度会いたい。京までお出向きくだされ」

家康は秀忠に将軍宣下がおこなわれるのに合わせて、秀頼との会談を望んだ。

「そちらから大坂まで来るのが家臣としての筋であろう」

激怒した淀がこれを拒んだ。

後年、後陽成天皇が後水尾《ごみずのお》天皇へと譲位するのを機に、家康は再度秀頼を京へ呼んだ。

「天皇家のためでございまする」

内大臣に叙せられていた秀頼はこれを無視できず、上洛、家康と二条城で会談した。

「立派になられた」

家康は久しぶりに見た秀頼の偉丈夫振りに目を剝いた。

「浅井の血筋でござろう」

秀頼の母淀は、戦国一の巨軀《きょく》と言われた長政の娘である。小柄な秀吉の性質を秀頼は受け継いでいなかった。どころか家康は秀頼のなかに信長の面影を見た。

「孫婿どのよ。話を聞いてくれぬか。天下のために」

家康は豊臣家で神と仏を預かってくれぬかという話をした。

「豊臣は武家を辞めろと」

「それが天下泰平を続ける唯一の道」

内容を理解した秀頼に、家康が迫った。

「お断りいたそう。豊臣は関白の家柄ではあるが、父秀吉は武士であった。やはり豊臣は武士であらねばなりませぬ」

きっぱりと秀頼が拒んだ。

「ならば大坂城を明け渡してくれ。代わりに末代まで徳川は豊臣を粗略に扱わぬ」

「冗談は止めていただきたい。大坂城は父秀吉の思いがこもった城。なにより、あの城を建てるに徳川の手は借りておりませぬ。大坂城は永久に豊臣のものでござる」

これも秀頼は拒絶した。

「さようか。残念じゃ」

こうして両者の会談は物別れに終わった。

「長松」

加藤清正、浅野幸長らの軍勢に護られて大坂へ帰っていく秀頼の行列を二条城の櫓から見下ろしながら家康が口を開いた。

「豊臣を滅ぼす」

「……………」

秀忠は沈黙した。豊臣の滅亡は娘の死に繋がっている。

「すまぬな。儂は秀頼を説き伏せられなかった。いや、違うな」

詫びた家康が、訂正をした。

「説き伏せたくなかったのだ。儂はよほど秀吉が嫌いだったらしい。儂の天下に豊臣の名が残るのが辛抱できなかった。それに秀頼が気づいた」

家康が小さく笑った。

「これは命である。関ヶ原の失態、取り返してみせよ。長松」

「……はっ」

もし、これに逆らえば、徳川の当主から外される。有力な世継ぎ候補の一人であった同母弟の忠吉は、慶長十二年（一六〇七）に関ヶ原の戦傷がもとで死んでいるが、家康には他にも息子がいる。とくに伊達政宗の娘を正室に迎えた六男の忠輝は武将としての器量に優れ、家康の寵愛を受けている。まだ秀忠の足下は堅固とは言い難い。

秀忠は千姫の運命を思い、瞑目するしかなかった。

第六章　栄枯盛衰

傀儡《くぐつ》の編

立ちふさがる壁をこえられる者は多くなく、破れる者は少ない。

慶長十九年（一六一四）十月五日、徳川との戦いを決めた前《さきの》右大臣豊臣秀頼から参戦を求められた長宗我部盛親は土佐一国を褒賞とする条件で同意した。

「なにとぞ、江戸へお呼びくださいますよう」

それを隠して、盛親は見張り役でもある京都所司代板倉伊賀守勝重の前に手を突いた。

「上様に仕えたいと申すか。土佐へは帰らぬと」

「武家として将軍へお仕えすることこそ本望でございまする」

関ヶ原の合戦から十四年、土佐を取りあげられ、京で蟄居させられた盛親は旧家臣、亡妻の実家の援助でなんとか露命を繋いできた。寺子屋の師匠をしているとはいえ、幕府に見張られている牢人のもとへ近づこうという者は少なく、束脩《そくしゅう》などほとんど集まらず、食べていくのも難しい。

頭髪を整える金もなく、衣類を仕立てるなどとんでもない。まさに尾羽うち枯らした牢人であった。

「よしなに、なにとぞ、よしなに」

帰り際まで繰り返し低頭して、盛親は板倉伊賀守に縋った。

「喰えぬというのは怖ろしいものよな。土佐の虎の息子があそこまで落ちぶれるか」

板倉伊賀守が口の端をつりあげて笑った。

しかし、これは擬態であった。京都所司代板倉伊賀守の目を欺いた盛親は密かに旧臣たちと連絡を取り合った。

「殿」

寓居《ぐうきょ》の裏には糺ノ森が拡がっている。うっそうとした木々のなかは、外から窺えない。そこへ旧臣の吉田孫左衛門や十市新右衛門、佐竹蔵人佐《さたけくらんどのすけ》らが忍んできていた。

吉田孫左衛門は関ヶ原の合戦で長宗我部が改易されたのち、山内に仕えたが数年で致仕、大和に出て牢人をしていた。他の皆も同じような経緯で京近くに住まいしていた。

「明日、深更に発つ。用意をいたせ」

盛親が指示した。

「お内儀さまとお子さま方はいかがなされまする」

吉田孫左衛門が訊いた。

正室を失った盛親は近隣の娘を後添えに迎え、五人の男児を儲けていた。

「幼き末は残す。後は長宗我部の男だ。家の存亡に立ち向かわせる。悲願かなえば、土佐に凱旋し、代を継げる。かなわぬときは天下に長宗我部の居場所はない。ならば、槍の一つも持って、自ら居場所を求めるのが筋」

子供も連れていくと盛親が告げた。

「天晴れなお覚悟」

その場にいた旧臣たちが感動した。

「新右衛門、土佐へ参り、人を集めて大坂へのぼれ」

「承知いたしましてございまする。かなり集まりましょう。山内のやり方は酷い。一領具足を人として扱っておりませぬ」

十市新右衛門が応じた。

山内は土佐へ連れてきた家臣団を優遇し、地の者を迫害した。結果土地を取りあげられ、士分から百姓へ身分を落とされた一領具足の反発が続出、それを山内は懐柔でなく武力で弾圧した。

「土佐に帰る最後の機ぞ。心して動け」

盛親の宣言に一同が頭を垂れた。

十月六日、夜陰に紛れて盛親は子供らを伴い、伏見へ脱した。

「お待ちいたしておりました」

吉田孫左衛門らが、盛親の乗馬を用意し待っていた。

その後も、大坂までの間に三々五々、近畿に潜んでいた旧臣が合流、大坂城へ入る盛親に百人をこす武者が付き従い、堂々たる武将振りを見せつけた。

「さすがは宮内少輔じゃ。たのもしく思うぞ」

秀頼が盛親を歓迎した。

「上様のおんため、この宮内少輔懸命を尽くしまする。つきましては一つお願いがございまする。土佐守の名乗りをお許しくださいますよう」

盛親は平伏した。

土佐の国主であったとき、盛親は宮内少輔を自称していた。それを盛親は土佐守へと変えた。なんとしてでも国を取り戻すとの強い意志を名乗りにこめたのである。

大坂城には盛親を始め、真田左衛門佐信繁、毛利豊前守勝永、後藤又兵衛基次《ごとうまたべえもとつぐ》、明石全登《あかしたけのり》ら天下に名を知られた武将が入城した。

さらに豊臣家が持つ財力を遣って雇った牢人たちが、続々と大坂城へと集まってきた。

「やはり、無理だったようだな」

大坂城本丸御殿大広間に集まった盛親ら五人衆と豊臣家家臣の大野修理大夫治長《おおのしゅりだいぶはるなが》、木村長門守重成《きむらながとのかみしげなり》、渡辺内蔵助糺《わたなべくらのすけただす》らの軍議の席上で真田信繁が無念そうな顔をした。

「豊臣のお陰で人がましい顔ができるようになった恩を忘れおって……」

木村長門守が床を拳で叩いて、憤怒を表した。

家康の無道を言い立て、味方してくれるようにと書いた秀頼直筆の檄文を大坂方は諸国の大名へ送ったが、誰一人返事さえ寄こさなかった。

「いたしかたございませぬ。あと一年遅かったら、我らも折れておりました」

盛親が寂しそうに笑った。

「すべてを奪われ、徳川憎しの我らでなければ……天下に戦は挑みませぬ」

真田信繁も同意した。

「それにしてもだ。加藤や福島、浅野はご一門ぞ」

若い木村重成は収まらなかった。

「おらぬ者を罵ってもいたしかたなかろう。今は、徳川とどう戦うかじゃ。我らが有利に戦いを進めれば、福島や浅野あたりは味方になるだろう」

上座から秀頼が宥めた。加藤を外したのは、秀吉の引き立てを受けた清正はすでにこの世になく、後を継いだ息子が頼りにならないからであった。

「さすがは太閤殿下のお血筋。ご明察でございまする」

大野治長が褒めた。

「なにかよい策はないか」

秀頼が問うた。

「申しわけないが、槍働きでは人後に落ちぬ自信はある。しかし、策はわからん。ここを攻めろと言ってくだされば、かならず勝ってご覧に入れよう」

「吾も同じでござる」

毛利勝永、後藤又兵衛が考えるのは苦手だと言った。

「わたくしも。左衛門佐どの、お任せいたす」

盛親もうなずいて、軍師と目されている真田信繁に投げた。

「では、僭越《せんえつ》ながら、わたくしが愚案をお話しいたしましょう」

真田信繁が姿勢を正した。

信州上田を領していた真田家は、その軍略で名を知られていた。わずか十数万石にすぎない真田が、上杉、武田、北条、徳川ら大大名に挟まれていながら、乱世を生き残れたのは、初代真田幸隆《ゆきたか》以来、代々の当主が策略に長けていたからであった。

「表裏者」

武田に従い、北条に傾き、上杉に尾を振った真田を、そう罵る者は多い。だが、大名は家を継いで初めて価値を持つ。真田を嘲笑した武将の多くが滅んだなか、本家は潰されたとはいえ真田信繁の兄伊豆守信幸改め信之《のぶゆき》が大名としてある。

真田の戦略は正しい。真田信繁が秀頼の信頼を受けているのは、真田家が徳川に何度も勝った実績を持っているからであった。

左衛門佐信繁の父安房守昌幸が当主だった天正十三年（一五八五）、北条から徳川へと移っていた真田昌幸は北条と徳川の手打ちとして、領地の一部を差し出せと命じられた。

「冗談ではない」

大名にとって領地は命に替えても守らねばならぬものだ。それを取りあげると言った徳川家康に昌幸は反発、上杉へと助けを求めた。

「寝返るか」

配下の離脱は家康の恥である。怒った家康は鳥居元忠らに七千の兵を預けて、真田の居城を攻めさせた。それをわずか二千の兵で蹴散らした昌幸は、その後も豊臣秀吉による仲裁を受け入れるまで徳川、北条の大軍を寡兵でしのいだ。そして関ヶ原へ向かう徳川秀忠率いる四万の大軍を二千ほどの兵で翻弄、決戦に遅参させている。

もっとも関ヶ原の結果、真田昌幸は所領を取りあげられ、次男の信繁とともに高野《こうや》山《さん》へ幽閉、不遇のうちに死没したが、真田は一度も徳川に負けていないとして武名を天下にはせた。

「援軍が望めぬならば、籠城は下策でござる。どれだけの堅城といえども、天下の兵を敵に回せば保ちませぬ。兵糧、矢弾が尽きればそれまで」

真田信繁が続けた。

「なんとかして東と西を分断せねばなりませぬ。一度に大軍を相手にせず、敵の一軍ずつを叩くとならば、勝ち目も出ましょう」

そう言って真田信繁が提案したのは、一軍を近江にまで先発させ、瀬田《せた》の唐橋《からはし》を焼き、東からの軍勢を足留めするというものであった。

「大和街道を進んでくる敵は、暗峠《くらがりとうげ》で待ち伏せいたしまする。狭隘《きょうあい》な山道なれば、寡兵で大軍を追い落とせましょう。その間に、本隊は西から大坂へ来る西国大名どもを迎え撃ちまする。近江と生駒に一万ずつ割いても、こちらは八万。城の防備に二万残しても六万ござる。十万やそこらの敵ならば、又兵衛どのや土佐守どのが蹴散らしてくれましょう。あとは、土佐や安芸、大和など関ヶ原で領主の代わった土地へ忍《しのび》などを遣わし、一揆を起こさせれば、大名どもも大坂攻めどころではなくなりましょう」

敵戦力の集結を阻害し、各個撃破する。そのうえで徳川に付いた大名の足下を揺るがす。真田信繁の策は二段構えの見事なものであった。

「さすがだの」

「今孔明《こうめい》とは、左衛門佐どののことを言うのだろうな」

後藤又兵衛、毛利勝永ら五人衆が膝を叩いて、真田信繁を讃えた。

「これなら勝てる」

盛親も感心した。

「待たれよ」

盛りあがった軍議に、水が差された。

「天下の堅城大坂城がござるのに、野戦を挑むなど論外でござる」

「家康は野戦の名人として聞こえてござる。しかし城攻めは下手。相手の得意な野戦ではなく、不得手な城攻めをさせることこそ、策でございましょう。進発策を執ったとして、もし先手が負けたらどうなりましょう。城中におる牢人どもが動揺して逃げ出すこともあり得まする」

大野治長、木村重成を始めとする豊臣家臣が、真田信繁の献策を否定した。

「援軍がないと左衛門佐どのは言われるが、大坂城には十万の軍勢が数年籠もっても大丈夫なだけの弾薬、兵糧がござる。天下の兵が大挙しようとも決して落ちませぬ」

「落ちぬだけでは勝てませぬぞ」

真田信繁が反論した。

「家康はすでに古稀《こき》をこえておりまする。籠城している間に老齢の家康が寿命を迎えるやもしれませぬ。家康が死ねば、関ヶ原に遅れるという失態を晒した秀忠では武将どもを惹きつけられますまい。加藤も福島も浅野も島津も皆、前右大臣さまのもとへ頭を垂れて参りまする」

豊臣の家臣たちが秀頼に籠城するべきだと進言した。

「……………」

真田信繁が黙った。

「……わかった。城に籠もる」

秀頼が長く仕えてくれていた者たちの言を採用した。

大広間から秀頼が奥へと引き、豊臣の家臣も出ていった。

「左衛門佐どの、なぜあそこで黙られた」

後藤又兵衛が真田信繁に問うた。

「そうじゃ。あのままお話を続けていれば、秀頼さまも……」

盛親も首をかしげた。

「負けでござる、この戦。それがわかったゆえ、黙りましてございまする」

真田信繁が嘆息した。

「戦う前から負けたとは、穏やかでないぞ」

毛利勝永が責めるような口調で述べた。

「敵の寿命を頼るような心構えで、戦えましょうや」

小さく真田信繁が首を左右に振った。

「むう」

「それは……」

後藤又兵衛も毛利勝永もうなった。

「左衛門佐どの、なんとかできませぬか」

なんとしてでも土佐へ返り咲きたい盛親が問うた。

「我らだけでも、近江へ押し出すのは」

「それを修理大夫どのが許すとでも」

やる気のある者だけでもと言った盛親に、真田信繁が否定した。

「兵糧と弾薬なしでは戦えませぬぞ」

「そこまでいたしますか、修理大夫は」

大野治長が援助の荷駄を出さないと言った真田信繁に盛親は目を剝いた。

「あの者たちにとって、我らは外様。尾羽うち枯らした牢人でしかござらぬ。そして……」

真田信繁が目を閉じた。

「関ヶ原で負け、豊臣を追いつめた者」

「うっ」

「……………」

毛利勝永と盛親は苦い顔をした。

一人、後藤又兵衛は無表情を貫いた。

後藤又兵衛は黒田家の旧臣であり、関ヶ原では家康方にいた。のち、黒田長政と仲違いをして黒田家を退身、牢人となった。

「勝つためにはなんでも利用せねばならぬ。それがわかっておられぬ」

真田信繁が目を開いた。

「もちろん、ただ負けてやる気はございませぬ。なんとしてでも徳川に、家康に一矢報いてやらねば、貧のなかに死んだ父が浮かばれませぬ」

父の恨みを晴らすと真田信繁が言った。

「そうだの。家康の泣き面を見ねば、死ねぬ」

関ヶ原では立花宗茂らとともに大津城攻めを命じられ、決戦に参加できなかった毛利勝永も徳川への恨みを口にした。

「奉公先もないのだ。ここで死に花を咲かせるのもよろしかろう」

後藤又兵衛が笑った。

奉公先がない。こう後藤又兵衛が言うのは、黒田家から奉公構い状が出されているからであった。黒田官兵衛如水の薫陶を受け、大隈城《おおくま》と一万六千石を与えられていた後藤又兵衛を黒田長政は嫌い抜いた。父官兵衛の寵愛を奪われたと思いこんでの恨みだとも言われているが、官兵衛の死後、長政の嫌がらせはいっそう強くなり、耐えかねた後藤又兵衛は黒田家を退身した。

家臣が主君を見限る。仕えるに値しないと天下に言われたも同じである。激怒した長政は、後藤又兵衛の仕官を邪魔した。後藤又兵衛ほどの武将ともなれば引く手あまたである。池田家は後藤又兵衛を万石で迎える用意をし、岡山へ招いた。

「又兵衛を抱えるならば、当家と戦を覚悟なされよ」

長政はそう池田家を脅した。

「誰を抱えようと当家の勝手でござる」

脅しに屈しては池田が笑われる。後藤又兵衛を巡って、両家が緊張した。

「遠慮せい」

西国での騒乱を怖れた家康が間に入った。家康が出てきたとなれば、黒田も池田も我を張れない。池田も後藤又兵衛をあきらめ、黒田も手出しを止めた。

が、家康まで出てくる騒ぎの原因となった後藤又兵衛を召し出す者などいない。後藤又兵衛はずっと牢人を続けるしかなかった。

「………」

五人衆のなかでただ一人、戦後を見ている盛親も黙るしかなかった。

一花咲かせると言っただけに、真田信繁はできる範囲で策を練った。

「北は淀川、東は大和川、西は大坂湾という天然の険がある。しかし、南だけは平野である。ここに大軍を集められては、いかに堅城といえども破られよう」

延々と続く城壁を弱点と見た真田信繁は、出丸を作った。空濠《からぼり》を作り、そのときに出た土を盛りあげた出丸に真田信繁が兵を率いて籠もった。

真田の出丸の他にも大坂方は摂津の要所に砦や出城を築き、開戦までにできるだけのことをした。

大坂と手切れをした直後、家康は隠居している駿河を出発、鷹狩りを楽しみながら十二日かけて京の二条城へ入った。

「急げ。遅れるな」

身の周りの兵を連れただけの家康と違い、将軍としてふさわしいだけの軍勢を率いなければならなくなった秀忠は、家康が京へ着いた日、六万の大軍とともに江戸を出た。

秀忠は京へ寄らず大和路を進み、大坂へ入った。

「お待ちいたしておりました」

家康から先手を命じられた藤堂和泉守高虎、片桐東市正且元が、秀忠を出迎えた。

「あそこが本陣にふさわしいかと」

藤堂高虎が秀忠を案内したのは、大坂城の南に拡がる平野にある小山、茶臼山《ちゃうすやま》であった。

茶臼山は古墳として作りあげられた盛り土である。管領《かんれい》細川晴元《はるもと》方がここに城を築いたが、細川氏綱《うじつな》らに攻められて落城、そのまま放置されていた。そこを築城の名手藤堂高虎が選び、今回の戦の本陣にと整地していた。

「大儀」

歳上の名将といえども、将軍よりは格下になる。秀忠は尊大な態度で藤堂高虎をねぎらった。

「よいところじゃの」

本陣を整備、家康のための寝所を茶臼山の頂上に構築し終わったのを見計らったように、家康がやってきた。

「大御所さま」

秀忠は陣幕の外で家康を迎えた。

「さて、どう攻める」

家康が秀忠を見た。

「二十万の大軍で押し寄せれば、それだけで大坂城の士気は落ちましょう」

力押しすべきだと秀忠は言った。

「それも一手だがの。被害が多くなる。あまり諸大名たちに負担をかけると、太閤の朝鮮侵攻と同様、恨みを買う。儂が生きている間はよいが、死んだ後……」

「豊臣と同じ目に遭う」

最後まで言わなかった家康に、秀忠が震えた。

「豊臣は終わりだ。どうあがいたところで生き延びる手立てはない」

家康が断言した。

「その断末魔にわざわざつきあう理由はない。力押しなぞして、窮鼠《きゅうそ》猫を嚙むを喰らいたくはなかろう」

「では、ゆっくりと包囲をして干殺しに」

兵糧の供給を絶てば、どれほどの堅城でも落ちる。

「無理だな。豊臣は金を持っている。金さえあれば、米くらいはどうにでもなる」

「どういたせば」

家康に駄目出しを喰らった秀忠が策を問うた。

「じんわり絞めてやるだけでよい。大坂城へ集まった牢人どもは死に場所を求めているゆえ、そうそう揺らぐまいが、女どもはどうであろうな。大軍に囲まれて、連日鉄炮や大筒を撃ちこまれては保つまい。女どもが恐慌に陥れば、秀頼では押さえ切れまい」

にやりと家康が笑った。

「ということで、とりあえずは大筒が届く間合いまで、軍を詰めようぞ」

家康が秀忠に告げた。

翌十一月九日未明、四国から大坂湾へ入った蜂須賀阿波守至鎮《よししげ》が、木津川口を押さえるために豊臣が築いた木津川砦へ攻めかかった。

「退け」

守将の明石全登が軍議のために砦を離れていたという不幸もあり、砦はあっさりと陥落した。

「阿波どの、お手柄」

砦を落とした功名はたちまち諸大名に拡がった。

「遅れまじ」

「忠義を見せるは今ぞ」

諸大名が奮い立った。

佐竹右京大夫《うきょうのだいぶ》義宣が、大坂城の東に拡がる湿地帯を押さえる鴫野《しぎの》を攻略、続けて石川主殿頭《とものかみ》忠総《ただふさ》が博労淵《ばくろうぶち》砦を落とした。

鳴野の攻防は豊臣方の守将二人が戦死するほどの激しいものだったが、油断していた博労淵砦の守将薄田《すすきだ》隼人正《はやとのしょう》兼相《かねすけ》が遊女屋で外泊していたために、まともな応戦もできずに陥落した。

家康の前で恥ずかしい戦いはできないと覚悟した外様大名たちと、大坂城の堅固さに頼り切った豊臣家臣の心得のなさが緒戦を決めた。

「砦を放棄、城で迎え撃つ」

続けて野田《のだ》砦、福島砦などを失った豊臣方は、すべての砦、支城を放棄、兵たちを大坂城へ引きあげさせた。

緒戦からわずか二十一日で、大坂城は孤立した。

「包みこめ」

家康の狙いどおり、徳川方は二十万の大軍をもって大坂城を完全に包囲した。

「台場を設けよ」

続けて家康は大坂城へ大筒を撃ちこむ用意に入った。

「鉄炮を日夜構わず、撃ちかけい、鬨の声をあげよ」

家康は大坂城への嫌がらせを繰り返させ、城中の消耗を狙った。

「このままではいかぬ」

堅城といえども士気が高くなければ落ちる。

「徳川に一矢報いて、城中の雰囲気を変えねばなるまい」

真田信繁が、出丸から目の前に大軍を展開している前田筑前守利常《としつね》を挑発した。

「太閤殿下の恩義を忘れ、内府に尾を振るなど、死した前田利家公の名前に恥じよ」

「あのような出丸。ひともみに揉み潰せ」

手柄が立てられない現状に苛立っていた前田利常が、真田信繁の誘いに乗り、真田丸へ襲いかかった。

徳川の本軍を除けば、最大の動員兵力を誇る前田家が動いた。その影響は大きい。

「前田だけに手柄はやらぬ」

近くに陣取っていた井伊直政の息子、掃部頭《かもんのかみ》直孝《なおたか》、松平三河守忠直《ただなお》らが攻めかかってきた。

「やっとか」

長宗我部盛親は後藤又兵衛とともに大坂城の南面を担当していた。

「肩が固まってしまうかと思ったわ」

盛親が駆け寄ってくる徳川の兵を見ながら、笑った。

「よいか、慌てるな。引きつけるだけ引きつけて放て。無駄弾、無駄矢はならぬが、弾薬に不足はない。間合いに入れば、遠慮なく放て」

配下の兵たちに盛親が指示をした。

「おう」

「土佐の一領具足の力、関東の者どもに見せつけてやりましょうぞ」

兵たちの意気は軒昂であった。

盛親が大坂城へ入ったと知った旧臣、土佐の一領具足が続々と集結、三千をこえる軍勢となっている。

「喰らえ」

自ら大坂城の塀際に立ち、盛親は鉄炮を放った。


戦端が開かれた十二月三日、大坂城で南条元忠《なんじょうもとただ》が切腹させられた。関ヶ原で石田三成に与したため所領を奪われ、牢人となった南条元忠も誘いを受けて大坂城へ入っていた。渡辺糺とともに平野橋《ひらのばし》口の守りを任されていたが、藤堂高虎から伯耆《ほうき》一国を餌に勧誘され、戦いが始まってからの内応を約束していた。それを渡辺糺に見破られ、南条元忠は死を与えられた。

「これを利用すべし」

豊臣は南条元忠の死を秘して、まだ内応があると思わせた。

そこへ大攻勢がかかった。

「総攻撃が始まれば、南条が返り忠をする。さすれば、一気に形勢は傾く。手柄を立てるには今しかない」

松平忠直が兵を進ませた。

そのとき、大坂城の火薬庫が一つ爆発した。あらたに弾薬を取りに入った足軽の注意不足が原因であった。

「南条の返り忠じゃ」

事情を聞かされていた松平忠直、井伊忠孝、前田利常らが勇んだ。

後ろから前へ前へと押し出そうとするが、真田丸を始め、盛親が詰める谷町口の防備は固い。さすがに爆発のときは、南条以外の裏切りかと動揺したが、すぐに城中から事故との報せが届いたことで回復、崩れることなく防戦に努めた。

「銃身を焼いてもよい。放て、放て、放て。徳川を負けさせれば、土佐は吾が手に返る」

盛親は兵たちを鼓舞し続けた。

「わあ」

「ぎゃっ」

むやみに突っこんだ徳川方の兵は、雨あられと飛んでくる矢弾に射抜かれて、空濠へと転がり落ちていった。

「やったか」

前線の状況が本陣に届くまで暇がかかる。茶臼山の本陣を家康に明け渡し、東に少し離れた岡山へ移っていた秀忠が、爆発の音に腰を浮かせた。

「物見を出せ」

秀忠が大坂城のどこが破れたかを確認してこいと母衣武者を出した。

「……爆発はあれど、大坂城の城門、いずこも開かず」

母衣武者が戻ってきて復命した。

「なんだと。南条はどうした」

秀忠は唖然とした。

「上様、大御所さまより、兵を退けとのお指図でございまする」

茶臼山の本陣から、使者が走ってきた。

「なぜだ。このまま攻め切ればよかろうに」

岡山から諸大名の兵が進軍し、大坂城は防戦一方に見える。

「ご命でございまする」

秀忠に付けられていた本多上野介《こうずけのすけ》正純が諫めた。

「…………」

本多正純を秀忠は睨みつけた。

「大御所さまのお言葉でございますぞ」

強い語調で本多正純が言った。

「……退き鉦を鳴らせ」

本多正純から目をそらして、秀忠が命じた。

「将軍は吾ぞ」

手配をしに出ていく本多正純を見送った秀忠が唇を嚙んだ。


十二月三日、四日の二日にわたっておこなわれた真田丸近辺の戦いは、開戦以来負け続けていた豊臣方の初勝利で大戦果であった。

松平忠直、井伊直孝、前田利常ら、真田丸を含めた大坂城南面に襲いかかった軍勢は一万をこえる損害を出した。

「兵を損ずるは、将たるものの器に非ず」

家康は、孫にあたる松平忠昌《ただまさ》を始め、諸将を呼んで厳しく叱りつけた。

「調子づかせてどうするのだ」

苦い顔で家康が吐き捨てた。

そして家康の言葉は正しかった。

「徳川の兵恐るるに足らず」

「二日で一万。二十万の兵など二月もあれば殲滅できる」

「見ていろ。十日もせぬうちに、徳川頼むに値せずと前田や浅野が味方してくるぞ」

戦果の大きさに城中が浮かれた。

「まずいの」

真田信繁が苦虫を噛み潰したような表情をした。

「うむ」

戦場を知る者は皆同じであった。

「勝って兜の緒を締めるができておらぬ」

「このままでは足下を掬《すく》われる」

毛利勝永、後藤又兵衛らも困惑していた。

「こちらから出て、家康の本陣を突くべきである」

浮かれたなかに盛親もいた。

関ヶ原の合戦が初陣であった盛親は、戦う間もなく撤退している。大和から河内へ入るところで邪魔をした岸和田城主小出秀政の軍勢を蹴散らしてはいたが、数が数十倍違っていたのだ。勝って当然の戦であり、盛親になんの経験も与えてはいなかった。

盛親の望みは徳川を潰し、豊臣の天下を再築、その功績をもって土佐へ返り咲くことである。

激戦であった。その第一歩が大成功を収めた。当然、盛親の配下にも討ち死には出たが、数えるほどですんでいる。

太閤秀吉が金に飽かせて作りあげた名城のなかから攻めてくる敵を撃っただけの戦いで、被害を受けるほうがおかしい。それを盛親は敵が弱い、己たちが強いと誤認した。

「怖《お》じ気《け》づいた敵を叩くは、戦の常道」

盛親は軍議で出撃を熱弁した。

「城に籠もる限り、負けはない」

しかし、豊臣家臣たちの大坂城信奉は変わらなかった。

「負けないというのは、勝てないと同義でござる」

盛親が抗弁したが、亀のように籠もり続けるうちに豊臣恩顧の大名が味方するという幻想を打ち砕くことはできなかった。

大坂城が軍議を重ねている間に、敗戦の衝撃から徳川は立ち直った。

「台場ができましてござる」

家康の狙いである大坂城本丸を直接砲撃可能な備前島《びぜんじま》に大筒が据えつけられた。

「淀の心胆を寒からしめてやれ」

家康が砲撃を命じた。

大坂城は南と西に厚く、天守を擁する本丸は城の北東に位置していた。徳川家康、秀忠が陣を置く南からでは、大筒とはいえ届かなかった。

それが木津川の砦を落とし、鳴野を制圧したことで淀川の中州である備前島が手に入ったのだ。そこへ砲台を築かせた家康は、イギリスから購入したばかりの新式カルバリン砲を据えつけさせた。

「放て」

早速カルバリン砲が火を噴いた。カルバリン砲は威力よりも射程に重きをおいている。日夜を問わず、徳川の砲撃が大坂城を脅かした。

「撃ち返せ」

豊臣にも大筒はある。徳川に比して旧式ではあるが、こちらは城の塀際から敵陣へ撃ちこめる。届くが、さほどの効果をあげられない徳川の大筒と違い、豊臣の大筒は相応の戦果を出した。

「やったぞ」

一発が当たるたびに、徳川の兵が飛び散る。城中の士気はますます高まった。

もちろん、徳川も手をこまねいて見ていたわけではない。大筒を喰らっても大丈夫なように、陣地を構築し、被害の軽減に努めた。

互いに砲撃を繰り返すだけで、膠着状態になるかと思われた十二月十六日、冬の風にうまく乗ったカルバリン砲の一撃が本丸御殿の奥へ落ちた。淀の居間近く、女中たちの控えを直撃した砲弾は、八人の女中を血の染みに変えた。

「ひっっ」

父浅井長政の小谷城、義父柴田勝家の北《きた》の庄《しょう》城と二度の落城を経験している淀の目に、凄惨な場面が映った。

落城の恐怖に、悲惨な風景が蘇った淀が卒倒した。

「わ、和議をいたせ。戦を止めよ」

気を取り直した淀がわめいた。

「やっとか。面倒な女じゃ」

淀の言葉は絶対である。豊臣の申し出に家康が笑った。

「条件は、豊臣の大坂退去じゃ」

家康が本多佐渡守正信に命じた。

「従いますまい」

「そのときは、城を潰せ」

「…………」

茶臼山の家康本陣へ呼ばれた秀忠は、口を挟む間もなく進められていく交渉に、唖然とした。

将軍の座に就いておよそ十年、江戸城を譲られ、多くの旗本も配下に収めた。しかし、政だけはまだ家康の手にあった。

家康は駿府に譜代大名を配し、老中と名乗らせて政をおこなった。それだけではない。秀忠の執政たる老中たちが出した指示に、家康の老中が反対することもままあった。

「天下人は家康さまじゃ」

大御所となって身を退いたはずの家康を、大名だけでなく庶民たちも天下人だと思い、秀忠に誰も重きをおいていない。

「まだ払拭できぬのか」

関ヶ原での遅参が原因だと、秀忠は苦い思いをしていた。天下の戦いに参加できなかった無能の将との評価を覆すために、秀忠は六万の旗本を率いて大坂に来た。なんとしてでも吾が手で豊臣を滅ぼし、天晴れ家康の跡継ぎと讃えられるつもりでいた。

だが、参加することなく、戦いは終わろうとしていた。

「父はここまで偉大なのか」

己の思いを無視して動く天下に、秀忠は苦悩した。

秀忠と同じ思いを大坂城で盛親もしていた。

「勝ち戦でございますぞ」

開戦以来の被害では、徳川が一桁多い。十七日には塙直之《ばんなおゆき》が蜂須賀至鎮の陣へ夜襲をかけ、痛撃を与えてもいる。

盛親が継戦を訴えた。

「今少し、和議の条件を付けましょうぞ。まもなく春を迎えるとはいえ、まだまだ気候は厳しく、屋根のない徳川の兵は夜露と霜に悩まされまする。ときをおけばおくほど、こちらが有利になりまする」

真田信繁もすぐの和平には反対を表した。

「和平じゃ。和平をなせ。今度あの大筒が飛んできたら、妾《わらわ》の命がなくなる」

しかし、恐慌状態になった淀の耳には届かなかった。

「なんのために吾は大坂へ入ったのだ」

和議と決した軍議の終わった大広間で、盛親は肩を落とした。和議は勝利ではない。盛親の望んだ土佐一国どころか、禄さえ与えられず、客将という名前だけの扱いを受けたのみであった。

ただ、盛親を慰めたのは五百蔵左馬進、黒岩治部左衛門《くろいわじぶざえもん》、久万俊朝《くまとしより》、吉田猪兵衛《いへえ》らが盛親のもとへ駆けつけてくれ、奮戦したことであった。

とくに五百蔵左馬進は生駒家、久万俊朝は藤堂家、吉田猪兵衛は福島家と、関ヶ原の合戦以降仕えていた大名を退身しての参加であった。黒岩治部左衛門に至っては、山内家に抱えられていたにもかかわらず、一族郎党を率いて大坂へ入城、盛親を感動させた。

「報いてやれぬのが辛い」

手柄を立てながらも、領地を持たない盛親は、家臣たちへの申しわけなさに、頭を垂れる思いであった。

豊臣と徳川の和平は十八日、本多上野介正純、家康の側室阿茶局《あちゃのつぼね》と淀の妹の常高院《じょうこういん》の間で話し合われ、二十日に成立した。

日にちがなかったこともあり、条件はかなり大まかなものであった。

豊臣は大坂城の二の丸、三の丸を破棄、外濠を埋める。大野治長と秀頼の傅育役織田有楽斎《うらくさい》が人質を差し出す。

徳川は豊臣の本領を安堵し、秀頼の身を保証する。大坂方に加わった牢人を咎めない。

両軍合わせて三十万以上の兵が戦ったものとしては、異常なまでに少ない条件であった。

「兵を退くぞ」

家康の指示で秀忠は軍勢をまとめた。

「長松、兵糧の手配をしておけ」

秀忠を側近くに招いた家康が耳打ちした。

「では……」

その意味を悟れないほど、秀忠は愚かではなかった。

「今回の戦は、関ヶ原で徳川に不満を持った天下の牢人たちを大坂へ集めることと、城を裸にすることが目的じゃ。十分に戦果は出た」

家康が秀忠へ告げた。

「もう少し辛抱しておれば、真田や長宗我部に一万石くらいくれてやるつもりでおったが……ときの流れを読めぬ愚か者ばかりじゃ」

「ご慈悲をおかけになるおつもりでございましたか」

秀忠が感心した。

「万石ていどで、徳川への憎しみが消えるならば安いものだろう」

家康が笑った。

「もっとも払わずにすんだのだ。ありがたいことよ」

「…………」

秀忠は黙った。

「それにの。前田や蜂須賀など外様の兵をすり減らせた。戦慣れした将兵は一朝一夕で育つものではない。死ねと言われたに等しい突撃を、倒れた同僚の背を踏んでおこなえる者どもは貴重だ。それを無駄死にさせられた。これだけでも大坂まで来た甲斐があったというものよ」

「…………」

うれしそうな父の腹黒さに、秀忠は絶句した。

「正月じゃ、正月。駿河は温暖ゆえ、楽しみじゃ」

家康は手を鳴らしながら、駿河へと帰っていった。

一人さっさと大坂を離れた家康と違い、諸大名は和議の一条にある外濠、二の丸、三の丸の破却に駆り出された。

昔から城攻めで決着が付かないときの和議として、よく用いられる城の一部破却は、攻城側武将の名誉のためにおこなわれるもので、ほとんど形だけで終わる。濠に土や石を投げこみ、二の丸、三の丸の塀を目立つくらいに壊すという慣例を徳川はあっさりと無視した。

「埋めよ、潰せ」

家康から作業を指図するように命じられた本多上野介が諸大名の尻を叩き、講和から一カ月余りの慶長二十年（一六一五）一月二十三日、太閤秀吉の努力を無にする普請は完成した。

「櫓と門は定めにはない」

豊臣が慌てて抗議するが、徳川はそれを強行、大坂城は本丸を残しただけの哀れな姿になった。

「言わぬことではない」

真田信繁があきれた。

五人衆と呼ばれた客将たちは、和議以降のことに一切口出しできなくなっていた。

「客将方は、こちらからお願いをいたしたときのみ、ご意見をちょうだいする。豊臣の決めたことにお口出しは無用に」

豊臣家の家老大野治長らが、客将たちを隔離した。

「いささか、やりすぎたようではござるが、徳川は約束どおり兵を退きましてござる。城はまた建て直せばすみましょう」

豊臣は和議の効力を信じていた。二十万の兵に囲まれ、昼夜を問わず大筒、鉄炮を撃ちこまれる日々に、淀以下全員が耐えられなくなっていたのだ。

「負け戦だった」

盛親もため息を吐いた。

豊臣家の命でもある本丸を守る二の丸、三の丸、濠をなくした大坂城は、鎧兜を脱がされたも同然、槍の一突きで滅ぶところまで落ちた。

和睦という外交の戦いで、豊臣は徳川に翻弄された。

盛親たちが命を張って戦った舞台の谷町口も、真田信繁が敵を見事にあしらった真田丸も、跡形もなく潰されていた。

「これでは勝負にならぬ」

「勝てぬ戦はごめんじゃ」

情けない大坂城に多くの牢人が愛想を尽かした。

大坂城は防備とともに人も失った。

「なにも残っておらぬ」

激戦の跡を見ようと大坂城を出た盛親は、すべて消え去った姿に言葉を失った。

京都所司代の板倉勝重をだまして京から逃げ出している盛親は、他の牢人のように大坂から離れることはできなかった。大坂の庇護を失えば、盛親の命の保証はなくなる。

「お屋形さまではございませぬか」

その盛親に声がかけられた。

「誰ぞ」

見覚えのない武士に、盛親が首をかしげた。

「わたくしは福留半右衛門《ふくとめはんえもん》と申しまする」

「福留……隼人の縁者か」

盛親が思い出した。福留隼人は、盛親の兄信親の傅役であった。九州戸次川の戦いでよく信親を護ったが、奮戦虚しく討ち死にした忠義者であった。

「はい。隼人は父でございまする」

福留半右衛門が首肯した。

「どこにおる」

「井伊家に仕えておりまする」

今はどうしているのかと問うた盛親に福留半右衛門が答えた。

「井伊どのか。先だっては矛を交えたの」

谷町口の戦いで攻め寄せた井伊の赤備えを盛親は思い出した。

「ここでなにをしておるのだ」

「戦いであえなく散った同僚の遺品を探しておりました。国元へ帰るにつき、遺族へ渡してやりたく」

「殊勝じゃの」

述べた福留半右衛門を盛親が褒めた。

「お屋形さまにお願いがございまする」

福留半右衛門が膝をついた。

「もう、吾はそなたの主ではない。屋形と呼んでくれるのはうれしいが、それでは掃部頭どのに申しわけがない。できれば土佐と呼んで欲しい」

盛親が求めた。

「では、土佐さま。願いとは討ち死にいたした者の印をお持ちであれば、お返しいただけますまいか」

「井伊家のものだな。あったはずじゃ。左馬進」

供した五百蔵左馬進へ盛親が顔を向けた。

「お待ちを」

すぐに五百蔵左馬進が大坂城へ戻り、ほどなく旗印を抱えて戻ってきた。

「これらでございましょうや」

五百蔵左馬進が福留半右衛門に見せた。

「おう。まちがいございませぬ。かたじけなく存じあげまする」

福留半右衛門が感激した。

「遺された者たちに伝えてくれ。皆、勇猛であったと」

「喜びましょう」

盛親の言葉に福留半右衛門が頭を下げた。

「戦国のならいじゃ。次はおぬしと槍を合わせるかも知れぬ。そのときは、旧主だと遠慮せず、かかってくるがよい。吾もかつての家臣への刃だと鈍らぬようにするゆえな」

次に会うのは戦場だろうと盛親は述べた。

「心いたしまする」

真剣な表情で福留半右衛門が首を縦に振った。

「……辛いの。かつての臣と命を奪い合わねばならぬとは」

何度も振り向きながら去っていく福留半右衛門を見送った盛親は呟いた。


和議という名の平穏は春一杯で終わりを告げた。

「大坂方の牢人ども、乱暴狼藉《ろうぜき》を繰り返し、庶民を難儀させているよし。また、豊臣は和議の条件であった濠の埋め立て、二の丸、三の丸の破却の約定を破り、再築をおこなっている模様」

三月十五日、京都所司代板倉伊賀守勝重から駿府の家康へと報告がなされた。

「牢人どもを召し放つか、伊勢への移封を受け入れるか、どちらかを選べ」

家康が最後通告を出した。

「受け入れ難し」

豊臣が拒んだ。牢人を召し放てば、大坂城は保たない。大坂城を捨てれば、豊臣の矜持は尽きる。

「淀殿を江戸へ差し出す」

代わって豊臣は、秀頼の生母を人質にと申し出た。

「不要」

あっさりと徳川は拒んだ。

もとより、家康は豊臣を存続させる気はなかった。

「軍勢をまとめ、上洛せい」

家康は江戸へ戻っていた秀忠へ再戦を報せた。

「承知いたしてございまする」

秀忠は陣触れを出し、動員をかけた。

「今度こそ、名をあげる」

強い決意を抱いた秀忠は、今回も先鋒を任された藤堂高虎へ宛てて、使者を走らせた。

「吾が着くまで、決して戦端を開いてはならぬ。抜け駆けした者は、厳罰に処す」

秀忠は、最後の雪辱の機を逃すわけにはいかなかった。

「急げ」

四月十日、秀忠は江戸を進発した。

大坂城は家康の提案を蹴ったことで、臨戦態勢に入った。

「濠を掘り返せ」

「塀を作れ」

急いで大坂城をもとに戻そうとしたが、念入りに作業された濠は鍬《くわ》を受けつけず、塀や門を構築し直すにはときが足りなかった。

「もう籠城はできませぬぞ」

軍議で真田信繁が発言した。

「しかし、野戦を挑むには兵の数が心許ない」

大野治長が困惑していた。

冬の陣の後、大坂城を去った牢人の数は二万をこえ、城中に残っているのは豊臣の家臣を含めても八万に届かなかった。

「これ以上はおつきあいできかねる」

豊臣の家宰として徳川との間を取り持っていた織田有楽斎も大坂城を退去した。

「御家は命運尽きましてございまする」

きっぱりと真田信繁が宣した。

「そのようなことは……」

淀が金切り声をあげた。

「千じゃ、千を呼べ。あの者は家康の孫ぞ。あの者を人質にして徳川と交渉をいたせば」

「無駄でございまする。千姫さまを輿入れさせたときから、家康は覚悟いたしておりましょう。そして、そのようなまねをいたしたなら、より苛烈な対応がなされましょう」

あきらめきれないと騒ぐ淀を真田信繁が切って捨てた。

「秀頼さま」

真田信繁が上座の秀頼に正対した。

「豊臣家が後世の笑いものにならぬよう、ご決断くださいませ」

姿勢を正した真田信繁が秀頼に迫った。

「太閤殿下のお名前に泥は塗れぬ」

秀頼が寂しげに笑った。

「徳川の兵が集まる前に、こちらから撃って出る」

前回の戦いでは却下された真田信繁の案が採択された。

「…………」

その有様を苦い顔で盛親は見ていた。

「端から負けるつもりで、戦うなどごめんだ」

軍議解散の後、盛親は真田信繁のもとを訪れた。

「勝てないわけではございませぬ」

真田信繁が負けは確定していないと首を横に振った。

「大御所の首を獲れれば、状況は一変いたしましょう。旗本や徳川譜代の大名たちはいざ知らず、外様大名は大御所家康に与しているだけで、徳川に心底服従しているわけではございませぬ。家康という柱を失えば……」

「秀忠がおりましょう。将軍はすべての武士の統領のはず」

それほど甘くはなかろうと盛親は否定した。

「関ヶ原に遅れた、勝ち戦を知らぬ二代目の将軍に付いていく愚かな戦国大名はおりませぬ。家康が死ねば、諸大名はかならず国元へ兵を退きまする」

「徳川が残りますぞ。徳川と譜代大名だけで十万はいるはず」

真田左衛門佐の話に、盛親が首を左右に振った。

「徳川は跡継ぎでもめまする。家康は大きなまちがいをいたしました。秀忠以外の男子に、有力大名の娘を娶らせ、後見にいたしました。六男忠輝に伊達、九男義直《よしなお》に浅野、十男頼宣《よりのぶ》に加藤。これらの大名たちが娘婿を将軍にするため、いや、己が将軍岳父となって天下を裏で操ろうと動きましょう。まちがいなく、天下は今一度乱世に戻りましょう」

はっきりと真田信繁が断言した。

「もう一度、名をあげる機が生まれる。そのためには……」

「家康を討たねばならぬ」

真田信繁の後を盛親は受けた。

夏の編

代を継ぐ、断絶するは一重の差ではなく、幾つもの積み重ねの結果である。

徳川家康を討つ。

大坂城はようやく一つになった。大野修理大夫治長、渡辺内蔵助糺、木村長門守重成ら豊臣家臣と真田左衛門佐信繁、後藤又兵衛基次、明石掃部頭全登ら牢人衆が並んで気勢をあげているのを、長宗我部盛親は冷めた目で見ていた。

「同床《どうしょう》異夢《いむ》」

盛親は家臣組と牢人組の見ている未来《さき》がまったく違うことに気づいていた。

「豊臣は家康を討つことで、もう一度天下を手にする夢を見ている」

大野治長、木村重成らの目は輝いている。これは明日がある者の特徴であった。

「対して牢人衆は違う。戦いで華のように散り、後世まで語り継がれたいと考えている。瞳にはなにも映っていない。あれは死人の目だ」

真田信繁、明石全登などは生をあきらめている。さすがに二度家康に逆らっては、助命されることはない。

「……吾はどちらなのだ」

盛親は己の立つ位置が見えていなかった。

「土佐を取り戻したい。浦戸に帰りたい」

望郷の思いはもの狂おしいほどに強い。

「勝てない」

一方で、勝つ望みがなくなったことを理解し、土佐の虎と讃えられた長宗我部家の武を受け継ぎ、父元親、兄信親が天下に轟《とどろ》かせた勇名に並びたいという捨てた想いも蘇っている。

「付いてきてくれた者たちを死なせるのも惜しい」

父が無理矢理盛親を跡継ぎにしたことで土佐は割れた。盛親を主君として受け入れ難いと考えている家臣がいるなかで、最初から付き従ってくれた五百蔵左馬進や佐竹蔵人佐らを無駄死にさせるのも辛い。

「子供たちの先を奪うのも辛い」

盛親は徳川に手向かうと決めたときから、子供たちも死なせるつもりでいた。

「天下人に刃向かった吾の係累《けいるい》に、居場所はない」

家康が戦後、盛親の子供たちを見逃すはずはなかった。

摂津、河内、和泉で六十余万石の大名に落ちた豊臣家を全力で潰しにきた家康である。真田や明石、長宗我部ら、敵対した大名の子孫を生かし、禍根《かこん》を残すほど甘くはない。

「非情でなければ、天下は取れぬ」

盛親はそれを間近に見てきた。関ヶ原の合戦、昨年の大坂での戦い。どちらも徳川の勝利で終わっている。

勝者は敗者からすべてを奪える。敗者は勝者になにも要求できない。ただ頭を下げて慈悲を乞うしかないのだ。

盛親同様、関ヶ原で家康に敵対して、家を潰された大名は多い。それこそ、長宗我部とは比べものにならない奮戦で、徳川方に手痛い傷を負わせた大名もいる。

そのなかから徳川へ召し出された者がいた。立花宗茂などその最たる例であった。関ヶ原に間に合わなかったが、大津城攻めでは主戦力として戦い、家康に従った京極高次の心胆を寒からしめている。その立花宗茂が、秀忠に召し出された。

他にも来島康親、岩城貞隆《いわきさだたか》ら復活を果たした者は少ないがいる。

だが、その温情は長宗我部には降り注がなかった。

「十五年待った」

関ヶ原からのときを、盛親は数えた。

「豊臣が滅べば、天下から戦は消える」

乱世を生きた武将として、盛親は泰平の足音を捉えていた。

「勝てる戦であったものを……」

豊臣に勝ち目があると思えばこそ、京を抜け出し大坂へ入った。たしかに小さな望みだったが、皆無ではなかった。それが潰《つい》えた。

秀頼の覇気のなさ、淀の口出し、大野治長ら家臣たちの甘さに盛親は怒りを感じていた。

「吾はどうすればいい」

盛親はまだあきらめきれなかった。

「徳川へ寝返るか……」

もともとの躓《つまず》きは、関ヶ原で小早川秀秋や吉川広家らがあっさりと裏切ったことによる。

「同じことをしても、文句はあるまい」

「無駄でござるよ」

思わず声に出した盛親に、真田信繁が否定した。

「誰が見ても徳川の勝ち戦でござる。裏切りは無意味でしかござらぬ」

真田信繁が小さく首を横に振った。

「……………」

聞かれていたと知った盛親が顔色を変えた。

「ご安心召されや。誰にも申しませぬ」

真田信繁が微笑んだ。

「じつは、わたくしに徳川から誘いの手が参りましてな」

「……左衛門佐どのに」

「さよう。信濃で五十万石だそうでござる。馬鹿にするにもほどがある」

鼻先で真田信繁が笑った。

「五十万石の価値があると、認められたのでござろう。先だっての戦でもっとも戦果をあげたのは、真田の勢でござった」

盛親は真田信繁を褒めた。

「どうやって信濃で五十万石もひねり出すのでござる。豊臣を滅ぼしたところで、六十万石ほど。もし、わたくしに五十万石出せば、残りは十万石。これで諸大名たちの手柄を賄えますかな」

「……それは」

天下の大名たちが、ほとんど参戦している。人も兵糧も矢弾も消費しているのだ。大将たる徳川は、働きに応じた褒賞を出さねばならない。

「無理でございましょう。できないことをあの大御所が約束するはずはござらぬ。策略でござるよ。わたくしを勧誘することで、牢人衆の心を折る」

「たしかに、真田どのが大坂城を去られれば、我らは保ちませぬな」

数と志気で劣っている。ここで軍略の中心を失えば、最後の抵抗さえできなくなる。

「……どうしてこうなったのでございましょうなあ」

真田信繁が、生駒の山を見ながら呟くように言った。

「なぜ豊臣の天下ではいけなかったのでござろうか」

「わかりませぬ」

盛親は答えを持っていなかった。

「ようやく得た泰平を、なぜわざわざ崩したのか。何万という兵を死なせ、いくつもの大名を潰す価値があったと言うのでござろうや。拙者は是非大御所にそれを問うてみたい」

真田信繁が渇望した。

「徳川の欲ではいけませぬので」

盛親は訊いた。

武将は誰でも天下を望むものである。長宗我部や真田のように、天下に届かぬとわかっていればあきらめもつこうが、家康は手を伸ばせば届くところにまで来たのだ。

「大御所の望み……天下人になりたかっただけならば、許せませぬ」

強く真田信繁が否定した。

「太閤殿下も天下を治めるために、多くの犠牲を強いてこられましたが」

家康と同じだろうと盛親は述べた。

「いいえ。違いまする。太閤殿下は天下に秩序がなかったものをまとめられたのでござる。あのまま天下を乱世のまま放置しておけば、被害は倍以上になったでしょう」

真田信繁が続けた。

「しかし、家康は違いまする。我が国に戦はなくなり、泰平であった。それをあやつは壊した」

はっきりとした憎悪を真田信繁が見せた。

「わたくしは家康を討ちまする。関ヶ原で、昨年の戦いで、散った者の無念を晴らすため」

そこまで言った真田信繁が盛親を見つめた。

「貴殿はどうなさる。なんのために戦うか、お決めになられぬと辛いことになりましょう。慕ってくれた家臣たちをなんとなく、流れに任せた形で死なせてしまうおつもりではございますまいな。再起を目指すならば、今夜中に城を出られよ。名を残したいと思うならば、肚をくくられよ」

「…………」

厳しく指摘する真田信繁に盛親は返す言葉を持っていなかった。

秀忠は大坂へと軍を急がせていた。

「待ってくれよ、待ってくれよ」

前回の戦いで感じた以上の焦りが秀忠を突き動かしていた。

「今の大坂城なら、数万でも落とせる」

防備を失い、丸裸になった大坂城に大軍を支える力はない。

「なにもせぬままに終わるのは、もうごめんだ」

関ヶ原、大坂前年の戦いと、秀忠はなにもできなかった。

「侮られる将軍など嫌じゃ」

武士の統領たる将軍が、戦いさえできぬなど、恥ずかしいどころではない。

「付いてこられぬ者は、放っておけ」

かといって関ヶ原のときのように兵を率いず戦場へ出るわけにはいかなかった。秀忠は天下の将軍になったのだ。将軍の出馬は、大軍をもって堂々とおこなわなければならなかった。なぜならば、将軍の戦はかならず正義の発露であり、負けることは許されない。

「いかん。足並みを揃えよ。脱落する者がおらぬよう、注意いたせ」

内心の焦りを隠しながら、秀忠は家康との合流地である京を目指した。

慶長二十年（一六一五）四月二十一日、秀忠は大軍を率いて入洛、京の公家、町衆を威圧しながら二条城へ入った。

「ご苦労じゃの」

藤堂高虎、本多正信らと待っていた家康がにこやかに笑いながら、秀忠を迎えた。

「今回は、公方さまのご出座をいただかなくとも、この隠居だけで足りようと思いましたがの」

機嫌のよい顔で家康が、秀忠を格上として扱った。

「…………」

居心地の悪さを、秀忠は沈黙で隠した。

「まあ、公方さまには、物見遊山のおつもりでいてくだされば、よろしいかと」

「そうはいきませぬ。非道な豊臣を討つは、将軍家の役目でござる。大御所さまこそ、お茶など召されておられませ。風炉《ふろ》の湯が冷める前に、豊臣を滅ぼしてみせましょうほどに」

指をくわえて見ていろと言われたに等しい。秀忠は、家康の言葉に首を左右に振った。

「言うてくださる。老いたこの身を労《ねぎろ》うてくれるとはかたじけなし」

大仰に家康が喜んだ。

「しかし、今回は老体最後のご奉公でござる。お任せいただきたい」

結局家康は、秀忠を立てるように見せながら、実権を握った。

「籠城できぬ大坂方の戦法は一つしかない。我らを迎えて一手ずつ攻めてくるであろう。幸い、こちらは大坂の倍じゃ。二手に分かれても十分。一手が止められても、もう一手が、秀頼の首を獲れば勝ちじゃ」

軍勢を分けると家康が言った。

「さほどの難事ではない。今回の兵糧は三日ぶんもあれば足りよう」

家康が自信のほどを見せた。

しかし、豊臣方の必死さを家康は甘く見過ぎていた。四月二十六日、大野治長の弟治房《はるふさ》、箸尾《はしお》高春《たかはる》らの率いる二千余りの兵が大和国へ侵入、大和郡山《こおりやま》城を攻め、守将の筒井《つつい》定慶《じょうけい》らを敗走させた。だが、兵数が少なすぎて、これ以上の戦闘は無理と判断し、大野治房らは退いた。

さらに豊臣方は二十八日、徳川の荷駄が陸揚げされていた堺を急襲、兵糧や矢弾を焼き払った。

「徳川恐るるに足りず」

勢いに乗った豊臣方は、近い一門でありながら、敵対した浅野家を討つべく、紀州へ出兵した。が、功を焦った塙直之が浅野家の敗退の擬態に引きずられて突出、手痛い反撃を受けて討ち死にしてしまった。

「このまま戦が長引けば、大和路から来る徳川に横腹を突かれる。大坂へ退く」

大和から紀州へと転戦していた大野治房が撤退を決めた。

豊臣方の策は、大坂へ迫る徳川方の軍勢を、その到着差を利用して各個撃破することである。数が少ない豊臣方としては、そうするしか方法はない。その豊臣方が徳川に撃破されては勝機は消え去る。

先だっての戦いでは大坂籠城を唱え、真田信繁の進撃策を却下した大野治長だったが、戦いを見る目を持っていた。

人数を温存した大坂方は、これ以降摂津、河内、和泉と領地から出ていくことをせず、城なき籠城に近い形で徳川方の大軍を迎えなければならなくなった。

「徳川方、河内に向けて進軍」

五月、物見の兵が大軍の移動を報告してきた。

「地の利を生かして迎え撃つべし。一隊は河内国分《こくぶ》村付近へ、もう一隊は今福《いまふく》あたりにて迎え撃つべし」

軍議の結果、豊臣方は軍勢を二つに分け、国分村へ向かう軍勢を本隊として、後藤又兵衛、薄田兼相、渡辺糺、真田信繁ら一万八千を出した。

「南は、我らが受け持ちましょう。東をお任せいたす」

先夜のことなどなかったかのように真田信繁が、盛親の手を握った。

「少数しか割けず申しわけない。土佐の一領具足、その武名にお縋りする。できるだけ早く、こちらの敵を撃滅し、合流いたしまする。しばし、お支えくだされ」

十万をこえる徳川方と正面から戦って勝てるだけの兵はない。真田信繁は、徳川家康、秀忠の率いる本隊ではなく、南から来る別働隊をまず叩くことにした。その間、盛親は六千ほどの兵で、徳川の侵攻を足留めし、その横腹へ別働隊に勝った真田信繁率いる本隊が襲いかかる。数で勝負にならない豊臣方として、執りうる唯一の方法であった。

「ご期待に応じましょうぞ」

すでに天下に長宗我部の居場所はない。真田信繁に来た勧誘さえ盛親にはなかった。ならば名を残すべしと覚悟を決めた盛親は力強くうなずいた。

大坂城の東を目指すのは徳川の本隊である。とても六千やそこらの兵でどうにかできるものではない。が、大軍が通るには不便な狭隘な地形で迎え撃てば、破ることはできずとも、ときを稼ぐくらいはできる。

大坂城の東には広大な湿地帯が拡がり、通行できる街道の幅は狭い。また大和川を本流とする恩智《おんち》川、玉串《たまくし》川、楠根《くすね》川などの河川が入り交じり、大軍の行動は難しい。

真田信繁はここに木村重成と盛親に六千ずつの兵を預け、時間稼ぎを頼んだのであった。

五月二日早朝、木村重成を先鋒、盛親を次鋒とした軍勢が大坂城を進発した。

「火縄は絶やすな」

盛親は敵の出足をくじくには、鉄炮を一斉に撃ちかけるしかないと考え、足軽たちのほとんどに鉄炮の準備をさせていた。

広大な大坂の平野で、徳川本隊の先陣を見つけるのは難しい。先陣はいかに徳川の本隊といえども五千ほど、それを相手よりも先に見つけなければならないのだ。

物見を出しては止まり、報告を受けては動きを繰り返して、盛親がようやく平野《ひらの》から八尾《やお》へ入り、久宝寺《きゅうほうじ》村に陣を布いたのは五月五日のことであった。

「さすがに明日あたりは行き当たろう」

日が暮れる前に、行軍を止めた盛親は、自ら物見を務めた。

久宝寺村は、本願寺の末寺久宝寺御坊の門前町でもあった。畠山家国《はたけやまいえくに》によって築かれた久宝寺城は、織田信長と石山本願寺の争いのなかで焼かれてしまったが、東に大和川が流れ、防衛には適している。

「堤で見にくいの」

大和川の両岸にある堤は高く、見通しが悪い。

「ちょうどよい」

久宝寺御坊の門前から五町（約五百五十メートル）ほどのところに一本だけ立っていた松の木に盛親が登った。

「……敵の姿はなしか」

生駒の山の麓まで一望できるが、敵兵の姿は確認できなかった。

「殿、陣幕の用意ができましてございまする」

五百蔵左馬進が松の根元から声をかけた。

「長門守どのからの伝令は」

木の上から盛親が尋ねた。

「ございませぬ」

五百蔵左馬進が首を横に振った。

大坂城の東を担当する木村重成と盛親は、別行動を取っていた。少数をさらに分散するなど愚の骨頂であるが、濠も塀も失った大坂城を護るためにはいたしかたなかった。

もし、木村隊と長宗我部隊が合流して待ち構えているところ以外を進まれれば、本丸まで徳川勢を留める者はいないのだ。分散してでも索敵の範囲を増やし、できるだけ大坂城から遠いところで迎撃する。それができずに総大将の豊臣秀頼を討ち取られれば、この戦の意味はなくなり、木村重成、長宗我部盛親の名前は地に落ちる。

たとえ盛親が野戦で徳川家康の首を獲ろうとも、それを認めてくれる相手がいなければ、土佐一国の褒賞は夢と消える。どころか、天下のお尋ね者になるだけで、徳川の世が続く限り、この日本に長宗我部の名前は許されなくなる。

分散する愚を犯しても、敵をできるだけ早く見つけ、別に動く木村重成へ報告、救援してもらうしかなかった。

「明日は真東に進んでみよう。さすがにそろそろぶつかるはずだ」

木を降りた盛親は、まだ見えてはいないが敵は近いと感じていた。

五月六日の夜明け前、盛親は軍勢をさらに割いて、物見隊を編制した。

「敵を見つけたならば、ただちに戻れ」

「承知」

三百ほどの兵を預けられた吉田孫左衛門がうなずいた。

吉田孫左衛門は、長宗我部元親、盛親の二代にわたって仕え、重職の一人として活躍しただけでなく、関ヶ原の合戦にも同行している。盛親にとって、五百蔵左馬進に並んで信頼できる家臣であった。

吉田隊を先行させた盛親は、一刻（約二時間）ほど空けて、本隊を東に向けた。

久宝寺村を出て生駒街道を北東に進んだ吉田隊は、萱振《かやふり》村へ入ったところで徳川本軍の先鋒として侵攻してきた藤堂和泉守高虎の右翼隊とぶつかった。

藤堂高虎は五千余りの軍勢を右翼一千五百、左翼一千五百、中央二千の三つに分け、大坂城へ進軍する徳川家康の露払いをしていた。

萱振村は久宝寺村同様、本願寺に属している萱振御坊を中心とした門前町で、織田信長との戦いに使用した土塀、環濠を未だ残していた。そこに陣を置いていた藤堂右翼隊が吉田隊を発見、急襲した。

「しまった」

油断していたわけではないが、萱振村を先に押さえられていたとは知らずに前進した吉田隊は、撃ちかけられた鉄炮、弓矢に動揺した。

「まとまれ。鉄炮、適当でいい。撃ち返せ」

吉田孫左衛門が配下に大声で指示した。混乱ならまだいい。これが恐慌に陥ってしまえば、もう態勢を立て直すことはできなくなる。四散して逃げ出したところを、後ろから狩られるだけになってしまう。なんでもいいから戦う指示が要る。

雑兵たちは、大将の指示に従う習性を叩きこまれる。吉田孫左衛門の命に、鉄炮足軽が引き金を引いた。

「槍衾を作れ。鉄炮が終わったら突っこんでくるぞ」

鉄炮の撃ち合いが終われば、足軽による槍合わせとなる。このとき、数の差よりもひとかたまりになれるかどうかが大切であった。

しかし、初手を取られたのは大きかった。もとより鉄炮、兵の数が違う。吉田孫左衛門のやっていることは、全滅を先延ばしにするだけでしかなかったが、それこそ大事であった。

「おい、殿へお報せを。敵の数は千以上、旗印から藤堂家。数が少なすぎるゆえ、本隊は別だと思われる」

吉田孫左衛門は足の速い者に命じて伝令をさせた。

「はっ」

伝令が駆け出した。

「……ご武運を」

その背中に盛親への想いを呟いた吉田孫左衛門が、槍を握りしめた。

「ものども、土佐の意地を藤堂づれに見せてやれ」

吉田孫左衛門が先頭に立って突撃した。

五倍以上の兵数差と最初の急襲で多くの兵を失った吉田隊は奮戦虚しく全滅したが、敵に与えた損害も大きく、藤堂右翼隊は陣形を維持できず本隊との合流を余儀なくされた。

「殿はいずこぞ」

吉田孫左衛門に任命された伝令が汗を流しながら、本隊へと駆けこんだ。

「敵か」

盛親が伝令を迎えた。

「この先、萱振村にて藤堂……」

伝令が吉田孫左衛門の言葉を盛親に伝えた。

「孫左衛門は……」

「………」

盛親の問いに伝令は沈黙した。

「そうか」

小さく盛親は呟き、瞑目した。

「孫左衛門の功績、無にするわけにはいかぬ。一同、戦の用意じゃ」

盛親が進軍を止めた。

「物見、出よ。ただし、敵に見つからぬよう、低くしていけ」

吉田孫左衛門の伝言にあった藤堂家の一部という情報を盛親は重視した。吉田隊よりも北方で、先に進んでいる木村長門守よりの報せがないということも勘案した盛親は、藤堂隊の本軍が近くにいると確信していた。

そして、それは正しかった。

「大和川の対岸を二千ほどの兵が行軍して参りまする」

物見が戻ってきて報告した。

「よしっ」

気合いを入れた盛親が手を打ち鳴らした。

「ここの土手を利用して、敵を待ち伏せする。騎馬を少し離したところに繋げ。嘶《いなな》かせぬように枚《ばい》を噛ませるのを忘れるな」

「はっ」

騎馬武者はそう多くはない。すぐに馬たちは近くの民家のなかへ隠された。

「鉄炮に火縄を付けよ。槍隊、土手に身体を横たわらせ、切っ先が上に出ぬようにいたせ」

盛親が兵たちを指揮した。

「おう」

兵たちの士気も高まった。

長宗我部軍が待ち伏せの場所として選んだのは、生駒街道を大和川が横切っている場所であった。橋は架けられておらず、川を渡らなければならないが、街道があるところは水深が浅くなっている。騎馬を含めた藤堂左翼隊は、街道をゆっくりと進み、大和川を渡った。

川を底にして、土手が盛りあがっている。土手の外側に潜んでいる長宗我部勢に藤堂左翼隊は気づかなかった。

「今ぞ。放て」

土手にあがりきった藤堂左翼隊の先頭が見えた瞬間、盛親が手を振った。

百ほどの鉄炮が轟音とともに火を噴いた。

「ぎゃっ」

「ぐわあっ」

先ほど吉田隊が見せた狼狽を藤堂左翼隊が演じることになった。

「槍隊突けい」

鉄炮は一度撃てば、まず使えない。盛親は、相手の動揺が収まる前に突撃を敢行した。

「わあああ」

長宗我部の槍隊が、藤堂左翼隊に突っこんだ。

「落ち着け。落ち着け。陣形を整えよ。すぐに本隊が来る。それまでの辛抱じゃ」

騎馬に乗った武者が、崩れそうになる味方を必死で鼓舞した。

「その声は……弥次兵衛《やじべえ》か」

槍を持って敵兵を突いていた盛親が驚いた。

「……殿」

騎馬武者も呆然とした。

藤堂左翼隊の一部を率いていたのは、長宗我部家の重臣の一人であった桑名弥次兵衛吉成であった。

「では、この者たちは……」

「………」

戦っている敵兵を見回した盛親に、無言で桑名吉成が肯定した。

「土佐の者どもか」

「すべてではございませぬが」

桑名吉成が答えた。

「弥次兵衛だと」

聞きつけた近藤長兵衛《こんどうちょうべえ》が駆けつけてきた。

「きさま、よくも重代の殿に向かって槍を付けられたな」

近藤長兵衛が桑名吉成を罵った。

「これはっ」

慌てて桑名吉成が槍を下げた。

潰れたといえ、長宗我部は土佐の国主として長い歴史を誇っていた。また、桑名はその譜代の家臣として繁栄、本家たる吉成は二千石という高禄を与えられていた。

「殿のご合戦にも馳せ参ぜず、敵として現れるなど言語道断ぞ」

近藤長兵衛の糾弾が続いた。

「お手向かいはいたしませぬ」

桑名吉成が、従容《しょうよう》として首を差し出した。

「よき覚悟である」

うなずいた近藤長兵衛が桑名吉成を槍で突いた。

「………………」

苦鳴も漏らさず、桑名吉成が絶命した。

「桑名吉成を討ち取った」

近藤長兵衛が高々と血の付いた槍を振りかざした。

「ああっ」

とたんに藤堂左翼隊の士気が落ちた。

「なにをしておる。そなたたちを拾ってやった藤堂の恩を忘れるな」

藤堂左翼隊を率いていた藤堂仁右衛門《にえもん》高刑《たかのり》が憤った。

「名のあるお方とお見受けいたす」

五百蔵左馬進が戦いを挑んだ。

「小癪《こしゃく》な。牢人の分際で片腹痛いわ」

藤堂仁右衛門が迎え撃ったが、数合の槍合わせののち、五百蔵左馬進の一撃を受けて即死した。

「大将が討たれた……」

もともと数で劣っていたというのもあり、あっという間に藤堂左翼隊は壊滅した。

「殿……」

「お懐かしい」

討たれながら、盛親を見て微笑んだ者たちがかなりいた。

「これも武士のならいである。皆、先に参っておれ。吾もすぐに行く」

盛親は見慣れた顔が息絶えるのを見守った。

「北より、別手接近」

「どこの兵ぞ」

「藤堂家のものと思われまする」

盛親の問いに、物見の兵が告げた。

「殿、吾にお任せあれ」

一門の長宗我部主水《もんど》が手近の兵を率いて応戦した。

「喰らえっ」

藤堂仁右衛門を討ち取り、意気軒昂たる長宗我部勢によって藤堂家別手も破られた。

「このまま藤堂の本隊を破るべし」

陣形を整えた長宗我部勢は、そのまま八尾村に陣取っている藤堂の本陣へ攻めかかった。

「こらえよ」

藤堂高虎も必死に応じたが、数の差と勝ち戦の勢いに乗った長宗我部勢に押され、本陣は大いに乱れた。

「お逃げくださいませ」

一時は藤堂高虎がわずか十騎ほどの近臣に護られて、本陣から離れなければならなくなるほど、長宗我部の兵は縦横無尽に戦った。

「急の報せでござる。急の報せでござる。長宗我部土佐守さまはいずこに」

藤堂高虎の追撃に移ろうとしていた盛親のもとへ、木村重成勢の兵が走りこんできた。

「何事か」

盛親が応じた。

「当方、若江《わかえ》にて藤堂家の一手を蹴散らしましたが、井伊家並びに松平家、丹羽家の攻撃を受けて敗北」

「長門守どのは」

「……主長門守を始め、山口左馬助《やまぐちさまのすけ》どのらお討ち死に。残存の兵どもは大坂城へと戻りましてございまする」

「なんだと、長門守どのが……」

盛親はまだ若い木村重成の死に絶句した。

「井伊家始め、関東の勢、こちらに向かっておりまする」

急使が危険を告げた。

「……やむを得ぬ。兵をまとめ、退くぞ」

勝ち戦とはいえ、朝からの連戦で兵は疲れている。鉄炮の弾も余裕がない。盛親は撤退を決めた。

「殿《しんがり》を承りたし」

盛親の陣を借りていた増田長盛の長男盛次《もりつぐ》が名乗りをあげた。

殿は難しい。逃げる兵は弱点である背中を晒すだけでなく、士気も落ちる。逆に追うほうは、ほとんど反撃を受けないですむ。

先ほどまでとは逆の状況ができてしまった。

「急げ、急げ」

盛親は兵たちを急がせた。後ろから藤堂の残党、横腹に井伊家を主とする徳川の勢を受ける羽目になったのだ。

少し遅れるだけで、長宗我部勢が全滅しかねなかった。

「逃がすな」

藤堂勢の中でほとんど無傷の渡辺勘兵衛《かんべえ》隊が、追ってきた。

「させぬわ」

増田盛次が、手勢を率いて立ちふさがった。

「邪魔だ、どけ」

渡辺勘兵衛と増田盛次がぶつかった。

増田盛次は、関ヶ原の合戦で取り潰された家を復活させるため、去年の戦いでは徳川義直の軍勢に参加していた。が、戦いには参加したものの、和平がなったおかげで手柄を立てられず、家名再興はならなかった。

「勝ち戦では、望みかなわず」

徳川に属していては、とても増田家を大名に戻せぬと悟った増田盛次は、大勝負に出るため今回は豊臣方で戦っていた。この殿も手柄を欲してのことであった。

「おうりゃあ」

武功で取り立てられた渡辺勘兵衛と筆で出世してきた増田家の跡継ぎでは勝負にならない。あっさりと増田盛次は討ち取られた。

「首なんぞ捨てて、追え」

渡辺勘兵衛が殿軍の大将を失った長宗我部勢へ襲いかかった。

「突っこめえ」

機を合わせたように、井伊家の赤備えが長宗我部勢の右腹へ喰いついた。

「ちいい」

こうなると負けは決定する。盛親はここを死に場所にすべく、馬を止めた。

「なりませぬぞ。殿はお帰りになられて、再起をおはかりいただかねば」

井伊勢へ突っこもうとした盛親の馬を五百蔵左馬進が遮った。

「しかし……」

「死にゆく者の希望でござる。我らの夢、土佐へ長宗我部の旗を立てていただきますように」

抵抗しようとした盛親を、五百蔵左馬進が押さえた。

「行くぞ、者ども。長宗我部の武を思い知らせてくれようぞ」

「おう」

「殿、お願いをいたしまする。きっと土佐にお帰りくださいますよう」

五百蔵左馬進の呼びかけに、多くの兵が応じた。

「長宗我部で武名高き五百蔵左馬進である。吾と思わんものは、かかって参れ」

「近藤長兵衛じゃ。かかってこいやあ」

馬を駆って盛親の家臣たちが井伊家の兵を引き受けた。

「……左馬進、長兵衛」

長宗我部の兵たちが、井伊家の赤備えを蹂躙した。が、数の差と包囲されている不利は変えられなかった。

「無念」

近藤長兵衛が井伊家の将の槍に貫かれた。

「殿、ご無事で」

奮戦していた五百蔵左馬進も味方の兵が削られては、どうしようもない。矢を背中に受けて落馬したところを首討たれた。

「見事であった」

死を覚悟した者たちの勇姿を盛親は脳裏に刻んだ。

「皆の死を無になさるな」

残った近臣に促されて、盛親は馬の腹を蹴った。

大坂城へ逃げ戻った盛親は、生き残った兵の数を数えて愕然となった。

「朝には六千近くいたのが……三百に足りぬだと……」

吉田隊を失い、藤堂勢を蹴散らすときの被害もあったが、井伊家と戦うまではまだ四千以上の兵がいた。それが、十分の一以下になっていた。

「……これでは土佐に帰れても、吾を支えてくれる者がおらぬ」

国主は一人でできるものではない。家老から小者まで万をこえる家臣たちがいてようやく国を治めることができる。あきらめたつもりでいた夢が、ここに潰えた。

「左馬進、孫左衛門、長兵衛……皆がおらねば……」

盛親は呆然となった。

「殿、馬が帰って参りましてござる」

生き残った将が盛親の側に来た。

「誰の馬じゃ」

乗り手を失った馬が、帰巣本能に従って厩舎《きゅうしゃ》へ帰ってくることはままある。

「近藤長兵衛のものかと。鞍に桑名弥次兵衛の首がくくりつけられておりまする。いかがなさいますか。首実検に……」

「いや」

秀頼に手柄の証拠として差し出すかと訊いた将に盛親は首を横に振った。

「弥次兵衛は、旧主と新主の間に挟まれて死を選んだのだ。晒しものにするのはあんまりである。誰か、弥次兵衛の首を藤堂どののもとへ届けてやってくれ」

盛親は、桑名弥次兵衛の首に手を合わせた。

「吾が関ヶ原で突っこんでいれば、吉川の妨害などはねのけて毛利も動いたかも知れぬ。さすれば……」

　肩を落としながら盛親が後悔を口にした。

「井伊などに縋らねば……徳川を迎え撃つと浦戸城に拠っておれば……少なくとも弥次兵衛と長兵衛が戦うことはなかった」

　盛親が瞑目した。

「すべては吾の失策であった。他人に動かされず、自らの意志で動いておれば、皆を死なせたとしても、胸を張れた」

　盛親はへたりこんでいる兵たちに、心のなかで詫びた。

「土佐どの……」

　消沈している盛親のもとへ真田信繁がやってきた。

「惜しいことでござった」

「吾の力が及ばず、多くの者を死なせてしまいましてござる」

　慰める真田信繁に盛親が首を横に振った。

「それはわたくしも同じでござる。又兵衛どの、隼人正どのを死なせてしまいました。霧が出ることを考慮していなかったわたくしの失敗」

　真田信繁が苦く頬をゆがめた。

「軍略をつかさどるならば、天候も読んでおらねばなりませんでした。霧のせいで、戦場へ着くのが遅れ、少数で先陣の又兵衛どのたちを戦わす羽目に……冬の戦いでわたくしが立てた案を秀頼公が認められなかったのも当然でござった。吾が策は万全でなかった。それを秀頼公はお見抜きになられたのでございましょう」

真田信繁も憔悴《しょうすい》していた。

「……負けでござるな」

あらためて真田信繁が告げた。

「徳川方は十数万、対してこちらは前右大臣さまの警固を含めて四万ほど。もう勝負になりませぬ」

「家康を討ち取っても……」

「ここまでやられれば、もう同じでござる。こちらに十分な兵があってこそ、諸大名も豊臣へ靡《なび》く。家康一人死んだところで、将軍は健在。ああ、豊臣は策でも家康に勝てなかった。泉下で父に叱られましょう。もっと早くから手を打っておけと」

真田信繁が目を伏せた。

「策でも負けたとは……」

「家康が大御所になったことでござる。家康はもう将軍ではない。将軍ではない隠居が死んだところで、幕府は揺らぎませぬ。家康は、いつ己が死んでも、徳川の天下は続くよう、さっさと隠居した。それを知っていながら、豊臣は家康を相手にしてきた。家康ではなく、将軍を交渉の場に引きずり出すべきでござった。関ヶ原に遅れたことを恥と考える将軍が相手ならば、もう少しやりようもございました」

「貴殿は、九度山《くどやま》で幽閉されておられたでしょうに」

なにもできなかっただろうと、盛親が自責する真田信繁を慰めた。

「わたくしの仕事ではございませぬ。これらは織田有楽斎どの、片桐東市正どのがせねばならぬことでござった」

「お二人とも、今は徳川方でござるな」

「さよう。現状を守ることに必死な小身代の二人を豊臣に付けた。そこからして家康の策は始まっていた。豊臣の滅亡は、関ヶ原の前から決まっていたのでござる」

真田信繁が力なく笑った。

「では、有楽斎どのや東市正どのは、最初から豊臣を裏切っていたと」

「それは違いましょう。家康の思うとおりに動かされていたと考えるべきでござる」

盛親の疑問を真田信繁が否定した。

「我ら一同、家康の掌の上で踊っていた」

「はい」

確認した盛親に真田左衛門佐が首肯した。

「吾が京で飼い殺しにあっていたのも……」

盛親が歯がみをした。

「傀儡だったのでござる。太閤殿下が亡くなってより、ずっと我らは家康に踊らされていた。それを声高に非難するつもりはございませぬ。己の不明を喧伝《けんでん》するようなものでござるゆえな。ただ、このままで終わらせはしませぬ。仕舞いの踊りには家康も舞台へあがってもらいましょう」

「舞台へ……」

真田信繁の言葉に、盛親が怪訝な顔をした。

「いかがなさいますかな。明日、家康の本陣へ突っこんで、高みの見物をしているところを引きずり出してくれようと思いますが、土佐どのもご一緒に」

「……いや、遠慮いたしましょう。もう、家臣たちが吾のために死んでいくのを見たくはございませぬ」

最後の花を咲かせないかとの誘いを盛親は断った。

五月六日の戦いは、八尾方面での戦いだけでなく、幕府別働隊の松平忠直、伊達政宗隊と交戦した奈良街道道明寺《どうみょうじ》の合戦でも豊臣勢が敗退した。豊臣方は後藤又兵衛、薄田兼相、木村重成らが討ち取られ、一万近い兵を失った。

「お味方勝利でございまする」

大坂城の東南、岡山に本陣を置いた秀忠のもとへ、戦勝の報がもたらされた。

「うむ」

満足そうに秀忠はうなずいた。

「まもなく大坂城を落とせよう。一同、ぬかりなきようにいたせ」

天下の将軍はここにありと示す最後の機になる。決戦に備えて、秀忠は緊張した。


七日、豊臣方最後の抵抗が始まった。

徳川方が岡山口、天王寺口《てんのうじ》と二手に分かれたのに応じて、豊臣方も岡山口に大野治房率いる五千、天王寺口に真田信繁、毛利勝永ら一万数千を配置した。

「かかれ」

初手は徳川方松平忠直であった。前日の戦いでさほどの手柄を立てられなかった松平忠直が、抜け駆けをし、真田信繁の軍勢へと鉄炮を撃ちかけた。続いて豊臣方の毛利勝永が本多忠朝《ただとも》の軍勢へ槍を付け、これを潰走せしめた。

「抑えよ」

ただちに徳川方が戦線を支えようと小笠原《おがさわら》勢などを毛利勝永らにぶつけるが、死に花を咲かせるだけのために戦っている豊臣方に押され、たちまち陣形が崩れた。

「本多忠朝さま、小笠原忠脩《ただなが》さま、お討ち死に」

そこへ徳川がもっとも怖れる話が拡がった。

「浅野勢、裏切り」

豊臣に近い一門の浅野が裏切ったとの噂は戦場を席巻、徳川軍を混乱させた。

「よし、家康のもとまで道が空いた。皆の者、松平勢の相手はここまでじゃ。突っこめ」

大声をはりあげて、真田信繁自ら先頭を切って馬を駆った。

「えっ」

たった今まで真田勢と戦っていた松平忠直が啞然となった。

「……城が見える」

大坂城への壁となっていた真田勢がいなくなったお陰で、松平忠直の目の前が開けた。

「一番乗りぞ」

好機とばかりに松平忠直が真田勢を放置して、大坂城へと向かった。

戦いの音は秀忠のもとにも届いていた。

「本陣を進めよ」

戦に参加すべく、秀忠が前進を命じた。

「いけませぬ。大将が動けば隙が生まれ、敵を呼びこむことになりまする。動かず、戦況を見守ることこそ、御大将の役目」

書院番頭の立花宗茂が老練な武将としての意見具申をおこなった。

「なにを言うか。大将が出てこそ、士気があがるというものだ」

秀忠は、立花宗茂の助言を聞かなかった。

本陣が前に出るとなれば、先陣、後詰めも動かなければならなくなる。戦場での空気に興奮している何万もの兵が整然と移動できるわけもない。徳川本陣が乱れた。

「なにをしている、長松」

本陣が動いたのを見た家康が、舌打ちした。

「浅野勢、裏切り」

そのとき、伝令が家康のもとへ走りこんできた。

「なにっ」

「おのれ、浅野め」

「たわけ、今さら浅野が裏切るものか。裏切るならば、冬じゃ」

動揺する家臣たちを家康が怒鳴りつけた。

「わああ」

「落ち着け、落ち……」

もう一度怒鳴ろうとした家康の目に、真田の赤備えが見えた。

「な、なんだと」

「馬印がある。家康はあそこじゃああ」

驚く家康に、真田勢が迫った。

家康の本陣が大混乱に陥った。

「大御所さま、お逃げを」

一時は家康が単騎で逃げ出すほどの状況にまでなったが、天王寺口から家康の本陣まで無理をしすぎた真田勢が力尽きた。

「あと一歩であったが、まあよかろう。舞台の幕切れ前に、家康めを踊らせたわ」

家康の馬印が倒れているのを見ながら、真田信繁が満足げに笑った。馬印を残して逃げるのは、武将最大の恥とされている。

真田信繁がゆっくりと槍を置き、兜を脱いだ。

「やれ、疲れたわ。この首くれてやろう」

転がっている石に腰掛けた真田信繁が、槍を付けた兵に抵抗せず討ち取られた。

秀忠の前進に伴う本陣の乱れは、家康の危機を救うための軍勢を出せなくさせただけではなく、岡山口で対峙していた大野勢の攻撃を誘発した。

「陣形が崩れた……」

大野治房が隙を見つけて斬りこんだ。

「どけい、裏切り者が」

負け戦とわかったうえでの突撃は、第一陣の脇坂を易々と突破、続けて前田の陣も切り開いた。さらに長宗我部勢との戦いで大いに兵数を減らした井伊と藤堂も一蹴した。

「将軍家を護れ」

秀忠の本陣へと襲いかかった大野治房勢の前に、関ヶ原で遅参した旗本衆が立ちふさがった。名誉回復とばかりに奮戦した旗本たちによって、大野治房の勢いは止まった。こうなると数がものを言う。囲まれた大野治房勢は壊滅した。

「死ねなんだわ」

毛利勝永が、敗残兵をまとめて大坂城へと帰ってきた。

「………」

京橋口《きょうばし》を守るだけで出撃しなかった盛親は、無言で毛利勝永を迎えた。

「さて、前右大臣さまのお供をするとしよう」

出陣しなかった盛親を責めることなく、毛利勝永が御殿へと歩き去った。

秀忠の娘、千姫を使っての降伏交渉も潰え、徳川に内通した者が城に放火、豊臣の敗北が決定した。

「お側に……」

「殿、再起を」

あきらめて秀頼とともに腹を切ろうとした盛親を中内惣右衛門《なかうちそうえもん》ら近臣たちが留めた。

「ここで死んでは、五百蔵や吉田、近藤らの想いが無駄になりましょう」

「わかった。落ちよう」

盛親は近臣たちの勧めに従った。多くの兵を死なせた盛親には贖罪《しょくざい》しか残っていなかった。言われるがままに盛親は、逃げ出そうとする豊臣方の兵、なかへ押し入ろうとする徳川方の兵で混沌とする大坂城を後にした。

とはいえ、徳川の天下に逆らった長宗我部に安住の地はない。西へ逃げるよりは東に進んだほうが、追っ手の目をごまかせるのではないかと考えた盛親たちは、主人と家臣二人という少人数で京へと向かった。

「武運をお祈りいたして参りましょう」

山崎八幡宮《やまさきはちまんぐう》で再起を祈願してはと近臣に言われた盛親は素直に従った。しかし、これが裏目に出た。参詣をすませ街道へ戻った盛親たちは、落ち武者を詮議する関所が設けられているのを見た。

「夜になるのを待つしかない」

盛親たちは近くの河原に身を潜めたが、あっさりと見つかってしまった。

「身分ありげな牢人がいる」

訴人を受けた蜂須賀家の家臣により盛親たちは包囲された。

「抵抗はせぬ」

供した二人を無駄死にさせたくないと盛親は大人しく捕縛された。

そのまま盛親は京都所司代へと運ばれ、数日牢に入れられた後、板倉伊賀守勝重、土井大炊頭利勝《どいおおいのかみとしかつ》らの取り調べを受けた。

「今少し我慢しておれば、お召し出しもあったろうに」

「未来《さき》の見えぬ日々の辛さは、身代を失った者にしかわかりませせぬな」

盛親が、我慢できなかったのかと見下す徳川の将たちに嘆息した。

「大坂方はなぜ負けたと思う」

「吾が八尾で負けたせいである。土佐の兵たちは勇猛であった。ただ、吾が采配が至らなかった。それが敗因である」

盛親は死んでいった家臣たちを褒め、己を責めた。

その盛親の取り調べを隣の部屋で秀忠が聞いていた。

「十五年前、徳川が負けておれば、あの座に据えられたは吾であったかも知れぬ」

天下分け目で戦えず、もし徳川が負けていたら、秀忠は周囲から無能とそしられ、家督への不安から弟を殺そうとしたかも知れなかった。秀忠は吾が身に置き換えて震えあがった。

「一つ、問うて参れ。なぜ、縄目の恥辱を受けた。潔く自決するなり、討ち死にするなりしなかったのかと」

深呼吸をして気を落ち着けた秀忠が盛親への質問を命じた。

「……問おうぞ」

板倉勝重が秀忠の代わりに訊いた。

「大将は家臣たちの御輿《みこし》よ。そして御輿は担がれるもの。勝手に壊れるわけにはいかぬ。土佐に帰りたいと思う者が一人でもおる限り、吾は自ら命を捨てることは許されぬ」

上に立つ者は家臣たちの拠《よりどころ》である代わりに、すべての責めを負う。十五年の牢人で主君としての責を果たさなかった盛親を慕い、命をかけて戦ってくれた家臣が生きてくれと頼んだのだ。その者たちを無駄死にさせたくない。盛親は死を前にしてようやく国主の役目を悟っていた。

「御輿……」

秀忠が繰り返した。

あの日、本陣を動かしたことで危機に陥った秀忠は、家康からの叱責を覚悟していた。だが、家康は秀忠になにも言わなかった。

「吾は飾りでよいのか……いや、飾りでなければならぬ」

あらためて秀忠は、家康が己になにも期待していないと知った。家康が己に求めたのは徳川の兵を率いる強い将軍ではなかった。これから代を重ね続ける徳川の世を乱すことのできる唯一の敵、豊臣を滅ぼす。主君への反逆を徳川の当主がしては、悪しき前例を残す。徳川の天下を続けるには、謀叛は絶対に許してはならないのだ。家康はそのために徳川の当主、すなわち将軍を秀忠に譲り、大坂の戦いを吾が名前で起こした。家康にとって、秀忠が将軍にふさわしいのではなく、手綱の取りにくい覇気ある弟たちよりましなだけでしかなかった。

「まさか……父はこの結末まで読んでいて、関ヶ原の合戦をしたのか」

ふと秀忠の脳裏に怖ろしい思いが浮かんだ。

「吾が中仙道を行く別働隊を任され、真田ごときに手間取り関ヶ原へ遅れたのも、最初から父の……いや本多佐渡守正信の策だったのか。すでに小早川は裏切り、毛利は動かないとわかっており、関ヶ原の勝利は決まっていた。佐渡守が真田攻めを無理にでも止めようとしなかったのは……」

ごくりと秀忠が唾を呑んだ。

「あれは吾を遅れさせ、父への引け目を感じさせるため……父の言うことに逆らえぬよう、わざと……」

秀忠の顔から表情が抜けた。

家康にとって秀忠は言うことを聞くだけの人形でなければならなかったのだ。

「……虚仮にするか。とはいえここまで来て、今さら弟たちに将軍の座を奪われてはたまらぬ。父が死ぬまで我慢するしかない。その後は吾が世にしてくれる」

戻った秀忠の表情は、憤怒に彩られていた。

「死罪を申しつくるものなり」

秀忠が怒りに身を焦がしている間に取り調べは終わった。

「市井に埋もれ、子供たちと平穏に過ごすという道もあったろうに」

板倉勝重が、大坂へ入った理由を問うた。

「豊臣、徳川、天下人が信じられなくなったのでござる。いや、なにより疲れ申した」

盛親は、秀吉と家康の二人に翻弄され続けてきた。

「そうか、最後に望みはあるか」

刑場に引き出された盛親に、見届け役の板倉勝重が問うた。

「土佐の海を今一度見とうござった」

盛親が目を閉じた。大坂城へ呼び出された慶長五年（一六〇〇）の晩秋以来、盛親は一度も土佐へ帰れなかった。

「長宗我部は無念の血であった」

四国制覇を目前にして豊臣に屈した元親、土佐一国を取り戻すべくその豊臣に縋った盛親、ともに望みはかなわなかった。

五月十五日、盛親は側室や子供たちとともに六条河原で斬首された。享年四十一。

豊臣の滅亡を見届けて一年、家康が死んだ。その日まで秀忠は、従順を装い、家康の死後江戸城の天守閣を建て直したり弟頼宣を紀州へ移すなど自己を出し始めた。

それでも徳川幕府は二百六十年以上の歴史を残した。

解説

本郷和人

江戸幕府が開かれたのはいつか。高校教科書には一六〇三年・慶長《けいちょう》八年とある。徳川家康《とくがわいえやす》はこの年に朝廷から征夷《せいい》大将軍に任じられ、江戸幕府を開設した、と。この通説に疑問を呈することからこの文章を始めたい。

日本史上に幕府と呼ばれるものは、あと二つある。鎌倉《かまくら》幕府と室町《むろまち》幕府である。かつてはこの二つの幕府についても同様の説明がなされていた。すなわち源頼朝《みなもとのよりとも》と足利尊氏《あしかがたかうじ》は一一九二年と一三三八年に征夷大将軍に任じられたから、この年を以《もっ》て幕府開設の年次と考えられていたのである。

だが今は違う。教科書の記述によると、鎌倉幕府は一一八五年。室町幕府は一三三六年。何を理由にそう説くのか。一一八五年・文治《ぶんち》元年十一月、朝廷は源頼朝に全国の国ごとに一名ずつの守護を置く権利、並びに全国の荘園《しょうえん》に地頭を置く権利を認めた。これにより鎌倉の武家権力は、列島全体にその指令を届けられる全国政権へと成長した。そこで、これを幕府開設の最重要の契機とする。そうした認識が優勢になったのである。室町幕府の場合は、幕府の憲法たる『建武式目《けんむしきもく》』制定を重視する。これが定められたのが一三三六年・建武三年十一月。ゆえにこの時、京都に幕府が開かれたとするのだ。

鎌倉時代初めと江戸時代初めの政治状況を比べてみよう。天皇やその政府たる朝廷が重い役割を担っていたのはどちらか。明らかに鎌倉時代初めである。当時の鎌倉の武士政権は、いまだ海のものとも山のものとも知れず、朝廷にその存在を認めてもらおうと努力を重ねていた。そうした時代での幕府設置について教科書は「名目よりも実態を」重視して、一一八五年説を記す。それなのに、武家の実力が公家《くげ》をはるかに凌駕《りょうが》していた江戸時代初めに「実態よりも名目を」重んじて、朝廷が認めたので幕府の政治が始まった、というのはあまりにおかしくないか。

日本の歴史を古代・中世・近世・近現代と四等分し、研究者はそれぞれの時代を専門的に研究する。その上で、となりの時代には勝手に口を差し挟まない、縄張りを荒らさない、という暗黙のルールを作った。そのために幕府の始まりについて中世史では「名目より実態を」、近世史では「実態より名目を」という理解の違いが生じる。しかも名目を与えるのは天皇・朝廷であるから、江戸時代初めには、鎌倉時代初めに比して政治的・経済的に明らかに弱体化していた天皇が、より大きな役割を果たしているかのような理解がまかり通っている。

中世史と近世史の重大な問題にかかる珍妙なねじれが起きていて、高校教科書「日本史」に明記され、取り立てて疑問視されることがない。統一的な「日本史」を叙述するためには時代を貫く方法論の導入が望ましいわけで、このような状態が放置されているのは日本史研究者の怠慢、とくに近世史研究者の不勉強のせいであると私（とりあえず中世の前期を専門とする研究者である）は批判し続けている。その是非はさておくとしても、関《せき》ヶ原《はら》の戦いから江戸幕府開設への動きを、歴史的に、十分な説得力をもって、説明してくれる学説を私は知らない。

関ヶ原の戦いは徳川家康を天下人たらしめた、有名な戦いである。論じ尽くされているようで、疑問が尽きない。いや、最近話題になっている小山《おやま》会議があったのかなかったのか、そんな枝葉のことはどうでもよい（具体的な場所が小山かどうかにかかわらず、家康は諸大名と何らかのかたちで意思の疎通を図ったのだろうから）のだが、もっと根本的な部分の議論がされておらず、当然、定説もない。

まずは東軍と呼ばれるグループの総帥は家康だが、西軍はだれなのか。ほんの少し前までは石田三成《いしだみつなり》とされていて、私はそれを批判し、毛利輝元《もうりてるもと》だと論じた。だが、最近はそれも間違いだった、豊臣秀頼《とよとみひでより》だと主張している。つまり関ヶ原の戦いは、徳川vs豊臣だと説明しているが、その可否はいかがだろうか。

それから、戦いの目的と勝利条件。一般に軍事行動は敵の本拠を攻略するとか、特定の地域を占領するとか、敵の軍勢を叩いて兵数を減らすとか、明確な目的を定めて行われる。戦争は国力を挙げて行われるものだから、いくら合戦が頻繁に行われた戦国時代でも、とりあえずの軍事行動、などはあり得ない。また、その目的が果たされれば勝利、うまくいかなければ敗北、というのが論理的な判断になると思うが、戦国時代の合戦を物語るときはとかく情緒が先行し、冷静な分析が後回しになることが多い。関ヶ原の戦いもその一つで、東軍の目的は何か。何を以て勝利とするのか。また敗れてしまったけれども、西軍の目的は何だったか。どういう状況を作り出したら西軍の勝利と呼べるのか。そうした基本的なことを、歴史研究者はこれまで語ろうとしてこなかった。

それから戦後処理である。大坂《おおさか》城に入った家康は、西軍諸大名には厳罰として死罪、財産刑として所領の没収・削減を申し渡した。東軍諸大名には加増したり、本領を安《あん》堵《ど》した。これらはいったいどういう立場に基づいて行われたのか。豊臣の大老としてか、それともすでに天下人としてなのか。あるいはとくに豊臣恩顧の大名たちにそうしたことを考えるいとまを与えぬために、戦いに勝利した勢いで、なのか。

フェアでありたいので、批判覚悟で私の見解を述べると、東軍の勝利条件は当時の日本の中心であった大坂城を自らの手につかんで、豊臣秀頼の生殺与奪の権を掌握すること。それを円滑に行うにあたり、東軍は畿内を平定しなくてはならず、そのためにとりあえずは畿内に侵入しなくてはならない。その目的を阻止したいのが西軍であったから、両者は畿内の入り口である関ヶ原の地で戦った。この意味で関ヶ原という戦場は、徳川vs豊臣という大きな戦いの一つの選択肢にすぎなかった、と考えている。もちろん、こうした考えはあくまでも私の見解であって、賛成してくれる研究者はほとんどいない。というより、こうした疑問を設定すること自体を、研究者たちは視野に入れてさえいない、というのが現状である。

　私がこのように説明すると、歴史研究者たちは何をやっているのか。そう憤慨される方もいらっしゃるだろう。だが、不甲斐《ふがい》ない（と、敢《あ》えていう）研究者に代わり、かかる難問に一つ一つ明快に答えてくれる人がいた。文学者である上田秀人である。

　歴史研究者と歴史小説家。なかには相手を不当に批判する不心得者がいる（率直に言って、歴史研究者の側に多く見られるようだ）。だが、私たちは手法は違えど、歴史の真実を解明するという共通の目的をもつ仲間なのだ。検証すべきは研究者として、あるいは小説家としての優劣であって、どちらのジャンルが本物か、ではない。この意味で私は、抜群の説得力を備え、手に汗握るストーリーを構築できる上田秀人を、私見とは異なる解釈は多々あるけれども、心から尊敬する。

　本格歴史小説である本書の主人公は、徳川秀忠《ひでただ》。それに長宗我部盛親《ちょうそかべもりちか》。初めは妙な取り合わせだなと奇異に感じたが、なるほど、二人は共通する要素をもつ。優れた戦国大名の子であること。本来の後継者は兄（松平信康《まつだいらのぶやす》・長宗我部信親《のぶちか》）であったが、彼らが不慮の死を遂げたために家を継いだこと。そのため、ライバルとなる兄弟がいて、自らの存在を内外に認めさせねばならぬこと。配下に天下に聞こえた強兵（三河《みかわ》武士、一領具足）をもつこと。

あまり有名ではない盛親を二代将軍秀忠の対照者、人生の補助線として設定するというアイデアだけで本書の面白さは十分に保証されているが、とにかく人と人との生き生きとした駆け引きの描写が見事である。加えて、これまで述べてきたような歴史研究の動向を踏まえて読んでいただければ、本書の卓越はますます光を放つであろう。

翻弄。武人として未完成な秀忠も盛親も、父の威名と家の栄光とに、懸命に対峙《たいじ》する生涯を送った。秀忠は何とか生き残った。盛親は無念の最期を遂げた。だが、二人の命運の分かれ目は、偶然と呼んでも差し支えないほどの、ほんの小さな決断にあった。

天下人になりおおせた家康にしても、実は人知れず苦難を乗り越えてきていた。一人の人間は、時という大きな流れに翻弄されながら生を紡いでいく。全てを見通せる英雄などいない。そう語りかけながら、上田は私たちすべての人生を、応援しているのだろう。

（ほんごう・かずと　東京大学史料編纂所教授）

『翻弄　盛親と秀忠』二〇一七年九月　中央公論新社刊
文庫化にあたり加筆修正しました。

中公文庫

翻《ほん》弄《ろう》
——盛親《もりちか》と秀忠《ひでただ》

2020年11月25日　初版発行

著　者　上《うえ》田《だ》秀《ひで》人《と》

発行者　松田陽三

発行所　中央公論新社
〒100-8152　東京都千代田区大手町1-7-1
電話　販売 03-5299-1730　編集 03-5299-1890
URL http://www.chuko.co.jp/

ＤＴＰ　平面惑星
印　刷　三晃印刷
製　本　小泉製本

Published by CHUOKORON-SHINSHA, INC.
Printed in Japan　ISBN978-4-12-206985-5 C1193

中公文庫既刊より

各書目の下段の数字はＩＳＢＮコードです。978－4－12が省略してあります。

う-28-7
孤闘 立花宗茂　上田秀人
武勇に誉れ高く乱世に義を貫いた最後の戦国武将の風雲録。島津を撃退、秀吉下での朝鮮従軍、さらに家康との対決！　中山義秀文学賞受賞作。〈解説〉縄田一男
205718-0

う-28-8
新装版 御免状始末 闕所物奉行 裏帳合㈠　上田秀人
遊郭打ち壊し事件を発端に水戸藩の思惑と幕府の陰謀が渦巻く中を、著者史上最もダークな主人公・榊扇太郎が剣を振るい、謎を解く！　待望の新装版。
206438-6

う-28-9
新装版 蛮社始末 闕所物奉行 裏帳合㈡　上田秀人
榊扇太郎は闕所となった蘭方医、高野長英の屋敷から、倒幕計画を示す書付を発見する。鳥居耀蔵の陰謀と幕府の思惑の狭間で真相究明に乗り出すが……。
206461-4

う-28-10
新装版 赤猫始末 闕所物奉行 裏帳合㈢　上田秀人
武家屋敷連続焼失事件を検分した扇太郎は改易された出火元の隠し財産に驚愕。闕所の処分に大目付が介入、大御所死後を見据えた権力争いに巻き込まれる。
206486-7

う-28-11
新装版 旗本始末 闕所物奉行 裏帳合㈣　上田秀人
失踪した旗本の行方を追う扇太郎は借金の形に娘を売る旗本が増えていることを知る。人身売買禁止を逆手にとり吉原乗っ取りを企む勢力との戦いが始まる。
206491-1

う-28-12
新装版 娘始末 闕所物奉行 裏帳合㈤　上田秀人
借金の形に売られた旗本の娘が自害。扇太郎の預かりの身となった元遊女の朱鷺にも魔の手がのびる。江戸闇社会の掌握を狙う一太郎との対決も山場に！
206509-3

う-28-13
新装版 奉行始末 闕所物奉行 裏帳合㈥　上田秀人
岡場所から一斉に火の手があがった。政権返り咲きを図る家斉派と江戸の闇の支配を企む一太郎が勝負に出たのだ。血みどろの最終決戦のゆくえは⁉
206561-1

う-28-14
維新始末　上田秀人
あの大人気シリーズが帰ってきた！　天保の改革から二十年、闕所物奉行を辞した扇太郎が見た幕末の闇。過去最大の激闘、その勝敗の行方は⁉
206608-3

さ-74-1
夢も定かに　澤田瞳子
翔べ、平城京のワーキングガール！　聖武天皇の御世、後宮の同室に暮らす若子、笠女、春世の日常は恋と友情と政争に彩られ……。〈宮廷青春小説〉開幕！
206298-6

し-6-30
言い触らし団右衛門　司馬遼太郎
自己の能力を売りこむにはPRが大切と、売名に専念した塙団右衛門の悲喜こもごもの物語ほか、戦国豪傑を独自に描いた短篇集。〈解説〉加藤秀俊
201986-7

た-58-19
保春院義姫　伊達政宗の母　高橋義夫
戦国東北の雄・最上家の義姫が嫁いだ先は、躍進めざましい伊達輝宗だった。両家の間で引き裂かれた義姫の真の姿を描く歴史長篇。〈解説〉土方正志
206517-8

た-58-20
北の武士たち・狼奉行　傑作時代小説集　高橋義夫
東北の地に生きる、さむらいの矜持を見よ——。直木賞受賞作「狼奉行」はじめ、書き下ろし二篇を収録した文庫オリジナル編集。〈解説〉末國善己
206559-8

た-58-21
さむらい道《みち》（上）　最上義光《よしあき》　表の合戦・奥の合戦　高橋義夫
山形の大守・最上義守の子として生まれ、父との確執、天童・白鳥・伊達氏らとの峻烈な内憂外患を乗り越え、名藩主として君臨した最上義光の実像に迫る！
206834-6

た-58-22
さむらい道（下）　最上義光　もうひとつの関ヶ原　高橋義夫
甥の伊達政宗との確執から、天下分け目の戦における上杉軍との死闘までを克明に描き、義光が追求した「さむらい道」の真髄に迫る著者渾身の歴史巨篇！
206835-3

と-26-26
早雲の軍配者（上）　富樫倫太郎
北条早雲に見出された風間小太郎。軍配者となるべく送り込まれた足利学校では、互いを認め合う友に出会い——。新時代の戦国青春エンターテインメント！
205874-3

各書目の下段の数字はISBNコードです。978－4－12が省略してあります。

と-26-27
早雲の軍配者（下）
富樫倫太郎

互いを認め合う小太郎と勘助、冬之助は、いつか敵味方にわかれて戦おうと誓い合う。扇谷上杉軍へ攻め込む北条軍に同行する小太郎が、戦場で出会うのは——。

205875-0

と-26-28
信玄の軍配者（上）
富樫倫太郎

駿河国で囚われの身となったまま齢四十を超えた山本勘助。焦燥ばかりを募らせていた折、武田信虎による実子暗殺計画に荷担させられることとなり——。

205902-3

と-26-29
信玄の軍配者（下）
富樫倫太郎

武田晴信に仕え始めた山本勘助は、武田軍を常勝軍団へと導いていく。戦場で相見えようと誓い合った友たちとの再会を経て、「あの男」がいよいよ歴史の表舞台へ！

205903-0

と-26-30
謙信の軍配者（上）
富樫倫太郎

越後の竜・長尾景虎のもとで軍配者となった曾我（宇佐美）冬之助。自らを毘沙門天の化身と称する景虎の前で、いま軍配者としての素質が問われる！

205954-2

と-26-31
謙信の軍配者（下）
富樫倫太郎

冬之助は景虎のもと、好敵手・山本勘助率いる武田軍を前に自らの軍配を振るい、見事打ち破ることができるのか⁉　「軍配者」シリーズ、ここに完結！

205955-9

と-26-38
白頭の人　大谷刑部吉継の生涯
富樫倫太郎

近江の浪人の倅はいかにして「秀吉に最も信頼される男」になったのか——謎の病で容貌が変じ、周囲に疎まれても義を貫き、天下分け目の闘いに果てるまで。

206627-4

と-26-40
北条早雲1　青雲飛翔篇
富樫倫太郎

一代にして伊豆・相模を領する大名にのし上がる風雲児の、知られざる物語が幕を開ける！　備中での幼少期から、幕府の役人となり駿河での密命を果すまで。

206838-4

と-26-41
北条早雲2　悪人覚醒篇
富樫倫太郎

再び紛糾する今川家の家督問題を解決するため、後の「北条早雲」こと伊勢新九郎は、駿河への下向を決意する。型破りな戦国大名の原点がここに！

206854-4

各書目の下段の数字はISBNコードです。978－4－12が省略してあります。

な-65-7
裏切り涼山
中路啓太
羽柴秀吉が包囲する播磨の三木城。その壮絶な籠城戦を舞台に、かつて主家を裏切って滅亡させた男・涼山が、唯一の肉親を助けるために、再び立ち上がる！
206855-1

に-22-1
レギオニス 興隆編
仁木英之
新興・織田家の拡大に奔走する信長。先代の番頭格だった柴田勝家は、家の「維持」を第一に考え対立する。信長と、織田家の軍団長たちの物語、ここに開幕！
206653-3

に-22-2
レギオニス 信長の天運
仁木英之
桶狭間に今川義元を討ち戦意高まる織田家中にあって、微妙な立場の柴田勝家。彼とその家臣たちに再び出世の機会は与えられるのか⁉ 好評シリーズ第二弾。
206681-6

に-22-3
レギオニス 秀吉の躍進
仁木英之
上洛戦の先鋒を命じられるなど家中での存在感を増す勝家。そんな中、越前の朝倉らが「信長包囲網」を展開する。軍団長たちの主導権争い、いよいよ佳境へ！
206725-7

に-22-4
レギオニス 勝家の決断
仁木英之
上杉謙信との合戦中に決裂した勝家と秀吉。そして、本能寺にて信長死す。天運に導かれし男たちの行く末や、いかに――軍団長たちの出世争い、感涙の大団円。
206758-5

は-72-1
常世《とこよ》の勇者 信長の十一日間
早見俊
桶狭間から一年後。隣国・美濃との盟約に執着する織田信長。そのとき何が身に起こったのか。天下布武を決意するまでの十一日間を描く。〈解説〉縄田一男
206361-7

は-72-4
魔王の黒幕 信長と光秀
早見俊
一向一揆の撫で斬り、比叡山焼き討ち、荒木村重一族の皆殺し――魔王の如き織田信長の所業の陰には、明智光秀の存在が。彼の狙いは一体？〈解説〉細谷正充
206911-4

も-26-2
美女いくさ
諸田玲子
信長の気性をうけつぎ「女弾正忠」と称された小督は、愛する夫と引き裂かれながらも、将軍家御台所として、戦国の世を逞しく生き抜く。〈解説〉中江有里
205360-1